民國閨秀集

柒

徐燕婷 吴平 編著

上海古籍出版社

第七册

楊鍾虞撰

課餘吟詩草（附詞草）

民國二十四年（一九三五）排印本

提要

楊鍾虞《課餘吟詞草》

《課餘吟詞草》一卷，楊鍾虞撰，詞附《課餘吟詩草》刊行，民國二十四年（一九三五）常熟新華印刷所排印本。北京師範大學圖書館有藏。《課餘吟詩草》前有王丙麒序，袁福倫、蔣兆文題詩，陸寶樹、俞可題詞。

楊鍾虞（生卒年不詳），别署女文奴，近代醫家楊百城女，江蘇常熟人，畢業於淑琴女子本科師範。其詞作常以樂易和平之心寫自然春明之感。「性喜吟詠，每流連風景，摹繪山水，發揮蟲魚草木風雲鳥獸之狀態，其慧心仁術流露於不自覺，非徒競清新而誇綺麗也。」（王丙麒《課餘吟詩詞草》序）所以詞集中皆是春秋四季的感懷和一些詠物詞作，明麗流暢，少愁苦之音，如《生查子・送春》《垂楊碧・初春》《朝中措・春寒》等闋，其詩作亦如此。此外，楊鍾虞作品尤其是詩中，出現了一些新的氣象，其詩中有電燈、鐵路等新近事物出現，突破了傳統的詩詞吟詠對象，並表現出一種積極接受和欣賞、肯定新事物的態度。這類作品雖樸實無華，但是其在創作中融入新事物的有意嘗試，也從一定程度上暗示了近代詩詞向現代詩詞的過渡和邁進，具有積極意義。

序

抱濟世之懷知活人之法其心術固已純潔而無滓繇是發爲音響節族自然忠厚和平有纏綿悱惻之旨知此意義可以讀楊女士之詩集矣女士名鍾虞字秀山乃翁百城先生爲我邑名醫家傳玉版金匱之學杏林橘井自幼飫聞雖曾畢業於淑琴女子本科師範薄小學教師而不爲日與古人長桑越人淳于仲景相晤對箕裘世業無愧薪傳近以女科鳴於時將來濟世活人未可限量其心術固已純潔而無滓矣旁及六藝諸子百家之言作爲文章得歐曾陰柔之氣而又性喜吟詠每流連風景摹繪山水發揮虫魚草木風雲鳥獸之狀態其慧心仁術流露於不自覺非徒競

清新而誇綺麗也朱子詩序有曰詩者人心之感物而形於言之餘也蓋情動於中聲形於外謂之言言而成文文而有韻謂之詩吾觀三百篇中自宮闈以至窮檐委巷女子之能詩者不壹而足大抵歡娛之言少愁苦之言多載馳之詩所以有女子善懷之歎也漢魏以降閨閣芬芳之氣流衍布濩未嘗間斷或因時增慨或觸境生悲或自寫其憂傷顚頷抑鬱無聊不平之意於此可見女子之詩無非從憂患之餘感於物而動焉者也樂記云樂者音之所由生也其本在人心之感於物也是故其哀心感者其聲噍以殺其愛心感者其聲和以柔夫詩之理通乎樂女士本濟世活人之旨發爲嘽調慢易之音古風近體以外兼善倚聲當其深閨兀

坐咏歎長言獨具一種駘蕩融和之氣象與從來女詩人之旨趣夐乎不同矣

民國二十四年五月王丙祺吉民氏序於海巫樵舍

民國二十四年五月五日端陽兒刀念矣弧刑者

愈年不固矣

坐剝後其言謂具一縣諸蹇連村次文禱人八百邨

題詩
山湖鍾毓擷英芬拂水晴開妙鬘雲詠絮才華蘭藻密鏡鸞釵鳳
策詩勳
敦詩說禮頌無非林下風儀緬典徽銘菊頌椒成底事紹衣靈素
獨探微

乙亥初夏爲鍾虞女士題課餘吟吳縣袁福倫時客金陵

苦吟鎮日掩柴關寫我性靈遣我閒一往情深無俗韻令人勝讀
白香山
清才獨冠女騷壇猶是當年席佩蘭倘得隨園還健在不愁青眼
不相看

七絕兩章奉題鍾虞女士課餘吟　蔣兆文

題詞

冰雲才華蕙蘭詞藻家聲清白相傳小築吾亭幽居合傍林泉綺窗罷繡珠簾捲短長吟思發花前樂陶然燕曉鶯昏尋夢湖田嘲風弄月生涯寄念瓊簫按曲譜入鸞牋嚼羽含商柔情萬縷纏綿左芳藝苑馳名久碧紗籠應卜他年展瑤篇香吐春葩艷奪金荃

右調高臺　樵龕陸寶樹題

紅豆吟香碧紗籠艷謝家少女傳詩腕底春探獠[illegible]井有清泉依依綠柳春風裏詠霓裳綵舞庭前頌天然嘉偶生成採玉藍田

新華印刷所

裁雲妙手吟梅筆喜詞宗白石詩寫紅箋玩水遊山幽情到處纏
綿藍橋穩渡雙雙燕飯胡麻好夢千年續陶篇壽付棗梨香挹蘭
荃

楊生鍾虞百城先生之愛女也以所著詩詞索題即用醉
樵社長高陽臺韻以應之乙亥端午後十日甜園俞可

新華印刷所

課餘吟詩草

常熟秀山楊鍾虞別署女文奴稿

綠窗垂幙之時紅袖添香之夜畫堂正圍爐酌酒幽閨方煮茗讀書案頭整理忽看除夕徵作之函燈下吟哦勉應新年竹枝之詠此不過小女子之鄙俗俚言必然爲大方家之高才筦爾云

徵作新年竹枝詞

聲聲爆竹鬧清晨早起人家迎喜神我則歲朝隨俗例也將紅紙寫宜春

臘鼓鼕鼕過耳邊無人不樂到新年兒童加倍騰歡笑小手高擊

壓歲錢

天眞爛漫看兒曹三五成羣鬧播錢面具紙糊綫掛耳手中還舞

木槍刀

花樣時新色樣鮮春衣揀出置牀前鵝黃鴨綠俱嬌俏端正明朝

去拜年

時髦裝束怪衣裳結隊行來脂粉香個個爭看猴子戲一齊擁上

石梅場

水菓三牲滿案陳呼么喝六伴財神人頭攢動眉飛舞贏得金錢

去買春

隔宵姊妹約相將明日天晴素菜嘗第一先須心愿了白衣庵裏

新華印刷所

去燒香
逍遥遊内沸笙歌一到新年人更多飲酒吃茶還看戲連朝帶夜樂如何

紙鳶
百尺遊絲掌握中全憑一紙可騰空看他飛入青雲裏借得東風便自雄

其二和家嚴韻
高下全憑百尺絲飛騰霄漢任何之一朝直上青雲裏得意春風有幾時

盆蘭

天生空谷遠塵埃庸手攜來盈内栽本是清幽高尚品素心不對俗人開

賀同學歸良箴于歸

梅花香裏恰初春正是良緣巧合辰檢點紅箋書頌語聊將俚句賀新人

絳燭高燒照畫堂書成詩句作催妝神仙眷屬天然偶德媲當年梁孟光

行德兼全性亦和才高風調勝曹娥從今詩句同聯作妝閣傳來韻事多

笙歌酣宴畫堂前好合良緣頌百年恭祝佳人如意語齊眉到老

白頭聯

瓶蘭數十朵已盡萎矣獨餘一朵幽香撲鼻精神煥發朝夕相對助人清興詩以記之

愛他一朵獨能支全賴晶瓶作護持香不在多原在雅色非稱艷始稱奇孤高不染繁華氣清靜惟含淡泊姿供我小窗常玩賞無勞空谷繫相思

早春

一卷蘭亭仔細摹綠窗無事足清娛朝朝自把珠簾捲爲看林花已吐無

初春夜雨

一夜蕭蕭雨終宵夢未成侵晨頻捲幔林際澀鶯聲

春寒

吟詩遣悶苦無聊倦倚欄干睡思撩莫怪庭梅開未足餘寒猶盛擁金貂

春雨

濛濛細雨濕青苔一陣東風簾自開料得明朝天氣好夕陽紅射小窗來

春陰

連日春寒不可支小窗靜坐且吟詩天公想是知人意爲惜林花晴放遲

春晴

樓頭遥望綠纖纖草際春回美景添如此晴光非易得好風吹動自開簾

春曉踏青

東風吹長草纖纖綺陌平鋪翠色添一路郊行時尚早不嫌清露濕鞋尖

春日即事

爲惜韶光意緒牽披帷常坐小窗前繞庭燕翦斜兼整隔院鶯聲斷復連冷暖未均挑菜節陰晴不定養花天相邀女伴尋芳去滿目繁華景物妍

春夜

爲愛春宵景湘簾懶下鈎賞花須秉燭醉月且擎甌鳥倦爭栖樹人閒獨上樓倚欄頻眺望此旨靜中求

新柳

嫩芽初吐綠千條弱不禁風幾折腰誰向長亭和雨種送人暮暮與朝朝

臨水桃花

含笑無言倚水邊武陵人去有誰憐惟餘一片波如鏡襯出紅霞分外妍

題美人折花圖

婷婷小立倚闌干弱質臨風可耐寒寄語美人休採折好花留向畫中看

春晚閒眺

焚香無事喜幽居已過韶光二月餘桃映夕陽紅已透柳經新雨綠齊舒倚闌對景情無限掃徑尋芳意自如獨立蒼茫頻顧影炊烟輕護翠羅裾

上巳

時逢修禊興偏賒來往遊人夾道遮避卻祖師山熱鬧維摩寺裏試清茶

掃墓

細雨輕烟景物妍家家祭掃墓門前只須領得思源意滴酒何曾到九泉

西子湖雜詠

爲羨湖山特地來心淸疑是脫塵埃箇中勝景知多少一覽胸襟頓覺開

陽光漸放乍天晴喚取扁舟盪槳輕一路經行頻注目六橋烟柳最多情

生平最愛水兼山食貫西湖不忍還試向蘇公堤上望青山形勢作彎環

一家促膝坐輕艭愛看西湖興不降水色大光淸若洗月明倒影

恰成雙
山谷活潑映湖中小艇穿橋碧水通明月水天成一色渾疑身在
水晶宮
一葉扁舟西子湖此中風景最難摹波光漾碧月初上山在霧中
似有無
穩坐輕舠小若鳧連宵乘興泛西湖波光一片平如鏡山色遥看
似畫圖
爲賞天然風景殊周遭遊覽倩筇扶阿儂生性原貪靜不喜公園
只喜湖
是日桃望天暖風和觸景成章甚爲快意遊至紅日銜山

時在樓外樓燉餐畢登舟盪槳明月滿湖爰將所作之詩
低徊吟詠不覺鼓動家嚴興趣亦朗吟湖字一絕以記事
當卽隨聲記錄今附於此
暢遊連日興焉夫樓外樓頭酒獨沽記取今宵三月半合
家團坐泛西湖

西湖弔古

馮小青墓

一生幽怨訴誰聽埋骨西泠野草青四壁烟蘿魂已杳更無人讀

牡丹亭

蘇小小墓

一亭深覆玉魂孤漠漠寒烟曠野蕪油碧香車成往事空留青塚
對西湖

秋瑾墓

義俠心腸烈士風生成巾幗女英雄羡他爲國將身殉留得芳名
萬古崇

林處士墓

裏湖烟樹色含悽寂靜孤山墓徑迷欲覓殘碑空佇立何來鶴子
與梅妻

岳王墓

岳王墓上樹青葱廟宇崔巍氣象雄宋室終能支半壁捐軀報國

盡精忠

再歌岳忠武

上詠七絕不盡所懷再歌長短句以表鄂王之忠而詆秦奸之毒更吟松江徐女士之靑山有幸埋忠骨白鉄無辜鑄佞臣一聯而出

岳王墓西湖路巍巍古木聳南枝自古忠良使人慕回想昔日爭戰時勳功威烈誰不知可恨秦檜三字獄從此江山不易支不易支終半壁顯忠心著功績

西湖十景

蘇堤春曉

南山堤接北山頭夾道垂楊青入眸春色晨光恰初啟新煙宿霧護岑樓

雷峯西照

山狀彎環列作屏凌虛矗立勢伶仃看他暮色斜陽裏一塔深紅萬樹青

雙峯插雲

南峰稍遜北峰低中有層巒疊嶂迷閒步行春橋畔望雙尖如插與雲齊

三潭印月

如瓶三塔峙湖中月映潭光漾碧空池上構亭橋曲折一波微動

影玲瓏

花港觀魚

望山橋下名花港舊有盧園今已荒旁濬方池清鑑底遊魚畢現數成行

柳浪聞鶯

春柳絲絲裊曉風渾如翠浪碧翻空聽鶯載酒須何日畫舫移來細雨中

曲院風荷

跨虹橋北有亭焉綺閣崇樓付杳然今則種荷花亦少香風欲斷夕陽天

平湖秋月

孤山路口建亭臺三面波光直射來恰好中秋明月夜平湖風靜鏡奩開

斷橋殘雪

白沙堤畔駐蘭橈前後湖中界斷橋儻遇初春殘雪夜此間風景最難描

南屏晚鐘

蘇公堤正對南屏晚寺鐘聲靜裏聽響徹雲霄山谷應發人深省喚人醒

郊外送同學

華筵祖餞短長亭郊外絲絲柳色青折得一枝聊贈别陽關三疊唱君聽

戰事有感

觸蠻相鬥幾時休十載風雲夙夜憂塵世紛紜無淨土不知何處有丹邱

其二

澆愁滌悶借飛觴滿目瘡痍心黯傷久厭繁華甘淡泊曾經兵燹苦荒涼干戈擾攘難收拾老弱流離半死亡願學高人淸世慮優遊山水事皆忘

落花

春意闌珊剩夕陽飛花滿地覺心傷阿儂愁聽子規鳥枝上聲聲喚斷腸

暮春

寂寂深閨懶出遊暮春天氣午風柔黃鶯猶自啼芳樹粉蝶奚須近畫樓靜掩蝦鬚聊息影獨斟棽尾藉澆愁日長縱是如年度忍看垂楊曳陌頭

春日雜吟

時值青陽意緒紛閉門且自讀三墳磋砣不覺韶光駛紅杏枝頭已十分

滿園桃杏鬧春風遊女聯翩笑語通誰愛唐宮半仙戲鞦韆間煞

畫樓東

和風吹動繡簾開滿院花香撲鼻來忽記明朝賞花日紅綃預揀綠窗裁

良辰乘興踏青遊嫩草纖纖碧似油行過柳堤回首望綠陰深處有扁舟

熏籠斜倚聽更籌風雨連宵總未休懶捲湘簾人意倦替花擔盡一春愁

閒來無事掩柴門萬紫千紅帶雨痕九十春光今已老看他蜂蝶也銷魂

飛花滿地色斕斑蝴蝶翩翩去復還豈是漆園春睡穩夢遊且趁

夕陽殿

無端已是暮春天一線韶光劇可憐偏恨子規不解意又銜花片到窗前

枝頭花事賸三分默禱東皇香再焚空有惜春心一片愁看紅雨落紛紛

一聲杜宇暗心驚粉蝶翩翩雨乍晴春色豈容人挽住笑儂何事忒癡情

陰陰小院靜無譁窗外全憑綠樹遮閒倚朱闌頻悵望一庭烟雨正飛花

拾將殘朵付詩囊悄對閒庭獨感傷如此銷魂人不識年年餞別

借飛觴

宴集江干共餞春阿儂今日倍傷神明年再到江南路情重休望
舊主人

夕陽斜照晚窗紅落盡林花入水中底事春光容易去呢喃燕子
駡東風

黃昏無語倚闌干眼見殘花心覺酸低囑小鬟休便掃留他春色
曉來看

殘紅滿地暗心傷連日風狂與雨狂收拾園亭頻檢點一春都是
爲花忙

倚闌無奈惜芳菲轉瞬韶光已覺非恨煞花間小蝴蝶綠窗故故

向人飛
荼蘼開盡懶徘徊滿地飛花錦作堆空有榆錢千萬疊可知買不住春回
滿園綠樹欲成陰春色從今何處尋落盡林花猶撲絮此時情緒最難禁
風風雨雨日相催遣悶澆愁借酒杯最是子規啼不住聲聲猶欲喚春回

柳陰垂釣

夕陽斜照小園東活潑遊魚在沼中不是嵇康誰鍛竈折竿且自學漁翁

賞牡丹

傾國傾城富貴花姚黑魏紫競繁華儂心澹泊無他賀一首新詩一碗茶

楊花

低舞高飛暖日中性情輕薄任西東一生飄泊渾無定化作浮萍迹始終

其二（和家嚴韻）

趁著陽光自在身任他飛舞逐風塵水邊籬落遊行慣下羨繁華上苑春

其三

身輕容易惹羅衣，任性何曾得所依。高撲瓊樓隨蝶舞，低侵茅舍逐蛾飛。人情自古渾如此，世事從今益覺非。堪歎飄零無定在，不如終日掩柴扉。

其四（和家嚴韻）

綠窗自把繡簾開，奚事成團往復回。小雪紛飛堪髣髴，遊絲蕩漾莫疑猜。有時漠漠因風去，忽地飄飄入戶來。悄立簷前人意懶，任他點點落蒼苔。

立夏前一日

春光欲去不能留，歎息從今花事休。如此銷魂何忍睡，倚牀數盡五更籌。

立夏日

殘紅飛盡樹含烟正是困人四月天九十韶光都過了賞花又欲待明年

粉蜨

出沒花中體態輕翩翩依戀似多情滿身縞素渾如雪傍著芳叢過一生

蝴蝶花

一叢綠葉傍瀟湘疥對園林日正長曾見翩翩疑蝶翅細看栩栩是花光最憐空惹頑童撲可惜難爲仕女妝莫怪小鬟不易辨悮他鳳子舞斜陽

夏日閒詠

閨中倦繡掩雙扉蛛網添絲夕照微蝴蝶不知春已去尋香猶向
故園飛

綠陰稠密草初肥小院沈沈半掩扉斜掛湘簾人不語任他雙燕
繞庭飛

日長天氣久垂簾靜坐樓頭倦思添但覺困人渾似醉綠窗慵把
繡鍼拈

落盡薔薇日影遲遣愁揀讀舊宮詞有時獨倚闌干畔閒看榆錢
點翠池

困人天氣晝長時遣悶全憑一卷詩知是黃梅時節屆碧紗窗外

雨如絲

薰風拂拂曉窗晴白苧裁衣著體輕獨坐焚香參妙理梨花一院靜無聲

題美人撲蝶圖

一雙蝴蝶粉牆東團扇常擎對晚風堪笑美人徒廢力撲來撲去總成空

其二

生成玉貌似羅敷弱質娉婷倩婢扶立破蒼苔思撲蝶渾忘廢盡好工夫

茶烟

活火試茶烹輕烟縷縷生不堪孤鶴受高舉上雲程

讀書臺

蕭梁舊有讀書臺曾說昭明求學來修竹長松鬱靈氣依然掩映傍山隈

夏夜梅雨

黃昏無計好安排遣悶吟哦坐小齋挑盡青燈人不寐靜聽梅雨滴空階

感時

生不逢辰可奈何闌干悶倚淚滂沱河山遍地都生棘南北頻年屢動戈極目蕭條空太息滿懷惆悵且狂歌而今國事皆非昔悄

對神州感慨多

題風景畫扇

青山環繞碧溪前茂樹葱籠翠色鮮有客攜笻橋上過柳陰深處繫漁船

環翠小築徵詩

公園建環翠幽室遠囂塵樹迴嵐常合茶香酒亦醇時乖思避俗天趣欲高人忽聽鐘聲遞禪房幸結隣

杜鵑花

枝頭嬌艷色嫣紅一縷芳魂小院中想是子規啼不歇灑成血淚對春風

缸魚

一缸清水碧生寒數尾金鱗曉起看只道浮沈江海裏主人笑倚曲闌干

避暑

赤日照天空連朝暑氣烘葛衣如沐雨葵扇不生風欲覓清涼境須除煩惱衷水亭消永晝簫管樂其中

敬輓市立母校宗校長秀松先生

昌明女學首胚胎設校捐資育俊才最喜誨人常不倦滿城桃李賴栽培

己未深秋時疫行熱心勸募爲民生四方奔走辛勤甚目眚垂成

幾失明
災民醫集劇堪憐江浙相爭瓦不全振濟心勞還勸學肯教失業
有青年
教務勤勞十四春驀然仙去避紅塵飛來一紙心驚訝腸斷程門
立雪人
春風時雨感恩施回憶當年訓育時歎息而今人已杳卻從何處
覓良師
曾蒙教誨倍關情噩耗傳來涕淚傾自愧不才無學甚聊將俚句
哭先生

寒蟬

秋風颯颯動寒林不似炎天噪遠音竊比金人無一語恐防饒舌禍來侵

紅蓼花

柔條綽約碧溪邊瑟瑟秋風日暮天獨有蘆花爲伴侶絳霞白雪各爭妍

秋夜

斜月照窗楹迢迢夜氣清梧桐當戶落蟋蟀傍階鳴露重鞋因濕天涼袖覺輕感時懷杜甫秋興且重賡

其二

靜坐對簾櫳疏星閃碧空秋聲來耳畔虫語入心中明月臨窗白

孤燈射壁紅此時悲國事香夢竟難通

其三

焚香待漏殘簾捲怯衣單人靜虫聲集露凝天氣寒牖低延月早院小引風難閒倚紅窗坐清光照碧闌

歸樵

斜日下山腰歸來谷口樵路從三徑繞紅葉半肩挑

深秋曉望

參差樓閣倚崇岡旭日東昇照上方翠柏丹楓併黃葉秋山點綴果如妝

松濤

讀書巖屋夜三更萬樹蒼松風風忽鳴錯訝置身孤棹裏廣陵八月怒濤聲

燈花

青燈一盞焰生紅瑞蕚新開錦幕中知是明朝行客至預將喜報主人翁

秋夜感時

寂闃默默意何爲遍地風雲不盡悲明月有情常對影小窗無語獨顰眉銅駝荊棘眞堪歎人事滄桑豈易知如此凄涼如此夜青燈相伴且吟詩

秋夜枕上口占

枕上渾無夢撩人愁滿腔那堪一夜雨悔臥近紗窗

代輓曹佑平太姻丈

隨宦滋陽事勇爲童年扶柩彝常垂更因母病終宵禱一點丹忱天自知

處身儉約待人豐如此襟期實可崇屏却珍羞更華服孤高不與俗人同

襟懷生就出塵埃與物周旋泯忌猜慈善居心兼果毅鄉評共許濟時才

鳩工築屋費精神節儉從來有幾人規畫匠心備艱苦家聲重振一番新

精思籌畫費銖量集欵修橋夙願償不惜艱辛爲公益從來作事熱心腸
奔波公務肯辭勞施賑撫孤氣量豪不吝千金常一擲鄉隣戚黨惠頻叨
慷慨平生不惜錢如何一病竟長眠拈花含笑登仙去繼起家聲有後賢

甲子孟秋適逢江浙戰事相持匝月今幸安謐喜而賦之

鎮日縈愁淚未乾凝思欲覓一枝安風聲到處心頻怯警耗傳來膽亦寒爲歎連年多角逐誰憐滿地盡狂瀾今朝幸喜稱齊靖共慶團圞無限歡

籠鳥

焉有冲霄力權時困玉籠一朝如得志脱縛向天空

白秋海棠

黄昏無語對西風階下牆邊放幾叢雪是肌膚身潔白爲誰含怨月明中

秋海棠吟

名傳西府裊柔枝正値緑肥紅瘦時颯颯金風吹玉砌别留異種發奇姿

獨開牆角太凄淸雨打霜侵淚便傾髣髴美人垂首立滿懷幽怨不分明

思婦情癡怨未消依依艷態却難描含羞似怕生人看故傍湫䨱折細腰
庭院幽深月色籠懷人不至恨何窮斷腸多少相思淚化作名花血染紅
八月餘春色最妍西風深夜影娟娟朱絲綠葉添嬌媚一點檀心越可憐
嬌羞顏色隱墻東蟋蟀鳴時放幾叢深夜不知霜露冷一生相伴是西風

郊遊

人皆喜熱鬧我獨愛清幽暫撇書中味且尋郊外遊山深神自遠

路僻興偏遒𡒄笑稱兵者相爭事不休

鐵馬

誰人爐冶製玲瓏一片錚鏦小院中底事不平鳴我恨通宵簷下戰西風

題小影

含笑盈盈立垂髫半面遮風姿眞畢肖靈秀出鉛華

憶菊

西風陣陣雨絲絲屈指層英欲吐時冷伴東籬應寄傲獨開老圃繫相思半畦月色人何在一縷秋魂夢有知試語黃花休怨我重陽待賞莫嫌遲

菜園村賞菊

賞花藉可滌塵心獨對西風未吐金想是有心開故晚含姿原欲待知音

其二

爲賞名花特地來羡他隱逸出塵埃含苞何事遲遲放豈覩風雲不忍開

促織

涼月半窗明聞聲暗自驚世間多懶婦天若假之鳴

重九登高

層樓靜坐飲香醪對菊持螯意興豪堪笑一般都俗客負他佳節

不登高

破山寺

破山名寺古曲徑靜通幽萬木四圍繞風聲常帶秋

望海樓 隨家嚴宿山

夜宿維摩寺晨登望海樓開窗一遠眺潮湧日光流

雨後遊桃源澗歸途唱和步家嚴韻

星期課正停瀑布澗邊聽雨過樹尤綠雲開山更青饑嘗餅果腹渴飲水傾瓶買得鮮松蕈攜歸付竈丁

謹錄原作

時雨正初停桃源瀑布聽水光飛練白山氣撲衣青拾葉頻吹

火煎茶好貯瓶歸來天色早徐步訪園丁
家嚴好作詩惟不留稿如有暇隨地隨時興之所至悉由口
占尤擅詩餘依譜塡錄諷誦數四即付丙丁從未以片紙隻
字示人故無所得此詩因和錄存獲見一鱗半爪洵可寶也
鍾虞謹識

庭樹黄落有感賦此

孤樹植空庭漠漠寒烟罩回憶春陽時豈可與今較欣欣正孳生
鬱鬱參樓閣不知西風來木葉漸黄落盛極必有衰千載理一定
滄桑應宜知何能昏不醒寄語位高人且莫因時逞榮華本無常
豈可不早憬

盆松

凌雲節勁性孤高忽被人工束縛牢件我四時居斗室未能隨意作風濤

訪梅

玉屑霏霏點砌苔冷香疏影費疑猜衝寒踏雪溪橋路爲問梅花開未開

尋梅

積雪庭前久未消扶笻著屐踏瓊瑤梅花聞道前溪放破曉衝寒過板橋

賞梅

冰肌鉄骨似仙姿不惹遊蜂與蝶癡雪著梅花愈高潔梅花冒雪更清奇

其二

生有清奇骨格存橫枝曲幹帶霜痕一生與月常爲友開盡孤山寒夜魂

詠雪摶美人

美人生愛素衣裳玉貌那堪向艷陽誰具巧思成幻相可知終是冷心腸

其二

生來潔白正堪餐趺坐庭中可耐寒想是炎涼都閱遍冰心獨抱

向人看

大雪吟

朔風獵獵來空穴鑽骨刺膚覺凛冽陰潛慘懍日無光飛鳥歸巢嗚聲絕攤書一册吟吾亭愁雲四布天冥冥窮陰殺節眞栗烈雖有火爐坐不寧俄驚柳絮鑽瑤圃大雪紛紛白如羽重裘坐擁體仍寒頃刻亭樓變玉宇下視庭中積如鹽假山埋沒惟露尖斯時頓成冷世界不分廣廈與窮簷飛飛瓊蘂猶不止清池凝結無滴水路上行人舉步難茅盧被壓半傾圮雪壓茅盧凍不開惟見衝寒有老梅愈寒愈放愈精神一枝挺秀在山隈朝來雲散紅日出雪漸消溶暖生室硯上已覺冱冰融伸紙呵筆覼縷述

水仙花

淩波仙子貌如花化作璚英無點瑕伴我書窗甘寂寞不同桃杏逐繁華

假山

崢嶸起伏勢玲瓏頑石裝成百竅空不是匠心能獨運如何人巧奪天工

除夕

閒坐無聊展彩箋聲聲臘鼓送窗前可知歲月如駒隙過卻今宵又一年

歸介亭表姨丈挈眷遊杭作詩郵寄家嚴索和

無恙湖山似昔年青春不駐已華顛低佪湧金門前路三雅
園荒鋤作田
如雲士女集杭州西子湖頭作勝遊隊隊鴛鴦羣戲水夕陽
影裏數歸舟
花港觀魚恣醉眠楊花如雪落筵前茅亭別有天然趣柳綠
桃紅各門妍
三面靑山一面城西湖十里碧波平羨他久住錢塘客飽看
湖山眼倍明
傑閣叢樓氣象新鈿車雷響起街塵苧蘿村裏幽閒女化作
華裝炫世人

嚴命代和敬步原韻快郵即答

嚴慈遊浙記當年吊古評今喜欲顛聽說園成耕種地果然滄海又桑田

侍從兩度到杭州振奮精神日夕遊記得去年三月半月明深夜泛扁舟

杭遊無日不遲眠爲有湖山供眼前最好雨過殘照裏綠波青嶂門新妍

湖山兩好近杭城湖水澄清似鏡平月夜隔湖燈火上半山望去半湖明

春來氣象一番新大可杭行絕俗塵知道湖山風景好深閨羨煞

未遊人

鉄道

水路風帆駛長途駿馬行何如鉄道速一日走千程

電燈

樞機一轉動頃刻放光明未必逢三五常看月滿城

去年三月十五兩大人挈予杭遊天氣清朗月光分明蕩漾湖中其樂曷極今春則陰雨連綿峭寒殊甚回思往事不禁黯然率成二絕以記之

綠紗窗外覺模糊悵望天空月色無回憶去年今日夜杭游清興泛西湖

其二

捲簾小立畫樓東嫩柳依依舞晚風一樣今朝三月半天心寒暖不相同

辛峰亭望海

辛峯亭畔鬱奇觀北顧蒼茫海水寬歎息神州似孤艇風波屢起覺心寒

題雛雞出売圖

初經孵化互因依畢肖如眞究屬非堪笑雛兒終雌伏幾時高唱效雄飛

代賀鄞縣江珍連先生古稀徵詩

矍鑠精神是此翁雙修福壽有誰同襟懷慷慨行仁澤濁世猶存
長者風
少孤作客漢皋行爲念萱堂旅夢驚近就申江人事便承歡膝下
見眞誠
處事精勤義勇爲待人誠摯自謙卑熱心公益扶窮困商界蜚聲
衆口碑
成梁除道不辭勞一諾千金氣概豪德澤旣多流自遠慈谿同此
水滔滔
鄉村子弟失栽培欲普絃歌費主裁有志竟成徵古語會看興學
育英才

生來友愛實堪師猶子非男賴護持嘉耦相攸儕敬叔關心憐惜勝親兒

壽享古稀樂晚年生辰剛遇月圓天兒孫自樹皆英傑正是人間第一仙

課餘吟詞草

常熟秀山楊鍾虞別署女文奴稿

垂楊碧 初春

春意轉幾點寒梅新綻燕子未來鶯未囀初舒楊柳眼 簾幙陰陰深院獨倚碧闌干畔何日踏青招女伴思量天氣暖

朝中措 春寒

丁東玉漏夜迢迢閒坐鎮無聊小院東風未到嫩寒勒住花梢 添人恨處淡烟漠漠細雨飄飄何事晴光深鎖一春好景蕭條

滿庭芳 賀同學歸左宜于歸之喜

枝上鶯啼梁間燕語千金一刻春宵畫堂歡宴簫管奏嗷嘈料是

天成佳偶藍橋渡咫尺非遙還爭羨謝家道韞吟絮更才高 想蘭閨韻事奇文共賞佳句同敲正綠窗人靜心字香燒況值艷陽時節休辜負柳媚花嬌臨風祝百年偕老美酒醉葡萄

宴桃源 殘春

九十春光將去惹得新愁幾許抛卻手中書繞遍闌干無語無語無語花徑落紅如雨

調笑令 惜春

春去春去小樓又聽風雨行看庭院花飛一種牢騷寄誰誰寄誰寄打算終宵無計

憶仙姿 夜坐

悄對綺窗閒坐一點燈花輕墮夜靜覺衣寒滿院春光深鎖無那
無那把個影兒拋躲

憶蘿月 春暮

陰陰天氣幽恨憑誰語小院重門深掩閉春去還留也未 敎人
怎不魂消滿庭花絮飄飄颺有梁間燕子呢喃猶戀香巢

一翦梅 聽雨

豈爲催詩幾點飄聽也魂消睡也魂消疏疏密密打花梢醒也無
聊夢也無聊 小坐黃昏掩綺寮書也輕拋鍼也輕拋凄凄滴滴
到深宵晴也明朝雨也明朝

醉花陰 春盡

眼底韶光抛幾許迅速如風馭呼婢捲重簾撲進深閨又是花和絮　繁華閱盡無憑據添得愁千縷我欲問東君歲歲年年春去歸何處

離亭燕　春睡

又是暮春時了鎮日懨懨增惱滿院棠梨零落盡一縷吟魂相繞掩卻碧窗紗枝上鶯兒聲杳　簾外夕陽斜照簾底爐烟輕裊但覺晝長人似醉欲醒夢猶頻擾忽被白鸚哥驀地把儂驚覺

生查子　送春

心緒亂如麻莫怪腰支瘦作計挽韶光幾度眉兒皺　背地對斜陽怕近黃昏候癡欲問東君到底春歸否

春去也 本意

春去也人倚畫樓中滿徑殘紅花片片空階新綠草茸茸無語對東風

賣花聲 立夏前一日

莫把曉鐘敲心愈煎熬看他明月上簾腰個裏斷腸人不識識也魂消　枯坐更無聊懶把燈挑韶光欲去忍輕拋只爲惜花拚不寐愁到明朝

點絳脣 夏初

酒榼誰攜匆匆又送春歸去落花飛絮好景難留住　獨倚雕闌長晝閒庭宇添離緒綠陰深處兩兩黃鸝語

南鄉子 雨夜

一夜響蕭蕭倦倚熏籠覺漏遥凄切攪人腸欲斷無聊燈暈紅星不耐挑　點滴打芭蕉一縷愁思暗自撩讀遍離騷悽絕句魂消纔到三更雨又飄

浣溪沙 初夏

暖入輕衫乍卸棉焚香坐對小窗前南華愛讀養生篇　睡起朦朧如中酒日長髣髴似經年飛飛蝴蝶落花天

攤破浣溪沙 其二

開遍薔薇一院香遲遲徧覺日初長况又滿庭飛絮攪趁斜陽　誰向鞦韆閒弄影微聞笑語隔隣牆最是流鶯啼未歇惱人腸

明月生南浦 其三

繡幙沈沈天近暮飄落榆錢花徑堆無數樓外長楊風亂舞惹人添得愁千縷 窗畔蝶兒來復去鴨鼎香薰默誦離騷句拍遍闌干慵不語瀟瀟又下黃梅雨

雙調南鄉子 夏日

曉起整書奩怕見陽光逼綺檐天氣困人人意倦懨懨一炷爐香手自添 閒坐看楞嚴拋卻吟情筆懶拈小院春花都落盡纖纖草色青青入畫簾

朝中措 題漁翁得魚圖

綠波細蹙水生紋楊柳映柴門一抹斜陽如畫溪邊有箇漁人

釣竿輕拂低頭兀坐斂手含嚬卻喜今朝換酒得來幾尾銀鱗

醉花陰 白秋海棠

月明庭院蟲吟候一點芳心逗不慣門濃妝冷落西風只共黃花瘦含情脉脉頻垂首燒燭還相守怎奈玉容嬌獨傍瑤階涼露愁消受

桂殿秋 秋夜

秋黯淡景蕭條疏星斜月碧天高寒蟲砌下聲如訴伴我書燈冷焰挑

南浦 代挽歸介亭表姨丈

丹桂正飄香又恰交中秋圓月時節驀地起罡風偏添恨人世忽

逢長別才華夙具泮宮猶記芹芬擷五句遽折何造化無情摧殘
英哲　當年掌教辛勤看講舍宏開心腸尤熱純孝稟天生娛親
外未許詩文拋撇瓊樓赴召罷春里巷增嗚咽遺書滿笈欣室有
佳兒也稱人傑

比梅　秋雨

窗外芭蕉聲弄颯颯瀟瀟相送欹枕不成眠悔却當初移種驚夢
驚夢聽到半宵衾擁

眼兒媚　吾亭秋眺

吾亭遙望碧天長面面置明窗南聽鐘韻東看塔影西眺山光
虞城風景添吟料收拾我詩囊幾行暮雁半鈎新月一片斜陽

柳長春 環翠小築徵詞

點綴成林，商量拓地，亭臺小築公園裏。四圍花木一房山，茶香酒熟勾人醉。　雨灑空青，風搖活翠，白雲掩映清溪水。夕暉朝日兩般時，天然圖画眞難繪。

江亭怨 尋梅

昨夜朔風不住，吹下雪花如絮。著屐試尋春，轉向板橋西去。　撲鼻冷香暗度，瞥見紅梅如許。折得一枝歸，不負此回清趣。

勘誤

題詞第一句第二字雩誤雲
調名高陽臺落去陽字又高陽臺
詞內詩傳誤傳詩春深誤春探
紙鳶詩內裏誤褢
西子湖雜詠第四首內艭誤艭
春日雜吟第二首閒誤間
春日雜吟第十四首忘誤望
賞牡丹詩黃誤黑
盆蘭詩不誤下
瓊翠小築詩迥誤迴
輓曹姻丈第四首晝誤畫
甲子孟秋題謚誤諡
歸姨丈原作第五首閒誤間

姚楚英撰

楚英詩存（附詩餘）

民國二十五年（一九三六）鉛印本

提要

姚楚英《楚英詩餘》

《楚英詩餘》一卷，姚楚英撰，詞附《楚英詩存》刊行，民國二十五年（一九三六）鉛印本。《楚英詩存》前有朱太忙、黄少牧、高二適序及姚楚英自序。並有男性張念祖、熊公福、劉蟫、沈瘦若、徐緒通、鈕敦仁、王化南、庹萬選、鄧潛、楊雪溪、王釤、袁潛、陳永剑、孫同德、童樹民、姚嶽、胡介昌、周志鋭、胡善仕、胡墨儒、彭淼、楊雪門、金大勳、錢景周、劉滙清、何俠、杜維城、季望疇、林拔、李造舟、寧勤德、黄仲瑜、曹紹南、姚永年等，閨秀施淑儀、李董繡珠、劉舜英、李秀娟、姚許杰、姚軼倫等題詞。《楚英詩存》以古體詩、五律、七律、排律、絶句、詩餘分類，其中包含詩餘二十八闋。

姚楚英，生卒年不詳，姚茂才女，南滙人，卒業文治大學，曾在新加坡辦南華女校，民國二十二年（一九三三）回國，後供職於民國政府僑務委員會。姚楚英留存作品以詩爲多，由於海外奔波、侍養孤母、時局多艱之故，憂鬱其内，泄之於外，因此不僅詩中憂國思親、悲死慰生、登山臨水、傷時感事，其詞作亦一洗脂粉氣，與其詩境一脉相承，即使在傷春悲秋之作中，亦融入了家國之悲和時局感懷，如《西江月·秋夜》等詞。同時，姚楚英詩在合律上有所欠缺，質樸淺俗。如《讀書隨感》「古人不見我，我不見古人。唯有文與字，千載得相親」、《詠盜》「掠人財物者，只被飢寒遣。世間真大盜，反不露頭面」等語，屬於興之所至而形於言之作，部分作品有口語化傾向。從詞藝來看亦相對平淡，部分作品因襲痕迹明顯，如《憶秦娥》「傷離別。征鴻不見音書絶。音書絶。夜長不寐。苦衷難説」等語。《楚英詩存》自序云：「楚英幼未治詩，長始好之，偶讀詩詞，覺津津有味。苦乏良師益友，以相誘掖，且常執教他鄉，天涯奔走，衣食所驅，日不暇給。雖有精研之志，而力久未逮。僅公餘之暇，諷誦古人詩詞，稍學吟詠而已……然偶有所感，輒成俚句以自遣，故詞多拂鬱。」朱太忙序亦云：「楚英之詩，樸樕似其爲人，惜蚤失怙，趨庭之教淺，又少名師友，爲之陶鑄，故大半自抒性靈，不事敦琢，獨存天真。」（朱太忙《楚英詩存》序）姚楚英作品雖算不上藝術的精品，然其以一腔赤誠投諸詩詞，在那國難當頭的歲月，展現了女性的膽識、眼界和胸懷。

楚英詩存序

予甫弱冠。以文字徧謁鄉先達。猥受寵許。各贈言見勗。電生姚茂才有刮目同羨居然翰墨新句。茂才即清丹徒教諭藝諳孝廉子。楚英之父也。性和煦。授徒[illegible]守家盃中物。輯有酒史女子修齊錄諸書。生丈夫子二。女公子五。均擅文藻。而楚英氣珠光。英英露爽。才尤傑出。卒業文治大學。歷長本邑城南吉礁星加坡兩南華女校。遨遊南溟數稔。譽望洽然。若鄂若粵。雪泥萍梗。輒隻身往返。其膽識有足多者。僕忝葭莩。衡宇相瞻。而彼此不家食。游蹤靡常。罕數數覯。金惜墨慵。積歲尠通魚素。比楚英眷念親邁。不欲久客異域。民二十二遄自囘國。爲便就養計。橐筆京中者。已歷三載。今春忽手繕詩詞稿郵示。索弁一言。異哉。楚英不求於世之顯甚學邃者。顧獨以屬諸牖下老生何也。竊笑二人跡疏趣異。落落不相符。或第取其迂鈍孤騫。爲差近歟。抑人之行誼。最難誣於桑梓。鄉之筆固非足重。鄉之言詎不可徵。昔吉仙女士。詩名膾炙雲間。君之王姑也。君爲六宜樓替人。而迄今猶未字。殆所謂霞舉千里。冰襟一世者。然乎否耶。楚英之詩。樸樕似其爲人。惜蚤失怙。趨庭之教淺。又少名師友。爲之陶鑄。故大半自抒性靈。不事敦琢。獨存天真。惟是格律森嚴。歷來大家。不無小疵。學者於此。終須加之意耳。處世宜棄智滅學。悔目歛肩。方獲遂志。苟欲窮覽博習。以才美求知於人。非大惑而何。僕每惜世之才媛。大氏頹首黄白以去。而君仍把卷長吟。效嬰兒子自力以養其母。可謂高已。脫屣山人詩學直說曰。作詩勿自滿。識者詆訶。則易之。然僕謂文字特寄焉爾。文字外自有立身要素。若不求諸內行。唯文字是索。得毋皮相之誚。吾里才媛。如馮氏玉芬、麗楷、錦。履端履瑩姊妹。李氏玉瑤、龐氏瑤珍。朱氏影蓮、穆、庚。姚氏芬、其慶。以君當之。或無媿色。而緬懷馮墨香張嘯山于香草諸先哲。方聞績學。流風餘韻。問今疇克拾其半武者。斯則僕序楚英之詩。不得不引爲莫大悚恧。宜如何益有以互勉。仰追芳躅於千秋。是用策厲其後。

民國二十五年季春南匯朱太忙謹識

黃序

古今來爲詩者多矣。然有真詩。有僞詩。矜才使氣。詞藻繽紛。按之其中枵然無有者。僞詩也。發乎性情。止乎禮義。令人感動奮發。挹之而無盡者。真詩也。古詩三千餘篇。孔子删之。存三百十一篇。爲之發明其旨曰。詩三百。一言以蔽之。曰思無邪。於關雎贊之曰。樂而不淫。哀而不傷。於唐棣斥之曰。未之思也。夫何遠之有。間嘗本此意以論古今人之詩。合之者十得一二。不合者十常八九。夫詩以言志。動於自然。不事雕琢。則其意真摯。其詞率直。固不必求其聲調之鏗鏘。音韻之中節。而真性真情。沛然流露於字裏行間者。真詩也。余讀楚英女士之詩詞。有合於真字之旨焉。女士以詠絮之才華。負師資之聲譽。歷長校務。遠走南洋。講授餘閒。寄志於詩。瀏然以清。煦然以和。不矜才。不使氣。而於憂國思親。悲死慰生。登山臨水。傷時感事諸作。皆能纏綿宛篤。一唱三歎。使我憂樂循生。傷感同情。而莫知其所自。信乎真性情之詩。感人深矣。非然者。縱與言詩。吾不知其爲三百。爲漢魏。爲晉唐宋元也。女士近集詩成帙。以同人之誼。索敍於余。余不文。不能敍女士詩也。余夙佩女士奉親養志。負米海洋。女兼子職。才而能孝。欽企欣慕之餘。益動我陟岵陟屺之悲。遂不自覺其陋而記數言於篇首。

民國肇元二十又五年黟山人黄少牧記於白門之黄鐘毀棄行館

高序

楚英詩存弁言

詩者。所以發攄人之性情。寄託人之懷襃。是故哀感興憤。爲凡屬含生之倫者。儼然爲布帛菽粟以外。一日不可缺乏之具。蓋人生既臨事興懷。又或因物而動。而其所不能少者。于是乎託于聲詩。所謂言之不足。故長言之。長言之不足。故永歌之嗟嘆之者也。

楚英女士。身丁離亂。往曾涉足南洋。執鞭爲教。其治事之勤。基于其心之惻怛。而其攬筆爲詩。概多家國興亡之慨。蓋其英華鬱于中。故能感慨淋漓洩於外也。豈非然哉。

抑又聞楚英平居奉母。其處心宅性。恫有北宮嬰兒子之勤。是其孝思所蘊結。

類非時下兒女子所能望其項背。則楚英之詩。更加磨厲。又其德厚之至純者也。

余于役京都。獲與楚英同曹治事。間有公暇。亦輒就楚英論詩。今楚英更裒集其平生所存。得如千首。殺青甫就。請弁一言。余愧不解詩人之旨故廣楚英之志而一申言之。楚英倘以爲何如。

中華民國廿五年六月朔弟高一適拜序

自序

天地之大。萬物之衆。人事之繁複。何者可以託言寄意。徵時代之隆替。人心之微奥。喜怒哀樂之情。何者可以宣而洩之。表著個人之際遇。曰。其惟詩乎。楚英幼未治詩。長始好之。偶讀詩詞。覺津津有味。苦乏良師益友。以相誘掖。且常執教他鄉。天涯奔走。衣食所驅。日不暇給。雖有精研之志。而力久未逮。僅公餘之暇。諷誦古人詩詞。稍學吟咏而已。間有所作。輒卽棄去。不敢眎人。設有戚友知而索閱者。逼之始出。亦冀緣是以獲切磋砥礪之益。非樂以傲帚自炫也。亦非藉此以獵名譽。然偶有所感。輒成俚句以自遣。故詞多拂鬱。久而篇帙增多。友人輒慫恿付梓。以供同好。惟自愧下里巴人。未免貽笑方家。况當國步艱危之際。匹婦有責。不爲前進之呼聲。乃欲效蟲吟蚓竅。靡靡之音。不遭邦人君子冷齒耶。然詩言志。歌永言。我之觸於物而感於中者。卽發於聲而出於口。如四時之以鳥、雷、蟲、風籟者。蓋內有憂思感憤之鬱積。必自嗚其不幸而後快。繩以毀譽。抑又末矣。茲集得詩詞共二百餘首。以付手民。尚祈海內外諸同文有以教之。辱蒙諸大吟壇　賜題。感激之餘。幷此鳴謝。

民國廿五年六月南匯姚楚英自序於金陵

題詞 以收到先後爲序

昌黎 張念祖 芍暉

扶輪大雅遙。風騷墮久矣音期正始存。乃在一女子。女幼誕南荒。悟澈葩經旨。學成戒櫝藏。門牆植桃李。占鳳無淸門。標梅頠吉士。二水三山間。養志嬰兒比。松蔦有文人。傳鈔積萬紙。遠貢詩一編。展卷大歡喜。女弟子多多。吟哦誰及此。瑤編示同堂。應聲或四起。

江西 熊公福

會向南溟賦壯遊。海天雲物望中收。歸來試檢奚囊看。滿貯芳馨邁杜洲。

九天珠玉唾塵寰。信手拈來妙趣環。脫盡香匳脂粉氣。最蒼涼處最幽嫺。

劉齒劊腸屬性生。女兒心事正光明。江山變色吟情適。時有悲笳出塞聲。

[illegible]詩屯爲浣薇。一編齊唱木蘭詞。從今不數然脂韻。記取聊杯看劍時。

題詞　二

潮安　劉蠙

綺靡緣情婉以淒。錦囊何敵斷腸詞。華年似水歐心送。漆室憂邦熱淚垂。滄海荷衣去國久。故園茆屋賣珠爲。椰風蕉雨經行慣。歷歷南瀛繫夢思。

南匯　沈瘦若守約

北宮錫類養慈親。翰墨怡情玉守身。多見良妻賢母累。安閒轉羨女詩人。風雨江山處處危。綠窗拈韻亦攢眉。吟同漆室憂時嘯。不是紅顏未嫁悲。

天津　徐緒通一逵

女子多才詎不祥。若昭姊妹重膠庠。棗梨版刻詩千首。桃李陰培樹兩行。養志惟期烏鳥報。催妝慵卜鳳凰鏘。蔦蘿松柏文人在。海內徵題事更忙。

興化　鈕敦仁慕頤

古調重彈近代希。何期佳什出閨闈。讀書業早青箱裕。問字人多絳帳依。鴻印雪中痕盡玉。鶯鳴花底語如璣。深心更把春暉報。寸草殷殷未忍違。

南匯　王化南　季昆

秋陽曝。江漢濯。裔出重華降崧嶽。想來明月是前身。舉世皆渾我不濁。梅花太過林君復。甘處深山完太璞。鐵中錚錚鳳之毛。庸中佼佼麟之角。陽春白雪發浩歌。道韞才華大家學。撤其瑣瑣事嘗堂。謝却濃粧崇儉樸。孝思不匱媲北宮。當今難能覯數數。淑身並作淑世謀。絳帳宏開起後覺。迥然巾幗出英豪。女界賢師欽卓卓。春風時雨化深閨。羣玉乃仗良工琢。盈門桃李盡成材。弟子三千皆卓犖。以身作則善教人。不尚浮華尚真確。吟詩大有鬚眉氣。破浪乘風慕宗慤。君不見歐化東行競維新。削足就屨妄施斵。碱砆亂玉非本真。失却精華賸糟粕。惟有女士學識高。獨向文壇留著作。力挽狂瀾國粹存。不啻雞羣立一鶴。嗟乎舉國如狂尚摩登。深染習氣難救藥。天生女士作慈航。徧洒楊枝水霑渥。著書立說付千秋。發蒙振聵功尤偉。

大庾 庾萬選 悲亞

有客新從海外歸。江山文字助清輝。掃眉才子知多少。不及隨風唾落璣。

中外湖山歷歷陳。齊煙九點盡芳隣。滿城桃李芬如海。不屬春官屬美人。

文明劃破乾坤界。講幔何須隔絳紗。漫惜宣文君竟逝。宋家而後又姚家。

漱玉長真俱不朽。名山同占獨空羣。幽棲寂寂南樓死。此筆今時總屬君。

曲江 鄧潛

疑是嫦娥下九天。青霄矗矗月娟娟。霓裳本是廣寒曲。飄入人間何亦仙。

興化 楊雪溪 笠舫

詩以理性情。溫柔敦厚旨。憂時杜少陵。亂離背鄉里。束晳補南陔。庭幃眷戀繫。古人寄篇章。要終務原始。語摯而情真。行遠必自邇。今人弄筆端。浮豔塞滿紙。免俗信未能。聊復云爾爾。南匯毓秀靈。虞姚女公子。進身學校階。舉動悉由禮。擇壻非云苟。鳳驚世罕比。硯田耕他鄉。親恩篤毛裏。魂夢戀高堂。北宮嬰兒擬。蠻荒憶舊蹤。山木葱蘢起。風光入畫圖。澄懷淸見底。春秋佳日多。寫趣四時喜。卽今京中居。毋不門閭倚。玉雪霏藹言。榛莽賦彼美。集合數百篇。分類古今體。名山壽世多。一家成詩史。徵題三星期。郵電迅飛駛。馬工步後塵。枚速先登几。

南匯 王 鉁 淑凡

珠璣字字擅風流。盡向蛾眉筆底收。別有一腔孤憤在。不關春恨與春愁。

平湖 袁 潛 曜梅

漆室悲吟淚幾行。關懷敢爲惜春光。寶窗選婿才非匹。花縣迎親志已償。垂誡昔昭培女學。居官崇嘏作男妝。壯遊海外搜奇蹟。翦取輿圖入錦囊。

東台 陳永釗 藴仙

楚史風華贈典墳。含辛有美秀而文。智珠淸慧瑤宮謫。鸞鶴飄飄逈不羣。

英英雲白答思鄉。魂夢戀依繞北堂。古族清華虞帝胄。終身愛慕刻難忘。
詩人溫厚旨和平。流水高山寄遠情。大盜不教頭面露。感時逸趣覺橫生。

題詞

海陵 孫同德 馨儒

生花彩筆邁淩雲。妙句天成吐苾芬。中外山川增閱歷。勝他蘇蕙織迴文。
感時憤世託詩情。熱血如潮筆底生。愧煞鬚眉千百輩。口頭救國負虛名。集中皆時之作居多
誰將妙格說簪花。咏絮才華擬謝家。他日乘龍新中選。閨中賭韻鬭尖叉。

玉環 童樹民 聽怡

楚水吳山閱歷深。一庭桃李半成陰。胸中負有鬚眉氣。都付才人長短吟。
英雄氣概女兒身。曾長南華幾度春。讀罷摽梅猶待字。乘龍畢竟屬何人。
詩成四體見吟工。三百篇中有國風。板凳生涯甘冷淡。移薪養母北宮同。
存心救國刼灰餘。偎傍慈幃讀五車。守禮惟嚴陋時習。吳興真個女相如。

東台　姚嶽　頌岳

一卷新詩具剪裁。蘭心蕙質衆交推。吾宗今有簪花筆。不遜謝家詠絮才。

含今茹古兩融通。字字珠璣句句工。龔早殺青傳海內。好鍼末俗挽澆風。

無錫　胡介昌　茲儕

開元宰相舊家聲。千載坤靈萃楚英。休羨隨園女弟子。六孃詩派出新城。

我在蓉湖久倒綳。考亭緣是舊同盟。指太忙學士說吮毫充作題橋客。莫笑一聲山鳥鳴。

上虞　周志銳　步莊

風流真箇女中魁。也具謝家詠絮才。幾卷詩餘芳草麗。一枝筆妙好花開。翻同金縷新歌曲。備得玉臺舊體裁。雅頌衰微倫紀壞。閨門今幸有人培。

彭縣　胡善仕　述卿

一代風騷萃女宗。梅花丰骨玉玲瓏。陽春白雪高無價。留與詩人詠不窮。

題詞　八

南匯　胡墨儒　紅豆

轢轢風騷幼婦辭。吟壇誰與角雄雌。江山況助嬋娟筆。不數卑卑漱玉詞。

奇花初放月初胎。靈氣如雲去復來。莫道一編聊爾爾。平生懷抱幾時開。

岳陽　彭　森　少海

瀛海之中寫景。倫常以內言情。何則不櫛有蘭英。如許雅懷清興。信是江山得助。斯能錦綉裁成。挑燈想見妙心明。纔讀教人神定。調寄西江月

興化　楊雪門　横山

虞姚古族世欽崇。敦厚溫柔林下風。格律遙追工部選。才華雅與謫仙同。成材學子傾南島。養志嬰兒比北宮。旨趣淡恬情性理。揚芬摛藻薄雕蟲。

泗陽　金大勳　集成

曲高和寡譜陽春。古調彈來迥絕倫。志述詩存吟柳絮。輝生文采悟蘭因。北宮養性

曾無恙。南姑相攸信有真，賞識知音千里外。有緣逢著有緣人。

常熟　錢僅瑜　景周

純孝親能事。新詩補白華。聯吟邀姊妹。索笑詠梅花。立品爲人羨。多才敢自誇。錦囊搜麗什。珍重付籠紗。

南通　劉匯清　仲澤

繽紛天雨曼羅花。珠玉如披感物華。南國客遊宣木鐸。北宮孝養式香車。陰成桃李星坡遠。才壓蘇蘭浦左誇。三足集庭歌愛日。清吟萬首正而葩。（藝文類聚古今注日中三足烏之精降而生三足烏有虞舜孝三足集其庭）

廣東　何俠

佳章拜讀挹清芬。三楚才人盡屬君。昔日斷腸今再見。妙裁尺錦織迴文。
咏絮才高說謝娘。蘇家小妹齒留芳。千秋博得名利姓。黛玉焚詩別有腸。

題詞

一〇

六藝如今信可誇。清新音律按紅牙。閨人手卷才人筆。一代文章出大家。

誦帕新辭有所思。批風抹月宋唐詩。一篇寫就留存稿。好待騷人細讀之。

黃陂　杜維城　子殿年七十有九

海曲嬋娟淑且賢。丰神氣格獨芳妍。大昕雅肄超巾幗，化雨時行入管絃。蕙質蘭心傳美譽。桃穠李郁荷精研。校書博士誇閨秀。才子翩翩著讓先。

讓先執是敢爭先。援筆成文錦綉篇。萱室養親能盡孝。賓窗選壻必求賢。名揚大學功言立。服務中央體用全。柳絮才情超俊彥。自慚老大句空聯。

南匯　季望疇　禹伯

課餘妝罷却徘徊。綽有清新咏絮才。窗畔梅花天外月。一時齊向筆端來。

飽閱遺經與古書。書中大義驗無虛。孝親堪媲嬰兒子。幾輩鬚眉總不如。

輕寒薄暖仲春時。盥誦紅閨白雪詩。絕似擲柑聽隄畔。鶯聲脆囀綠楊枝。

天教絕世擅聰明。詩似冰壺澈底淸。堪信女中有元白。好將一卷壓羣英。

黃巖林　拔 憩伯

難得五枝姊妹花。中惟行六更才華。珠璣滿腹由天授。桃李成陰遍海涯。禮度無虧能謹守。孝思不匱洵堪嘉。焚香展讀新詩句。辭藻超羣有幾家。

餘姚李造舟 貫澄

錦心繡口盪柔腸。吐出文章字字香。未寫曹昭修史筆。已盈謝女琢詩囊。淸詞霏玉眞無玷。妙語穿珠迴有光。才調奚輸蘇小妹。將着對偶合秦郎。

大通甯勤德 不孤

滿幅珠璣咳唾成。皎然冰雪見聰明。女兒心口英雄膽。別有詩才本性情。

潮州黃仲瑜

班蔡文名謝李詞。千秋累帙壓鬚眉。開篇幾次驚神韵。拜倒生花筆一枝。

題詞

六合　曾紹南　醒齋

風摧椿樹正銜哀。吟興春光併作灰。忽聽叩門聲剝啄，綠衣人挾素書來。

清詞麗句已驚奇。況復堅貞不入時。敢謂無才便是德。卽令媿煞我須眉。

從弟　永年　養怡

左家才調謝娘姿。蕙質蘭心絕妙詞。豔說六宜樓傳後繼起（族高祖晉岸公生六女俱有才名恆其所居爲六宜樓吉仙太姑母有詩集刊行其尤著者也）承先媲美句何奇。

橐筆曾周南島游。（曾任星洲南華女校校長及檳城吉礁等各埠教授所至爭聘）斐然桃李盡才優。（學生有歸國參加運動等舉）溯源有自鍾巾幗。（伯祖爲諸孝廉就職丹徒教諭伯父田生茂才創設女學於鎭中伯母亦任揚潔教務坤儀理擅績事而軼聞軼給諸姊亦均能詩工書秋軼聞姊且任泰賢縣頭橋鎭鎭長）媿我雕蟲附驥留。（予少卽就賈自恨不十年讀書近正蒐輯吾族詩文著述擬付剞劂流傳）

閨秀

崇明 施淑儀 學詩

家學淵源有宛君。小鸞繼起挹清芬。若昭姊妹多才思。不讓公卿擅立勳。

愛遊山水資詩料。麗句清詞別有情。桃李成陰護正茂。謝家聲譽滿江城。

國難臨頭痛切膚。覆巢怎奈卵完無。憐君一掬憂時淚。天下興亡問匹夫。

情魔不著無煩惱。玉潔冰清愛自由。萬里星洲曾作客。風濤滿地使人愁。

丹徒 李董繡珠 蟾芸

南國謳江漢。蠻荒萬里投。弦歌流外域。模範自中州。離別還家夢。艱難抱國憂。笙詩容借補。卷帙綠窗留。

古歙 劉舜英 琴君

一曲南薰古。虞姚說至今。庭幃多愛慕。塵海少知音。黄絹裁新句。青春檢舊吟。短才慚機線。徐度借金鍼。

紹興李秀娟 玉英

君是楚英我玉英。差欣一字附同名。好詩讀罷心淵折。甘讓騷壇獨主盟。
英雄不服服英雌。桃李春風舞滿枝。我亦有情同性別。學吟將要奉爲師。

南匯姚許杰 吉如

詠絮才華林下姿。簪花妙筆寫新詞。若昭姊妹多才俊。一卷流傳自可期。
昔年海山記從遊。絳帳春風愛護周。魯鈍莫嗤頻問字。巴詞敢冀廁名流。

胞妹 軼倫

一卷新編若楚詞。雪泥鴻爪悉留斯。幾多抑鬱難平氣。化作悲歌慷慨辭。漠視功名隨遇適。忘懷窮達任所之。孤高不善逢迎術。坦直清真只自期。

楚英詩存

古體詩

讀書隨感

古人不見我。我不見古人。唯有文與字。千載得相親。

詠盜

掠人財物者。只被飢寒遣。世間眞大盜。反不露頭面。

春雪

乍寒出意表。衾薄衣裳少。晨起闢柴扉。羣山頭白了。

春暮

鶯聲枝上稀。月斷天南雁。流水送殘紅。春去年年慣。

自遣

畫虎難畫骨。知面不知心。人情多鬼蜮。何處覓知音。孤調勿復彈。毀却伯牙琴。嘗盡人間味。方知父母恩。百年原暫寄。一霎古猶今。日月光雖耀。浮雲尙可侵。逆來當順守。悶極託蟲吟。

別意

皎皎玉兔光。何爲照我床。托身千里外。中夜起徬徨。烽火家山險。堪爲遊子傷。夢中見白髮。避難走踉蹌。雁絕書難寄。有語鬱衷腸。萍飄何日已。淚下沾我裳。

述志

不甘金閨滅。遠適此荆蠻。托足雖有門。義不枉受餐。流轉何時已。一枝棲未安。思濟苦無梁。世路多嶮難。誰能和白雪。順絕伯牙彈。人生本逆旅。顚沛付達觀。天涯比鄰若。北堂菽水歡。屯邅斯鍛鍊。一笑休悲歎。新詩隨興賦。留作後人看。

遊星洲軍港水樓

風塵潦倒可憐生。引躍蓬壺一日行。暫作神仙天地外。忘懷世務不關情。茅舍玲瓏面海築。遠山環堵似春城。碧水漣漪明鏡裏。往來汽艇自縱橫。依依落日離人意。新月冉冉上嶺輕。漁火疏星幾莫辨。晚soon喬木欠分明。開罇坐對肥鮮佐。痛飲葡萄帶淚傾。酒入空腸愁易掃。潮來我亦欲騎鯨。烟浦任魚躍起。黃昏椰宿鳥驚飛鳴。模糊景色憑欄處。如泣秋蟲訴不平。月影穿窗歸夢醒。濤聲拍枕旅魂驚。風雨瀟瀟添寒侵。被衣起坐正三更。殘宵覺有陰森氣、一點光輝穎短檠。人居濁世多磨折。乘風何日展歸程。小住盡歡遊盡興。長歌無淚哭無聲。

太湖飯店早起

鳥喚遊人起、清風入戶來。憑欄凝遠望。山嶺雲未開。朝暾正初上。林木着微黃。倏忽千巖變。霞飛透曉光。烟籠二湖水。隱約見桅檣。心苦爲形役。世情炎復涼。何當駕舟去。從此歸帝鄉。

落花

半夜妬花風。一簾春寒雨。呵護乏神功。花開本無主。曉來三徑迷。零落滿芳塢。細細香入沙。陣陣起紅鮮。點點、夾塵揚。簇簇着苔聚。君不見凌亂逐長流。狼藉堆楊浦。淒涼半面妝。腸斷昔漁父。蝶怨過牆東、鶯愁啼空樹。新辭權當哭。佳句慚工部。

春日郊遊入暮

嵐光春日明。綠水山村繞。楊柳小橋邊。靜坐堪垂釣。碧桃映水紅。回人獻媚笑。蜂蝶戀花叢。鶯燕歌新調。好景最難留。一霎落殘照。遠山鎖翠眉。不似來時妙。暮靄惹人情。燈月相輝耀。興盡始言歸。臨風復長嘯。

鏡中見懸壁小影

君是畫中人。更在鏡中看。壁間向右覩。鏡裏却左觀。外鬢黑蒙茸。短髮垂肩散。常爲覊旅身。秋風悲江漢。飄泊自年年。粟六仍旦旦。相顧儘相憐。等閑容顏換。世味遍炎涼。槁木失爛漫。人生數十春。渾然亦將半。事業愧無成。弔影唯長嘆。

獨酌醉後

獨酌忽焉醉。一醉等神仙。傷心腸斷事。不得上心弦。抑鬱因之散。煩惱不須牽。手足擬輕翼。神魂俱飄然。旣放高歌能。起舞如狂顛。窮途都歸命。孤芳不自憐。渾然無所苦。酣夢枕書眠。

五律

詠菊

東籬甘冷落。骨傲擬蒼松。佳色凌霜豔。清香浥露濃。千秋君子比。三徑故人逢。休共軟紅賞。祇堪高士從。

登樓詠雪

朔風何凜冽。雲凍絕飛鴉。隴麥宜三白。年豐兆六花。憑高凝遠望。寒氣逼人賒。缺陷渾無辨。哀鴻盡失家。

除日在樟林

歲晏天涯客。思鄉感慨多。鵬程空有願。日月枉蹉跎。故里冰霜結。殊方氣候和。從茲視異俗。風尚果如何。

新年寄友

韶華愧虛擲。才薄謝無能。興趣頻年減。憂懷似歲增。知音渺何處。啓我有良朋。冀發梅花使。瑶緘好拜登。

人日

堂前梅放玉。陌上柳垂金。雲靄開還斂。清光晴復陰。登高徒極目。感事欲傷心。人日偏驚至。無聊且獨吟。

端陽

榴花方吐焰。解棧綺筵開。痛飲菖蒲酒。頻斟琥珀杯。奮飛蘭槳疾。快奪錦標來。湘水滔滔裏。家家弔屈才。

梹城極樂寺遇雨

碧巘青巒裏。古寺夙垂名。色相空且遠。襟懷淨更明。溼衣蒙雨氣。沈耳賴泉聲。直上凌霄處。浮雲蔽一城。

偶成

歷山學舜耕。得失與誰爭。野鳥還知樂。山花不解情。白雲斯我伴。黃犢可逃名。世外消煩慮。悠然一死生。

遊寧感懷 民國十八年

海外新歸客。金陵作勝遊。煌煌衙院築。逐逐利名求。易起滄桑覺。難忘家國憂。登臨無別感。一片古今愁。

題祖姑母吉仙女史賸稿

品立特殊舜韶高。句出新標懷思謝女。格調疑唐人。德劇方稱富。才多未是貧。生來嗟我晚。誰與問迷津。

九日

一年容易過。令節又題糕。黃菊昔初綻。青楓葉漸酣。醉餘猶作賦。冒雨且登高。自愧籬邊鷃。何當為鶚翱。

嚴冬京滬道中

搖落江南道。寒林路幾層。山巔俱已禿。河水盡成冰。芳草郊原絕。野雲天際凝。雄心豈被凍。猶是慕青鵬。

春雪

曉來驚燕寂。一望白無涯。壓竹埋芳草。鋪棉沒筍身。山山如變玉。樹樹似開花。只恐兒荒兆。平民盡怨嗟。

玄武初秋泛月賞荷

玄武初秋好。荷香月滿船。夜涼衣袖知。波靜藥珠圓。起伏山迷郭。空明水接天。琉璃世界裏。一刻亦神仙。

七律

哭胞姊韻蘭

歸嫁無奈厭人琴。欲晤爭如商與參。共訴臨終悽絕態，相看淚下已沾襟。大悟地慘由來久，跖壽顏夭自古今。恨我來遲呼負負，重泉慰問賴新吟。

萍蹤浪跡叩靈遲。一棹輕舟詣厝祠。姹紫嫣紅齊慘色，鶯啼燕語總含悲。桐棺三尺誰憑慟，閫範千秋孰可期，天妒賢才成慣例，臨風不覺淚如絲。

小劫紅塵僅卅春。曇花一現可憐身。千愁萬怨臨魂化，四德三從認太真。死得優游甘作鬼，生常鬱悒苦爲人。潸然染恙無多日，竟作瑤池不速賓。

自悼

夙昔雄心付劫灰。立言淑世愧非才。生前難樹千秋業，死後惟餘一酒杯。有限韶華驚逝水，無情歲月暗相催。百年瞬息嗚唐老。辜負親恩只自哀。

題祖舅德夫朱公遺愛錄

公是澧溪百代豪。婆心濟世敢辭勞。回生術共岐人妙。肉骨功同良相高。秋菊春蘭供品繪，鴻飛鶴舞助揮毫。名垂不朽應無愧。洧左齊欽比鳳毛。

冬節

此日光陰駒過隙。更殘漏盡曉鷄催。每逢冬至常爲客。今歲陽生昨正回。料得隋堤新柳發。想應庾嶺早梅開。飛鳴隊雁憐孤影。紅葉辭柯落作堆。

祝陸建中先生九十壽辰

沃心種德姓名登。激濁揚清公獨能。妙術撥沙龍耳瑞。含華養氣鶴齡膺。百年會看萊觴祝。五世同堂郭壽徵。至孝性成甘淡泊。洪楊脫險福彌增。

甲子除夕大雨滂沱而江浙戰爭未息

明朝歲序又更新。未息干戈風鶴頻。戰地可憐多失所。爐邊何幸獨閒身。滂沱簷雨哀鴻淚。滿酌屠蘇欲助神。最是今宵眠不得。豈爲守歲痛災民。

乙丑元日

敲殘臘鼓催年改。稿檢詩篇又歲更。柏葉滿斟將進酒。梅花恰放見新英。人間且喜逢元日。宇內猶疑望太平。樂我閒身安我素。忘懷榮利愧虛名。

元宵作於滬上

銀燭高燒不夜城。昇平一曲管弦聲。香車綺陌揚塵細。寶馬花衢踏月輕。年少縱云須盡樂。心清識俗自忘情。繁華莫道元宵好。負却書窗梅影横。

臘梅

冰雪交加春意遲。蠟苞冒冷破寒枝。操同松竹成三友。羞與羣芳競一時。笑素嫌紅香入夢，浮金舞蝶影清池。只愁賞後花零落，忍聽淒涼羌管吹。

天燭

歲暮霜飛萬卉空。南天燭子獨成叢，忽驚夢斷原甍綠。惆悵深情變豆紅。弧影幾條小院側，珊珠千點胆瓶中。華堂供養眞堪貴。合與梅花相等崇。

中秋懷友

桐階露冷氣横秋。隔院砧敲晚未收。萬里銀盆輝碧宇，數聲玉笛弄高樓。臨風低唱悲誰和，泛月扁舟憶舊遊。兩地應同今昔感。姮娥不解替人愁。

决志南遊 丙寅十月

天賦官能固不偏。何分拙巧與愚賢。文章安足垂千古。事業難成到百年。投筆擬乘宗慤浪，聞雞快着祖生鞭。幾時日暮歸田野。雲白山青絕俗緣。

感懷

萬里蓬飄四海家。忘懷榮辱鏡中花。赤心權利悲能蓋。白日浮雲恨可遮。騏驥最難逢伯樂。千將不易遇張華。崎嶇涉世方伊始。努力前程豈有涯。

星洲至檳城車中

地旋雲奔實快哉。椰林不絕眼前來。華人第宅多如櫛。土著茅廬矗若臺。(馬來土人架屋而居若亭臺然)野豔有香到處是。國花無種手難栽。河山試看誰家得。倚伏盈虛心莫灰。

贈吳女士

淡交如水吳如蘭。把臂清談瀝肺肝。傾蓋每嫌相見晚。論文足盡平生歡。匡時之術浮沈險。濟世無方唱和難。一樣天涯淪落者。一心一德豈無端。

重九與吳女士遊於海濱

飄零感遇喜新知。佳節登臨樂及時。促膝聽濤紓苦憶。聯牀話雨慰深思。縱談今古興亡迹。細和黃花菊酒詩。國恥而今猶未雪。何當攜手並驅馳。

己巳季秋歸國省親

作客年年類轉蓬。天涯骨肉各西東。曾酬素志遊南國。未報深恩愧北宮。白髮何堪疏定省。青春安可久顛蒙。黃花節後歸期晚。却值高堂在病中。

萱堂花甲

井臼操勞四十春。最難裘葛總甘貧。平生律己勤和儉。一世逢人率與眞。不爲親疏存異見。微論兒女視同仁。年來弟妹都能立。從此清閒禮佛身。

金陵

六代豪華盡渺茫。英雄幾輩歷興亡。三民大業千秋永。萬里長江一派強。敗冢衣冠成古跡。亂山龍虎帶斜陽。已銷王氣平權現。底定中原樂未央。

鄂北

鄂北馳驅賦遠征。鼙聲鶴唳客心驚。彌天烽火江山險。匝地干戈性命輕。親老難堪娛白髮。才疏焉足濟蒼生。何當及早抽身去。依舊乘風萬里行。

南海舟中

獨自凭欄詩思清。碧波如鏡一舟輕。無窮水色連天色。不斷機聲雜浪聲。世道崎嶇猶蜀道。游行平穩似江行。從今復作天涯客。一任雞蟲得失爭。

謁黃花岡諸烈士墓

疎林綠竹引淸風。血染花枝慘淡紅。忠骨無分埋一穴。荒山有幸勒殊功。英靈永顯千秋後。浩氣長存六合中。最是不堪回首處。今人愁與古人同。

國難不寐夜起

徬徨中夜披衣起。聊借雕欄六曲憑。冷月片雲猶作伴。熱腸一段已成冰。疏星漸匿蟲鳴歇。旭日將昇雞唱興。立盡曉風愁未盡。朦朧不覺薄寒增。

廿一年中秋夜懷家國

經年作客在天涯。佳節良宵倍憶家。萬里情懷增幾許。半生淚倒獨長嗟。難收失地蛇吞象。不靖匪氛蝗搶車。塞草淒迷秋正半。那堪月下聽悲笳。

海外感懷

涕淚身遙可奈何。經年勞怨在星坡。風雲變幻離愁重。山水迢遙別恨多。遣悶不妨浮蟻酒。舒情每爲放狂歌。朱顏那得春長駐。百歲原如駒隙過。

九一八週年紀念

徒勞夢想俟清河。象齒焚身是禍波。彈雨鎗林尸遍野。金風玉露葉辭柯。江山豈得偏安保。榮辱難忘此日過。我亦神州一介士。何當投筆劍同磨。

和李少庵先生四十初度

海天迢遞路悠悠。唱和羣英雅集留。敏捷功名輕得失。怡情山水傲王侯。岐黃術擅堪醫國。元白詩懷易感秋。家思而今當更切。飄搖風雨故鄉樓。(時値閩變)

與汪女士等登天堡城

曲徑迴腸上嶺難。爲搜詩料共登山。龍蟠虎踞無窮蹟。往古來今一例看。翠柏新陵幾植遍。石城遺壘半摧殘。不堪回首南朝事。日暮臨風淚暗潸。

桃花

垂絲柳畔小橋東。夾岸仙姿映水紅。乍雨乍晴含滿露。半開半萼笑春風。武陵源外迷崔護。金谷園中醉石崇。我亦願爲蜂蝶使。一生常住綺羅叢。

春暮

縹緲山城帶晚霞。炊煙裊裊起田家。黃鶯有恨啼空樹。綠水無言載落花。柳岸和風飛弱絮。池塘碧草噪新蛙。一春芳事匆匆了。日暮觸人感歲華。

步翊綸先生元韻

華北頻驚風雨侵。何堪再聽擣秋碪。從軍愧乏木蘭勇。悲感猶同杜老深。孰使邦危如累卵。誰當國難矢丹心。苟全權位裝聾啞。坐待淪亡憤不禁。

排律

月夜遊太平湖（在南洋霹靂）

炎島清幽地。蠻荒韶秀姿。塵囂俱已遠。吟釣總相宜。風月秦淮異。湖山西子奇。準嫌單袖薄。却耐晚風吹。遊興禽先覺。閒情世豈知。風光堪入畫。景色若催詩。翰墨描天趣。林泉浣俗思。清明瑩宇宙。動靜斷琉璃。水淺波紋細。山高月影遲。繁星湖底耀。疊障鏡中移。鳥宿葱蘢樹。蛙鳴曲折池。野花紅欲瘦。夕沼綠生漪。瑟瑟風篁葉。垂垂楊柳絲。頹梁棲古徑。小艇滯溪湄。坐久看雲逝。宵深覺露滋。重臨何日是。後會豈無期。

咏所居

此是清幽地，索居我獨能。門前張古木。屋角掛枯藤。只與花爲伴。惟邀月作朋。空庭悲過雁。斗室靜宜僧。客感行雲集。詩懷落葉增。風多疑夜雨。寒重怯秋燈。暫把洣蹤託。寧知天道恆。

冬日晨起

寒暑空來往。推移成古今。當時揮扇處。冰雪已相侵。霧亦吞花徑。霞輕吐月痕。霜鋪遍地玉。日染滿林金。好鳥枝頭語。幽人牖下吟。朔風辣毛骨。冷氣逼胸襟。遙念哀鴻苦。憮然悲思深。榮枯雖有數。造物固無心。

絕句

病起

一病經旬久。詩書凌亂堆。起床整理畢。更拂硯田埃。

憔悴憐菱鏡。衣單不勝風。咳聲時復作。力疾赴從公。

樟林青龍山

憑虛更覺在天涯。倦鳥投林日已斜。遙指鄉關何處是。山青雲白客思家。

暮春在汕值內亂

異鄉獨客古人悲。怕聽寒山啼子規。況復亂離家報絕。避秦午夜命殊危。

板凳生涯

日日歸來帶夕曛。舌耕硯耨不辭勤。勞多功少甘清苦。螯潔何嘗厭布裙。

感時

瘡痍滿目不堪看。國事蜩螗夢欠安。株作故園無別與。持螯對菊強加餐。

重九

滿城風雨逼人來。壯志難酬心敢灰。愧我無才題令節。遣愁惟有菊花杯。

哭胞姊韻蘭

未嘗下筆淚先流。悔作迢迢汕島遊。千里歸來傷永訣。不逢握手視彌留。

待人和惠性溫柔。淑行堪欽孰與儔。底事終風傷過暴。損年畢竟屬煩憂。

回思一度一心酸。此恨深深入肺肝。汽笛一聲舟幾處。更誰遲我在江干。（去年由汕返里姊付親迎輪埠）

匆匆臨別話無多。誰料今朝賦悼歌。死後人情都易熱。親朋每為淚滂沱。

一週年

人間天上別經年。世事無常等曉煙。今日英靈來降否。傷心燭淚亦如泉。

二週年

良緣新續正雙飛。往事分明旋覺非。紀念今朝誰記得。粗羹麥飯待君歸。

三週年

三載滄桑世態更。長眠人比落花輕。家貧設祭無珍品。薄酒園蔬格至誠。

追和于香草先生圓圈詩

孤輪破浪曉風前。盪漾霞光耀色鮮。驀見水天相接處。朱球漸現渾成圓。

國粹淪亡殊慨然。革新文字莫山天。之乎者也俱無用。句讀分明不著圈。

青氈苦坐歷多年。兩袖清風敢自憐。白髮親遙誰定省。愁看皓月向人圓。

權高勢赫亦徒然。自古從無不散筵。嘆惜衆生終不悟。幾人擺脫利名圈。

花朝

寶錫天氣燕泥融。桃李烘晴春正中。爲祝花神隨俗例。滿園一律彩黏紅。

小院金鈴護衆芳。玉樓人爲惜花忙。笑他兒女嬌癡甚。撲蝶追隨態若狂。

贈別舊同學沈女士

隄邊綠柳正成行，唱徹驪歌欲斷腸。此去叮嚀惟一語，休教失約是端陽。
風風雨雨奈何天，無計留君劇可憐。寄語同儕須博愛，金蘭未契悔當年。

感時　甲子秋

撫衷何事最關情，江浙風雲苦衆生。故國國中無淨土，澄溪溪畔孰豪英。
阿儂生小不知情，隨寓而安度此生。自是忘懷名與利，天然傲骨勝秋英。

春暮

春郊踏徧盡飛花，日暮垂楊數點鴉。惱煞良辰留不住，撩人情緒亂如麻。

輓太姑母

敬姜懿範世無倫，節勵松筠茹苦辛。欲叩天閽緣底事，斯人斯疾覓歸眞。
榴花零落蹭殘紅，曾覩重幃慘淡容。月未重圓成永訣，栽培空盼化春風。

南海舟中

悄倚欄杆自遣愁，青山綠水豁吟眸。白雲蒼狗斯須幻，悟徹浮生一浪鷗。

途次香港

國土淪亡良可嘆。利權喪易挽回難。憑他繁盛冠南海。只作蜃樓海市看。

復我藩籬志未伸。粵南門戶最堪珍。痛心天塹龍門險。（海口）初次江山割讓人。

臘月望日在亞路士打

萬里鄉關正苦寒。炎荒未感客衣單。月圓偏向殘年照。祇覺年殘月亦殘。

獨倚亞欄不忍眠。孤輪隻影倍相憐。私心暗向姮娥說。再度相逢又一年。

月夜由梹城返吉礁車中

輕車一輛疾如飛。閃閃雙眸似虎威。寂寞晚山都睡去。只餘玉魄伴儂歸。

贈別新加坡南洋諸生

臨行桃李盡依依。太半踟躕不忍歸。南郭早無戀棧志。免招濁世是和非。

毓秀鍾靈海外賢。斯文絕續仰傳宣。暫時贈別無他語。共挽狂瀾志欲堅。

吉礁南華校操場口占

疏星淡月景清幽。南島炎威入晚收。椰葉因風聲瑟瑟。衣單漸怯似新秋。

得句常疑與古同咏單轆轤體

得句常疑與古同。吟成都半賴天功。只求適我眞情趣。振筆書來不計工。

篇章急就太怱怱。得句常疑與古同。縱意紅情都未道。不香不艷曷稱雄。

探索枯腸語苦窮。未能觸類遂旁通。偶然下筆開生面。得句常疑與古同。

晨渡北海 由梹返吉渡中與瑗姪聯句

舟行海上浪花平。瑗　雲霧山巔辨莫明。楚　數點風帆來去穩。瑗　此心欲共水鷗閒。楚

代某姻妹嘆不得求學

蹉跎無奈復蹉跎。逝水青春瞬息過。二美空懷升學志。家庭多阻奈如何。

數年後一二女士均無良果感而賦此

不幸生當過渡時。無形桎梏最堪悲。千年禮教猛於虎。殺盡人間好女兒。

病起 代作

病骨支離怯曉風。侍兒扶出繡幃中。妝臺塵積慵梳洗。怕對菱花憔悴容。

贈諸女友賞菊雅集

籬邊月下敍羣英。尋味花香酒細傾。逸興幽懷誰得似。諸君不愧女淵明。

海棠

嬌柔欲滴絳唇妝。低首含情傍粉牆。可惜少陵竟拋擲。未曾收拾到奚囊。

偶成

悲歡離合總無常。却寄新詞代八行。有感不妨託兔穎。無才也許爲詩狂。

秋夜雨

夢回客枕漏聲長。歲月蹉跎心暗傷。一度思量腸一斷。那堪蕉雨助淒涼。

贈李凝芬芳二女士

姊妹花枝才德豐。豔荒金粉一時空。淵源家學明詩禮。蕙質蘭心解語同。

端陽赴李府觀龍舟不得而晝寢

爲賞龍舟涉海濱。濛濛細雨洗芳塵。怡情山水心先醉。豈待雄黃始醉人。

茫茫滄海碧漪漣。何處堪尋競渡船。自笑原來弔楚客。不期薄醉枕書眠。

陰雨

涼風襲袖雨淒淒。一片陰雲壓屋低。最是悶人天氣也。此情只合寄新題。

與李女士倫妹等海濱聯句

錦波浩渺接天流。楚 遙見雲帆一葉舟。倫 倦鳥徘徊歸尚戀。李 斜陽雖好却難留。楚

隱約漁燈滅復明。倫 淒然滿院助秋聲。李 蒼茫煙水渾難辨。月上椰梢夜色輕。楚

與倫妹聯句二首

(一)夜雨

瀟瀟風雨聽樓頭。倫 回首中原逐鹿愁。楚 漫說避秦空惹恨。倫 炎涼嘗遍此番遊。楚

(二)偶成

難能濁世見清流。楚 幾輩曾分恩與仇。倫 一任旁人評黑白。楚 須知名利等雲浮。倫

次家慈元韻

回溯九熊助讀秋。烏私未遂劇堪愁。征衫從此休重製。願賦歸來慰白頭。

附原作

「姊妹南遊已二秋。教人朝暮倚門愁。中原底定青天爽。曷不歸帆慰白頭。」

中秋夜

拙鳩豈易一枝安。涉世奚殊在激湍。一樣年年今夜月。征人常是異方看。

與南華諸生勸募公債

革命功成樂治平。欲言建設首裁兵。力籌公債同僑責。血汗犧牲豈爲名。

思親

親老那堪久遠遊。光陰彈指又經秋。自憐飄泊難償願。未報春暉萬古愁。

家慈促歸答之以詩

浪跡天涯二度秋。多虧子職曷勝愁。中原底定思田里。爭奈鷦枝不易求。

月夜

湖海飄零寄此身。冰心一片未沾塵。獨憐郢曲難爲賞。訴與淒涼月一輪。

重九遊海濱

登罷高山上水樓。偶來世外小勾留。數聲漁笛滄茫裏。醉涉平沙伴白鷗。

居鑾道中

楚英詩存　絕句

百里車行處處山。飛巖越壑叢林間。晨曦初上林霏附。雨浥輕塵逐浪潛。

環遊星島海上口占

隨青年勵志社旅行團刊於舟中出版剎那報

偶來海上會羣英。林秀山青浪更平，離却紅塵仙國住。篇章剎那已風行。

月下思家

蕭瑟椰風秋氣多。蟾宮清冷伴銀河，浮雲如畫倏移動，萬里思家只放歌。

參觀星洲軍港浮塢　民國十八年

車摩轂擊去匆匆。爭賞浮塢偉大功。世界和平難實現。強存弱肉古今同。

風雨之夕

流倒天涯慣遠遊。陽春誰和志難酬。回思往事腸應斷。風雨瀟瀟夢亦愁。

別南華諸同學

嗚嗚汽笛最無情。吹斷臨歧珍重聲。淚溼絞綃揮不起，遙看制服尚分明。（學生均穿白衣黑裙）

己巳季秋告假回國舟中

金風蕭颯莫憑欄。愈近家山氣愈寒。愁絕新歸炎島客。舟中漸感篋衣單。

十二月二日旅寧

金陵一夜雪無聲。浦口軍來客未驚。人道昨宵兵變也。中山路上少人行。

雪後謁中山陵

一座連天白玉樓。上山舉足莫輕投。模糊國父新陵道。石級千層鴻爪留。

漢黃道中

一路泥濘與役勞。狂飈曠野起悲號，遠山近水無心賞。澈骨春寒竦髮毛。

麥未登場秧已分。農夫饁婦却辛勤。行來阡陌青黃裏。一片蛙聲帶雨聞。（轎中）

重別慈親却寄

又別慈顏賦遠游。更誰定省望雲愁。應將和璞難爲貢。膝下常虧願未酬。

詠懷

板凳生涯鐵硯磨。十年潦倒恨蹉跎。依劉未免登樓感。敢效齊人彈鋏歌。

自嘲

自笑生無濟世才。心常高出九霄來。頻年走盡崎嶇路。壯志而今付劫灰。

遣愁

昔年落魄不如今。徒負平生報國心。往事每從閑處憶。新詩多爲遣愁吟。

述懷

背井離鄉慣遠遊。自憐夙願迄難酬。陽春白雪悲誰和。莫是明珠合暗投。

凌霄志氣乏雲梯。斂翮徬徨路轉迷。試問新林多少樹。何緣可借一枝棲。

匪訊 民國十九年六月七日夜于鄂北

逐鹿頻年草木兵。萑苻乘隙夜窺城。難爲令尹綢繆苦。坐守通宵風鶴驚。

梅

玉骨冰肌縞雪姿。銅瓶紙帳月明時。丰神俊逸無雙品。占得春光第一枝。

玉蘭怒放

玉樹迎春爛漫開。銀花如雪冷瑤臺。亭亭倩影衣縞素。綽約新妝不讓梅。

春朝

寒威漸減雨連緜。輕霧沉沉似淡煙。嫩綠新紅方競發。鶯聲破夢一年年。

春日旅行東海濱

離郊十里赴河塘。春色無邊桃李芳。赤足涉沙潮未漲。野叟也在水雲鄉。

碧桃

紅腮明媚滿堆枝。昔日當春門臨委。窗外花容依舊好。朱顏那及少年時。

半室霞光耀眼鮮。穠桃含笑一如前。玉容悔向花容傲。鏡裏顏衰難比妍。

聞蟬鳴

綠楊高處一蟬吟。三載寂寥隔世音。（因南洋無此物）怪底世人憎此調。阿儂偏覺暢消心。

自哀

壯志難酬只自哀。雕蟲技付劫餘灰。愧無夙慧身前種。俚句每多乘興來。

漫將詠雪便稱奇。讀史徒然譽一時。誰似木蘭兼智勇。從茲巾幗得揚眉。

夏日家居雜詠

自笑腸枯搜索難。未成章句硯先乾。吟懷豈爲炎威阻。國事關心感萬端。

烱入炎傘任高張。竹院風來到繡房。林簟涼生忘溽暑。北窗我足傲羲皇。

重遊南沙

十年作客久相違，重到南沙事已非。舊雨飄零人落寞。只餘古木掛斜暉。（訪舊多不遇而福泉寺之明朝銀杏樹尚在也）

城南母校

回憶垂髫負笈來。南沙女學此先開。裙釵隊裏忝承化。也算門牆桃李栽。

秋日重登香光樓

卓絕思翁千古業。香光二字亦長留。小樓遺蹟今無恙。花自開殘水自流。

風塵潦倒愧重遊。只覺新愁勝舊愁。惆悵人生如泡幻。年來王粲尚依劉。

廢曆元旦

廢曆而今數載更。依然爆竹響連聲。新年已減兒時樂。反使閒愁疊疊生。

別母重遊南島

背井離鄉慣遠遊。春暉未報寸心愁。慈親細把歸期訂。熱淚盈眸不敢流。

風燭年高不忍離。整裝欲發復遲遲。無情函電紛如雪。此日登程已誤期。

夜泊香港

星火煌煌欲透天。銀山風月更清妍。一江倒影橫秋水。十里空明照客船。

羊城旅邸

此來消息未曾通。只見飛帆不見鴻。最是懷人明月夜。珠江堤畔小樓中。

赴星洲南華女校復任校長勉諸弟子

常言好馬不回頭。南郭重來事可羞。但願孜孜朝至夕。升堂入奧業勤修。

聞祖國東北失守

故國秋涼落葉時。河山破碎淚同滋。傷心冀北淒涼月。夜聽關東牧馬嘶。
國難誰甘袖手看。呼號奔走未能安。仰人鼻息羞全族。一陣思量一陣酸。

七夕于星洲

閭巷嘩然祝女牛。晚涼恰似故園秋。家家戶戶陳花果。乞巧穿針興倍幽。

中秋憶東北

清冷蟾宮信不賒。神州角逐舞龍蛇。月華莫向遼陽照。只恐英雄盡憶家。

中秋夜遊亞拉伯花園

十載中秋客裏過。今宵我又旅星坡。遣愁合向名園去。靜坐紅橋看月波。

中秋夜

去年今夕在杭州。小艇瓜皮十里秋。一樣平湖涵月色。西湖畢竟勝南遊。

廿一年中秋夜寄國內友人

西風黃葉動邊聲。塞外晨昏牧馬鳴。因念家山今夜月。光輝不似去年明。

月下吟

年來壯志已消磨。月下敲詩興尚多。遊子天涯歸未得。誰憐淪落此星坡。

秋風起兮寸草憂。萱堂斑鬢倚門愁。枕邊夜夜思親淚。猶向蠻荒客裏流。

贈友

活潑天眞孰與儔。亦稱豪俠亦溫柔。一番甘苦同嘗願。似月光明似水悠。

舟中

蒼天碧海淨無塵。萬里孤舟一葉身。拋盡心頭多少事。茫茫去路水鷗親。

入西貢海口

岸近潮平灣又灣。越南海口似龍蟠。江山若不當年失。炮鉅船堅入亦難。

重九後返家

正逢九後雨連綿。海外歸來路萬千。到得我家舊門第。相迎疏竹在人先。

一擔輕裝冒雨回。高堂白首笑顏開。家人乍見奚殊夢。更有鄉鄰話舊來。

輓垂淚女士

顏殀立傳賴賢師。淑德文章四海知。試問殺人循禮教。古今埋沒幾蛾眉。

傷心最是女兒身。鵬願空懷志未伸。嗟我河山雖變色。英名豪氣豈湮淪。

步熊先生遊後湖元韻

山城環繞地偏幽。遙對雞鳴一小樓。勝會不常春欲老。落紅成陣滿芳洲。

湯山

油壁輕碾翠微。峯迴路轉去如飛。一彈指頃陰晴變。總爲浮雲惹是非。（火湯山）

征車停處入陶廬。來作神仙半日居。瑪瑙池中新浴罷。憑軒啜茗興何如。（浴溫泉）

呼奴引我到山邊。欲探泉源上井沿。只見騰煙水氣熱。用之不竭自天然。（觀溫泉礦）

暮靄蒼茫下碧峯。前村燈火有無中。一鉤眉月羞人見。料峭春風似剪風。（歸途）

上巳

修禊堂開晉永和。群賢畢集俊才多。重三難得休辜負。曲水流觴醉復歌。

洛水山陰煙柳新。惠風和暢正芳辰。良朋滿座爭題詠。如此消磨故國春。

義農會舊址 在總理陵西北區

破屋三楹不掩關。大江似帶向東彎。眼前玄武五洲小。身入雲霄莫等閑。

登天堡城

到此如登天外樓。羣山無語盡低頭。翠蕪一片江城小。萬象星羅眼底收。

枸橘 民國廿三年四月二日遊中山陵西北區山麓有枸橘開白花甚盛因刺密不可攀折感而賦此

針似蒼松花似梅。異香馥郁路旁開。漫嗟山野無人識。會看千頭枝上堆。

杭州寄汪君

一番聚散一番愁。屢欲辭歸屢挽留。今日西湖如昨日。櫓聲那比曲聲柔。

廿三年欲北遊不果

幾番欲作燕京遊。風雨飄搖劇杞憂。倘使民心猶未死。破舟倘可共興修。

揚州綠楊村

行來一路喜高談。勞頓舟車苦亦甘。最愛綠楊芳草地。維揚春好勝江南。

綠楊村裏飲金波。醉泛扁舟共放歌。歷遍名區三五處。夕陽歸棹畫船多。

三月鶯華刼後灰。平山荒徑綠生苔。朱簾十里餘芳草。恨我生遲百歲來。

焦山

兀峙東南勢最雄。荷衣樂隱慕焦公。江流儘似愁人淚。不盡滔滔夕照中。

杭州雜感

揚州遊罷到杭州。盡把風光囊篋收。三竺六橋依舊好。韶華爭似水長流。

勁節堪爭日月光。男兒不負此昂藏。山靈應慶同千古。埋得忠魂土亦香。（岳坟）

如此清狂有幾人。願爲遯客不爲臣。優游山水花開臥。常是羅浮夢裏身。

遯士襟懷迥出塵。一生梅鶴獨相親。功名敝屣能知足。留得芳名不礙貧。（孤山謁林處士墓

牛首山

春山第一推牛首。我亦踊入勝蹟遊。車水馬龍來上苑。暫忘家國始無憂。

清道人祠 在牛首山

名山名士共長留。祠倚奇峯境絕幽。但願百年能享此。不知清福幾生修。

棲霞山

蒼巖起伏野浮煙。鐘鼓經聲別有天。除却名山古寺外。此身何處足留連。（春日）

塵網難逃困宇寰。偸閒始訪六朝山。人間不覺秋光老。試看楓林葉已斑。（秋日）

太湖蠡園

火傘高張赤帝威。行來一路汗頻揮。柳陰品茗憑欄久。靜對湖山欲忘機。

冒暑耽遊志未灰。名園半日共徘徊。長廊百尺涼如許。時有清風拂面來。

湖上玲瓏築小亭。風來四面水微腥。飄然疑入神仙境。倒影屏山一帶青。

東南半壁衛山河。起造園林日見多。恰似昇平好現象。不妨對酒且當歌。

太湖飯店月夜不寐

晚峯點點眼前陳。相對無言形影親。遠處依稀雲樹裏。太湖湖水白如銀。

繞屋梅林千萬多。二湖（太湖及五里湖也）澈夜見銀波。蒼天會得詩人意。妙景安排任嘯哦。

流連山水樂閒身。出世心情不染塵。日月往來誰作主。空勞迎送楚江濱。

園林寂寂夜漫漫。爲惜良宵獨倚欄。坐對嫦娥猶不寐。曉風未減客衣單。

遙對湖光山色妍。此間小住亦神仙。長廊寂靜清風夜。明月留人不忍眠。

梅園步月

橫斜疏影萬千梅。密密叢叢百畝栽。想見初春明月下。此間應有美人來。

暮歸

邱壑模糊帶落暉。芳林茅舍晚煙飛。山間明月如相問。載得閒愁幾許歸。

話別

白鶴仙蹤任自由。來時未約去無留。世人莫道儂情薄。免却臨歧一段愁。

莫愁湖

十里清香滿沼荷。夕陽煙水遶金坡。鶯華六代空留蹟。莫說愁多恨亦多。

楚英詩存　絕句　三六

夏夜泛舟玄武湖

仰望長空密布星。風來水面帶魚腥。良朋不絕高談裏。遠處絃歌隱約聽。

涼風習習起滄溟。船向湖山勝處停。昏黑難分天與水。流星錯被認流螢。

甲戌夏奇熱 爲六十年來所未有

今年酷暑熱難支。扇不停揮汗亦滋。長日炎炎無個事。小窗愛讀稼軒詞。

鎮日昏昏如火煎。林間未曉亂鳴蟬。電風扇起翻增熱。冰簟銀床夜不眠。

月影西斜斗柄橫。乘涼不覺過三更。入房悶熱偷將出。悄坐簷前待到明。

九日登雨花臺品茗第二泉

佳節難逢遊興豪。不因風雨阻登高。龍山未落參軍帽。革履先行換樹膠。

九日無晴年復年。客中詩興總堪憐。滿城風雨流多濁。獨愛澄清第二泉。

雞鳴寺

巍峨古寺號雞鳴。坐擁山城玄武平。最是令人留戀處。詩情畫意有餘清。

胭脂井

一帶荒城草木森。梧桐葉落已秋深。可憐宮井今猶在。六代胭脂何處尋。

秋夜雨與倫妹讀古詩源

秋風秋雨響瀟瀟。共讀詩篇慰寂寥。未是閒愁無處遣。更誰吟咏可憐宵。

秋夜

秋風颯颯冷黃昏。獨坐吟哦深閉門。四壁蟲聲如訴怨。一窗涼月過無痕。

江邊渡頭

月白風清古渡頭。吳山點點使人愁。江流易把塵襟滌。難洗邦家失地羞。

渡船橫處晚風涼。隱約秋山鎖翠妝。躑躅行吟邀月伴。滿天星斗夜茫茫。

明湖春聚餐

滿座高朋聚小樓。東南俊彥一時收。講文論武兼歌詠。樂處猶將大白浮。

胡氏花園

樓臺亭閣繞池塘。秋樹蕭蕭對夕陽。嘆惜園林搖落處。假山雖好總淒涼。

山巔山麓有人家。黃髮垂髫笑語譁。最是幽閒禽鳥樂。白鷗齊列在汀沙。

撿英詩存　絶句

水榭無人深閉門。清秋時節欲黄昏。崎嶇徑道艱登陟。去路淒迷正斷魂。

寒宵

古木森森繞我廬。一庭霜月伴幽居。黄昏已過人聲寂。獨對孤燈自看書。

人日京滬道中遇雪

呼呼嘶野起狂飈。玉屑飛來掩麥苗。上下紛紛來去客。人生端的絮同飄。

僕僕風塵歲又更。鎮江過後雪天晴。山巔留得餘暉在。反映銜光耀眼明。

春日遊玄武湖非洲

非洲園裏野人家。茅舍泥牆桃李遮。十畝芳菲山繞水。僅留一角種桑麻。

述志

誰願籬邊雞鶩爭。失時何辱得何榮。惟當振翮高飛去。莫誤前途萬里程。

烏衣巷

豪華舊第繫人思。富貴浮雲信有之。雕棟玉堂何處是。斜陽芳草六朝時。

五台山乘涼所見

林間新月正初生。都市燈光萬點明。或是乘涼或歡聚。花陰低語訴衷情。

偶感

公畢回家度一天。寒來暑往自年年。詩情懶與人情惡。身在紅塵總可憐。

廿四年五月贈章女士南渡

利器斯能善事功。益圖精進苦勤攻。料君從此乘風去。化遍南荒時雨同。

廿四年六月聞華北惡耗

白山黑水去難回。更有平津惡耗來。試問幾家多少地。任人蠶食亦哀哉。

秋夜憶家

西風清冷月如牙。心緒無端亂似蔴。況值悲秋時節至。客窗那得不思家。

自憐

人心險惡宦途難。不善逢迎不善鑽。未改書生舊習性。當今休想慶彈冠。

最喜

最喜故人冒雨來。寒窗破寂共徘徊。縱談今古兼詩話。院竹青青映酒杯。

題猶得住樓詩選

早識之無才自奇。終風偏遇劇堪悲。可憐一現優曇影。痛絕生平未展眉。

詞多怨抑苦情深。想見當年帶淚吟。底事長留遺稿在。教人一讀一傷心。

高情俠義振乾坤。同死心堅友道存。久住蓬瀛空有願。獅林孰弔兩芳魂。

天賦聰明筆一枝。郊寒島瘦斷腸詞。多才每爲蒼穹妬。一著情魔不自知。

題紅拂圖

功勳未樹快知音。清夜追隨豔福深。千古梁張堪媲美。（君自題有梁識蘄王張識衛句）奇情俠骨倍心欽。

侯門夙昔識英雄。冷肆者番救識紅。莫笑太忙狂太甚。千秋知己一般同。

詩餘附

憶江南 春日

江南好。柳浪起和風。鳥語花香隨處是。踏青人在畫圖中。春色正無窮。

江南好。最是豔陽天。花不知名迎客笑。翠[illegible]紫處飛浮嬌。美景足流連。

江南好。瞬息落殘紅。最是無情惟蛺蝶。雙飛對舞可憐蟲。不解怨東風。

江南好。小院晝初長。花謝絮飛春正去。子規聲裏斷愁腸。默坐細思量。

西江月 秋夜

幾幻滄桑世事。漁陽又聽鼙聲。去年今日苦秦兵。多少無辜輕命。　卻喜姮娥無恙。依然秋夜偏明。自憐憂患度餘生。對影三人相並。

憶秦娥

傷離別。征鴻不見音書絕。音書絕。夜長不寐。訴衷誰說。　水晶簾捲東風歇。作人空有多情月。多情月。無言相對。柔腸千折。

菩薩蠻 桂花

扶疏枝葉千層綠。九秋仙骨排金粟。風過散天香。月明色失黃。　蟾宮難斧斫。獨秀韵高絕。淡殿允堪珍。兒年肯爲薪。

極相思 代某友寄思

西風孤雁悲鳴。落葉有微聲。銅壺漏盡。衾寒似鐵，好夢難成。 回憶前塵癡欲絕，最銷魂淺笑盈盈。別離時候。伴歡忍淚。無限柔情。

菩薩蠻 元旦在南島

雲山萬里遙相隔。家書不至殊難測。爆竹響連聲。方知歲序更。 身穿羅錦薄。脚著東山屐。何處樂天倫。春來不似春。

長相思

盼花時。到花時。惹得離人動遠思。臨風綠柳枝。 雨如絲。泪如絲。浮透羅巾却未知。梁空歸燕遲。

相見歡 思親

蘆花飛絮思鄉。想高堂。日暮倚閭遙望鬢成霜。 秋深候。夜如晝。看到將沉殘月更凄涼。

賣花聲 冬至憶家

古道夕陽斜。旅邸思家、園林搖落集歸鴉。一似重逢長別後。歡語喧嘩。 獨客在天涯。新柳欲芽。春光漸淺到梅花。却又深閨添弱線，暗度年華。

玉蝴蝶 題眠雲樓詩鈔

醉來只寫烏絲，縱筆何淋漓。幽恨訴誰知。牢愁化作詩。 雲華悲早逝。終古苦相思。那得有良醫，療人一種癡。

一翦梅 南海舟中

新寒冷氣向南消。海內騰蛟。船上聲囂。愁人對此感無聊。山又遙遙。水又迢迢。 客裏光陰不易拋。心苦常焦。酒苦雖澆。清風明月可憐宵。欄影頻搖、衣影隨飄。

滿江紅 梹城極樂寺

喬木萋萋。把一角紅牆掩住。流水急琮琤奔放、疑如雨注。及進法門心便靜、非來佛殿拈香炷、登浮圖高處粉痕新。題愁句。傷往事。怎回顧。懷舊恨。憑誰訴。看一盤空弈。孤舟虛渡。素志未酬雙鬢改。積勞豈挽華年駐。倒不如合十念彌陀。禪機悟、

聲聲慢 星洲李總領事府

夕陽猶戀。皓魄將升。眼前景色蒼茫。極目煙波、落霞一片紅黃。模糊遠山似墖。聽數聲漁笛滄浪。隱約見。有星兒明滅。對岸燈光。（燈塔） 獨自憑欄久也、覺晚風吹袖。暗送微涼。驀地抬頭、東山圓月如霜。人生幾多歡聚。享盛筵春暖華堂。來粉黛。樂融融。共勸飛觴。

浪淘沙 星洲釣魚池

海口晚風輕。潮至無聲。遠山恰似水邊城、漁火疏星環繞裏。看不分明。 坐釣不須爭。心氣和平。鱸魚餌得作鮮羹。水面酒家調美味。頃刻烹成。

憶江南 新春滬難

江南好。細雨杏花天。踏踏春愁眠不得。晨昏不斷炮聲連。幾處起烽煙。

江南好。綠柳拂隋隄。畫棟雕梁成瓦礫。燕來難覓舊巢泥。何處得安棲。

江南好。遍地落殘紅。底事東皇偏肆虐。木蘭誰似氣如虹。妖氛掃除空。

江南好。原上草離離。白骨道旁無姓氏。春閨猶是卜歸期。腸斷倚欄時。

破陣子 哀國難—二十年秋

故國奇災洪水。哀鴻遍地嗷嗷。死則尸浮生離散。濁浪排空沒處逃，鬼哭又神號。 閱牆禍起戈操，脅人潛越臨洮，黑夜行兒無抵抗。侵城奪野屢頻挑。蠶食難同遭，

訴衷情 代作

春曉。閙鳥，驚醒了。擁孤衾。書裏意。猶記。似情深。爭奈到而今。沉沉。遼陽無信音。夢難尋。

浪淘沙 太湖飯店月夜

獨自對湖山。倚遍欄干。宵深翠袖不知寒。客裏清風明月夜。無限悲歎。 世路本艱難。孤調休彈。功名得失總無關。正欲扁舟五里去。波上雲間。

念奴嬌 孟冬登棲霞山望龍潭

棲霞山上。望龍潭崗阜，重重疊疊。壘壘荒坵。多半是革命健兒尸窟。黃土長埋。青山不老。無數英雄骨。斜陽衰草，寒風江水淒咽。 因念北伐當年。短兵相接，日夜連廝殺。幾萬頭顱擲一旦。流水腥紅如血，慘目傷心。驚魂奪魄。不忍睹楓葉。彼蒼何極，生靈長罹浩劫。

前調 棲霞山

晨曦初上。正新寒入序。風如刀刮，重訪六朝名勝蹟。烟鎖棲霞古剎。未睹楓林。先聞清磬。俗慮俱消歇。百年猶寄。衆生何得超脫。 舍利七級巍峨。巋然雲表。面面雕菩薩。最是崚嶒千佛嶺，人稱天工殊絕。拔木披荊。攀巖越壑。勇進無稍怯。憑臨高處。滿山盡蔽紅染。

鷓鴣天 代作

自古紅顏薄命多。遣愁無計賴清歌。珠喉欲放聲先咽。半世心靈盡折磨。 思異日。憶經過。無端一晌綫鏤蜺，春蠶未死絲將盡。水已成冰難起波。

如夢令　登棲霞山頂

紅葉滿山如綉。白雲滯空疑晝。初上汗淋漓。轉眸朔風吹袖。知否。知否。冷熱最難消受。

呂鳳撰

清聲閣詞四種

民國二十五年（一九三六）刻本

提要

吕鳳《清聲閣詞四種》

《清聲閣詞四種》六卷，吕鳳撰，民國二十五年（一九三六）刻本。國家圖書館、上海圖書館、北京大學圖書館、南開大學圖書館、華東師範大學圖書館等有藏。封面有丙子年邵章題「清聲閣詞四種」，並加蓋邵氏印。前有丙辰年十月武進人董康爲集作序，丁巳年樊增祥所作《同心集》序和丁卯年向迪琮所作詞序。《同心集》是吕鳳與張韻香唱酬合集，序文題下有小注云：「集本景印，今已無存，序稿尚在，附刻於此。」當時已無存。除以上序外，還有徐兆瑋、孫師鄭、樊增祥、莊蘊寬、冒廣生、管聯第等人題詩，並有曾懿、張一麐、劉宗向、陳韜、夏孫桐、李哲明、邵章、譚祖任、汪曾武等人題詞，清聲閣詞目一份。詞集共分六卷，收詞六百七十三首。

吕鳳（一八六九—一九三三），字桐花，人稱桐花夫人（典出李德裕《畫桐花鳳扇賦序》），武進人，同邑趙椿年室。工篆書，尤工倚聲，兼擅繪事。夫君趙椿年（一八六九—一九四二），字劍秋，一字春木，晚以昆陵，别署坡鄰，清光緒進士。工書，能詩，著作有《覃研齋石鼓十種》、《考釋》一卷、《覃研齋詩存》三卷。

趙椿年曾師從俞樾，民國期間曾任農商部參事、財政部次長、審計院副院長等職。二人婚後，才子佳人，文才相得，感情和美。生二子，長子趙琇孫，次子趙璧孫。由於吕鳳的生活境遇相對平順，因此詞集中主要爲唱酬和吟風弄月之作，反映了官夫人的閑情逸致。同時，詞集中一類自傷病體之作，愁思與鄉思、離思結合，讀來令人百轉回腸。向迪琮評價《清聲閣詞》云：「初似規撫常州宗派，但其渾俊槃礡之氣不惟超邁常州，亦且平視汴京。蓋夫人於唐季兩宋詞籍無所不窺，寢饋既久，艡詣益深，以故小令諸作諧婉明麗，深得温韋歐晏之旨，至於慢近諸詞，樸茂穠摯，雖柳蘇秦晁亦何多讓。」

清聲閣詞四種

丙子冬邵章署

序

清聲閣詩詞同年趙君劍秋配呂桐花夫人之作也康辛壬前官京師與劍秋同居米市胡同潘文恭文勤舊宅連牆之雅備聞令儀同聲之唱時出新製花藥一徑垂楊兩家椿庭福壽補陔餘之叢攷高齋湧喜續金石之箸錄劍秋通門雋才標韻清邁愛玩賢妻雅相矜重時人稱述雖魏公之與仲姬寒山之與卿子不是過也吾常聞彥代有箸聞修蛾握槧珠璧交映爰自史志以逮里乘別集譔定可繕寫者奚啻數十百家夫人擩染芳風導源世學燃脂弄墨夙嫻文筆刻羽引商旁涉令慢加以妙解六書特工

篆體昔房妻勒碑未傳題額韓女摹印猶慙弱腕姬姒尊彝之製若華琬琰之文巾幗斯冰世無兩矣久從宦遊游東世故園亭春晚綠陰子稀風簾秋深黃花人瘦舉目有山河之感登臨寓鄉關之思屬引淒异切情依黯迺至沈吟自挽怊悵傷離閨侶言懷瘖歌申歎然而福慧所鍾賡詠相緦玉臺詩事傲倚樓之才名金匳詞卷儷惜香之樂府玄芝考槃歡然偕隱之約望之若神仙中人焉筑市霜脊研削蕭寂展對瑤篇循諷無斁丙辰十月同郡董康

同心集序

集本景印今已無存 序稿尚在附刻於此

同心集者呂桐花張韻香兩夫人之唱酬之作玉雙成

穀錦从爲純韻合塡箆芳傳荃蕙巾幗中之元白楊劉也從來瓊閨逃造大家倢伃尚矣自唐及清大抵規倣玉臺鏤金刻翠此獨掃空綳粉標舉性靈情深於文意餘於彩齊梁宮閨之什以禮防情國風窈窕之章寓貞於竫兩人者如花共蔕如樂相和求友而鸎在林吹律而鳳在竹聆其音如出一口裒其稿如出一手其殆同氣同聲而始有此同心之言歟集中始恨相見之晚繼敘離別之難英翹之外更無一人如元白之有夢得楊劉之有希聖焉又不能不致慨於風雅陵夷得朋之難甯惟閨襘已乎丁巳七月樊山樊增祥敘

集序

二

詞序

昔半唐翁論作詞三要曰拙重大大不是豪重不是滯拙不是澀此惟汴京諸老能之臨安以後不克隸也尊作清聲閣詩餘穌婉正穠澹遠初似規撫常州宗派但其渾俊槃礴之氣不惟超邁常州亦且平視汴京蓋夫人於唐季兩宋詞籍無所不窺寢饋既久牗諳益深以故小令諸作諧婉明麗深得温韋歐晏之旨至於慢近諸詞樸茂穠摯雖柳蘇秦晁亦何多讓七百年來能得半唐翁心法此爲僅見故未可求之於字句間也吾友湆安邵次公謂漱玉斷腸魏夫人後茲集當推第四洵非過情之譽阿好之言

質諸並世詞流當無不同聲相應者也盥誦之餘但有歎
佩爰識數語用申景仰之私云爾丁卯重九雙流向迪琮
謹識

題詩

徐兆瑋

南唐北宋逞芳姿嫵秀誰如漱玉詞七百年來餘韻在乾坤清氣讓蛾眉

夫壻春明値鷺班未偕卿子隱寒山去年花發毗陵道詠到江南字字嫺（陸卿子贈毗陵安美人詩去年花發毗陵道美人何處踏瑤草）

己酉端午即集清聲閣詩草中句　孫師鄭

藥鑪經卷定禪時嘔盡心肝祇自知詩思每多添靜夜秋容原不關春姿青陽早轉新年象黃卷重徵幼婦詞不買當歸栽芍藥雲山迢遞隔心期（集中多贈別思鄉之作故云然）

隔座雙花燦燭縈西江月好助詩情砧敲冷月蟲聲雜風漾流泉籟韻清自是仲姬多韻事好從新曲譜長生遥知五夜清吟處耿耿銀河看自明

趙嫂呂夫人屬題清聲閣集並謝篆聯之惠丁巳冬月初五日夜漏四下樊山樊增祥拜讀并題

服玉餐花住碧城鷗波夫壻想雙清掃空綑粉親風雅瑚鏤冰脂寫性情細馬關河飛絮影嬌鶯簾幙囀茶聲連綿萬丈鴛鴦錦銷得天孫織一生

婉娩琴姜禮法修玉臺人物最常州宣南近序同心集甌北原推第一流我十一歲學詩即嗜甌北集福慧定敎呆薇羨冠巾也

是翰風儔楹聯二七鸞頭字亦與孫洪鐵線倅

莊蘊寬

秋水（家祖姑盤珠詞）綠槐（婉紃夫人詞）俱麗則芙江（左錫璇詞）綿邈亦無倫
茲來胝沫清聲集却喜吾鄉有四人

吾友才華迥絕儔瑤閨唱和足風流愔愔琴德天倫樂仙
侶劉樊莫更愁

校清聲閣詩餘竟輒題二首（戊辰閏二月）

冒廣生

萬戶千門啓建章毘陵閨閣出堂堂微雲芳草流傳久未
免秦觀是女郎

倚聲千首數烏絲迭覇紅妝冠一時笑問明誠金石錄何

如潄玉易安詞

奉題靑聲閣塡詞圖　管聯第

種得龍門百尺枝細塡淸韻入琴絲更看萬里丹青手寫出無聲絕妙詞

社燕頻年認畫梁天涯傍到壽萱堂披圖還聽新拈曲合勝堯章製暗香

封侯夫壻擅淸才商略蠻箋重剪裁漫許劉綱家室好神仙夫婦住金臺

無端半壁起妖氛別緒悲懷兩未分不忍東坡說春月左家有妹隔南雲

題詞

水調歌頭

曾懿

披卷一回讀，香艷忽飛來。憐他萬縷情懷，織就此新裁。惆悵薊門秋老，邀得吹簫伴侶，譜入鳳凰臺。試問金閨彥，誰得似卿才。　樽前酒，月下笛，幾徘徊。天生福慧，何惜清瘦似寒梅。我已春蠶絲盡，聽到清聲宛轉，抑塞為君開。休唱江南曲，烽火正堪哀。

高陽臺

張一麐

紅袖添香，碧紗籠句，吳歌子夜纏綿。夫壻金龜，鳳城無限春寒。趙家韻事詩書畫，似道昇、煙竹風蘭。倚新聲，唱徧旗

亭寫徧青山　筆床翡翠琉璃硯是斷腸舊侶漱玉詞壇譜入琴絲疑聞環珮姍姍流黃不顧涼蟾照顧美人千里嬋娟最銷魂瘦盡黃花捲盡珠簾

金縷曲　題內子所繪清聲閣塡詞圖　劉宗向

竟有才如此數詞宗古今閨閣阿誰能似漱玉柔纖斷腸靡空貴洛陽片紙總遜爾一珠一字拔地青桐三百尺振鳴鳳噦噦清聲起詩卷在長留世　仲姬松雪相依倚問從來雙修福慧人間有幾退食金鰲同商略便少仲謀兒子也一樣人天歡喜我自小鸞仙去後對牛衣兩箇心都死繙畫稿淚如水

臺城路 以下皆題清聲閣填詞圖

陳韶

翩翩羽翮朝霞畔，人間瞥然蒞止。一點靈心，三生綺緒，都入唱隨卷裏。梧桐老矣。儘嘯月吟風，聲清如此。倩寫丹青，璇閨韻事俊堪紀。　披圖悅覩煙水，是詩人胄胤，妙想懸凝。作圖者湯定之，爲貞愍曾孫。絕稱幽懷，渾教忘却，阿閣珠林身世。蛩音自愧。更片楮銷沈，圖初出，夫人手付佳楮，屬與无礙居士同題，即集少陵詩句成菩薩蠻詞二首，書半紙以致无礙。忽忽十有八月，聞前紙已遺失矣。閒螺重理。問訊江南，攄詞今就未。无礙今在焦山

壽樓春

夏孫桐

遲簫聲臺邊，又淸商暗譜，驚換芳年。往事傾荼瞥字，對花

裁牋愁思緊淒緐絃聽唳霜飛鴻遙天便翠嶺秋深紅桑地老歌韻帶幽燕　風簾靜雙憑欄埽青棠舊迹空長苔斑歲暮江梅誰寄楚英加餐長夢憶南朝山笑畫眉人偕華顛蕭瑟詞心鴟夷未還雲水寬

晝錦堂　李哲明

菊累屏山茶霏乳霧寂寂斜照朱簾每闘畫眉餘韻艷吐毫尖冰紋同心修舊譜玉牌隨手檢文匳吟牕靜午夢未成蘭薰睡鴨微添　閒瀹鶸甕暖妝鏡掩西風人意初恢漫擬黃花秋瘦恨句重拈彩牋清福宜鴛侶翠樓高格入鸞縑凌雲調應並廣寒仙曲度與圓蟾

百字令　　邵章

闌干敲徧鎮扠衣吟弄文星筆底漏盡銅壺鸞韻沓心力妝臺猶倚紅葉傷秋綠屏凝夜難狀分明意斷腸砧杵惱人鍼線誰理　贏得圓草偏長庭花暗落誤作青春計劫火荒荒天漸老話到蓬山雲水鶗鴂籠殘鴛鴦畫倦錦字書千紙繁弦送拍冬郎情韻須記

百字令　　譚祖任

竹梧深處看簾衣映縠文窗幽絕哀樂中年陶寫意都付玉弦彈徹響墮花間風清林下字字秋心結劫塵親見麻姑滄海能說　況是家在江南水柔煙媚詞境同澄澈鰈

硯仙儔才似錦消受賭書茶潑詩溯王曹畫珍湯董鼎足堪頡頏金荃詠罷銀鈎還肆盲帖 夫人兼工篆書

臨江仙 汪曾武

謝女才華蘇女慧桐絃譜出新聲瓊思瑤想倚銀屏琴言添協趣月話寄高情 費盡蘭閨螺子筆燃脂鈔向燈檠冬郎妙句我曾聽分明姝麗在粉本寫迦陵 竹垞題陳迦陵填詞圖云空中語寫出空中姝麗

清聲閣詞目

衍臺閨詩目

二

清聲閣詩餘卷一

武進呂鳳桐花

青玉案 壬辰

濃煙裊裊騰香獸正掩幙眠清晝又是春歸人病後鬢輕釵燕臂鬆條脫人賺春先瘦　韶光忒也銷凝彀硯匣瓊籤頓抛久極目天涯芳草候花開花落時晴時雨天亦長僝僽

卜算子 秋夜

秋色黯殘檠夜靜人聲悄幾陣西風幾陣寒助我閒煩惱　煩惱欲除難難把心塵掃一寸光陰一寸愁愁到何時

了

如夢令 癸巳

簾外翠飄紅舞簾底篆濃沉炷杜宇一聲聲報道春將歸去無緒無緒怕聽妒花風雨

一籮金 中秋

良宵難解眉頭皺月自團圓儂自添消瘦一片秋光愁舉首正當木落千山候心事多端無可剖嬾對嫦娥人面嗟非舊病思昏昏如中酒年來好景長僝僽

醜奴兒令 甲午

有情最是天邊月照徹長宵伴盡無聊證到離情千里遙

當頭飛去移花影轉過堂坳又上羅幬望處盈盈挂樹梢

蝶戀花 秋蛩

乍見莎根零白露石砌牆陰早把秋心訴五夜淒清長絮絮向誰絮絮盡愁千縷　搖落天涯聲幾許一種情懷和雁同辛苦客夢離魂都付與黃昏添上芭蕉雨

解珮令 乙未

春寒迤逗春花漫透春雨兒飄灑太驟春意銷凝添箇春人僝僽怎禁他春愁暗湊　病來春後花隨春瘦這風光忒也難受爲卜花開把十二曲闌凭彀問東風可也見否

釵頭鳳 秋夜

人聲靜蟲聲緊新涼初展桃笙冷月兒白燈兒黑商飇動處儘喧窗隙瑟瑟瑟　心難定眠難穩悲秋人自先秋病砧敲疾更敲急露零金井空階寂流陰似水鬢絲漸積一一

浪淘沙 丙申

鎮日雨瀟瀟庭院蕭條春寒料峭上花梢花信輪番催不發黯淡花朝　塊壘酒難澆寬盡圍腰筆床書卷儘相抛燕子不來簾幙悄人病無聊

點絳唇 餞春

過盡番風留春無計春難駐嬌鶯慵語春去斜陽路　春縱能回霜鬢回春否傷遲暮斷紅無數各抱飄零苦

浪淘沙　丁酉

強起捲晴窗塵浣吟囊安排藥裏驗温涼冷落素琴慵不理無力焚香　多病負年光難戳愁腸花開花謝本尋常別有銷魂添懊惱簾外斜陽

又

斜月透疏櫺蓮漏無聲和衣支枕倦還醒萬籟不聞爐篆歇焰盡長檠　靜夜夢難成百念叢生微風忽地捲簾旌曙色漸分紗泛白冷徹桃笙

鳳棲梧 戊戌

芳緒消磨能有幾九十韶光已過三之二漫說陽和花旖旎風狂雨横寒侵被 零落殘紅飄滿地新綠沉沉庭院苔痕膩霧冷煙昏山失翠鷓鴣聲裏春憔悴

菩薩蠻 已亥

沉沉一枕瞢騰裡日移簾影朝慵起好夢落誰家隔牆開楝花 池塘芳草路夢裏頻來去燕子儘雙飛春歸猶未歸

醉花陰 重九孺子亭登眺

年年佳節情難慰好景人憔悴一瞬又題餻客裏黃花助

我添鄉思[illegible]登臨把酒聊拚醉身世原如寄秋色正清酣贏得湖山消受閑風味

鷓鴣天　庚子

春色侵人美睡宜杏花零落燕銜泥風來隔巷餳簫亂瘦減腰肢恨上眉　煙淡淡日遲遲銀屏靜掩倦題詩天涯芳草湖堤柳夢入江南又幾時

揚州慢　庚子三月淩仙夫人邀遊蘇氏園見瓊花盛開園主人折贈雙枝塡此以誌鴻爪

隋苑遺芳名園重見玉盤濃注金莖謾梨雲輕凝似天降飛瓊抱仙格不愁春晚珠鈿韻雅沉水香清儘堆冰剪雪臨風獨擅傾城　聲流禁籞想當年日麗花榮賺錦韉宸

遊笙歌十里綺夢多情此日蕣薹艷斷追陳跡鴻爪飄零賸二分明月紅橋清夜盈盈

減字木蘭花

新愁舊恨頻歲天涯人莫問曲盡迴腸心字消磨一瓣香墨池煙歛漫拂花箋詩興減月照當樓詠到江南字字愁

宴清都

王湘綺先生泛湖訪陸孟爭不值塡此解外子錄以見示謹和原韻

好遂閒鷗去蘋花外野雲低傍煙渡澄波瀲翠輕橈劈浪

碧箭靜護訪戴竟遲良晤祇懊惱扣舷留句掩朱門幾樹垂楊天際歸雅無數　臨流更事淸遊層樓遠眺危欄凭處湖山共領才人雅抱謫仙風緒芳樽欲醒還醉又雨後催歸暮鼓約新晴初日烘池飽餮珠露

江天秋影　紅葉

秋深萬木驚蕭瑟絢秋光淸霜獨拒抱一種豐姿向黃落叢中容與幾行低映遙峰碧襯斜陽迎風自舞臨老轉朱顏更不藉神方駐　御溝傳恨芳愁付想當時蘋花應妒野色入微茫疑是晴霞籠樹暮天中酒脂痕麗儘沉酣疏煙薄霧殘夢醒江干悵高懷誰侶

慶春宮　芙蓉

艷冃明霞神傳秋水分來太液顏色鏡裡春融枝頭露潤破曉濃開一一西風木末似宴罷瑤池初謫拒霜珮冷芳意惺忪清愁難釋　千絲薄薄羅裳翠韡紅嫣清華標格綺障花嬌錦城韻好幻出仙姿無匹靚粧婀娜莫錯認淩波步窄暮天徙倚中酒沉酣夕陽籠額

探春　蠟梅用白雲韵

雪嶺雲封茅檐凍結數枝先占芳序蠟蕚含嬌素心耐冷九九全無淒楚儘連番風雨偏獨抱歲寒情緒梳粧辟盡丹鉛一種傲懷天付　欲問嚴威知否見淺暈宮黃暗香

盈戶疏影横斜凊姿照水聽徹迎年簫鼓讓冷芳低笑趁
五夜濃霜堆處不待春囘早已花開滿樹

玉燭新　白梅

庭階霜月白正凍結冷凘蘆簾風逼臨軒一樹瑤光射早
報春囘消息天寒獨立看照水仙姿無匹開處倚瘦骨孤
高芳情肯爲霜勒　伴地片片鵝毛縱鶴守横枝難分顏
色出塵標格縈雅緒淡浣壽陽粧額巡檐索笑記和靖詩
情幽逸算只有松竹盟心嚴冬不隔

江南好　辛丑

江南好春雨杏花肥碧樹陰深鶯對語玳梁晝静燕雙棲

蝴蝶重金泥
江南好消夏景清幽水閣涼生楊柳岸山塘人倚木蘭舟
瓜果薦冰甌
江南好秋色最堪誇金粟香濃飄桂子疏籬露冷艷黃花
詩思入清華
江南好九九不知寒蠟萼香清粧閣靚水仙韻雅綺帷看
修竹報平安
江南好羅綺出神工機樣巧偷天上製時花摹仿泰西風
新繡小芙蓉
江南好時世鬥新粧窄袖巧裁衫縷細齊眉深剪髮絲長

平底淺鞋幫

菩薩蠻　四時閨咏用温飛卿韵

風搖簾影明還滅枕痕紅透腮邊雪新恨上雙眉春寒花放遲　起來臨寶鏡山黛遥相映蝴蝶撲羅襦聲聲啼鷓鴣

象床安穩排珊枕繡茵斜展芙蓉錦芍藥乍籠煙晝長人困天　雨疏苔暈淺蘭草還親剪樹底墮殘紅吹來楊柳風

踏青舊事還相憶楝花開處人無力芳草碧萋萋玉驄牆外嘶　新篁横淺翠露重花凝淚袪守鴉林啼蘚深香徑

送

納涼夜向花陰歇新裁紈扇圓如月玉笛譜初成滿天星斗明　新荷凝粉臉翠蓋嬌難掩蟾影上闌干銷凝更漏殘

月明照徹庭階白故園千里音書隔新雁又南飛宵深聞擣衣　凋殘雙鬢綠撫徧闌干曲囘首思依依天涯人未歸

玉池飛過雙鸂鶒晴霞紅映遥峰碧鱸鱠又蒓絲江南剛好時　故人書問斷雁宿蘆花岸涼意動高枝蕭森客自知

天催玉戲房櫳冷遥山黯却玲瓏影呵手嬾梳粧寶釵欹鳳凰　梅花香韻淺屈指春猶遠滿目歲寒情巡檐凍雀聲

西子粧　對菊有感用夢窗自度腔韵

花自耐霜人同中酒回首前塵如霧半生辛苦爲癡情劇銷魂處河橋塊塵飛柳舞奈不把征帆留住到於今更愁魔病思開懷難許　歡踪誤一霎西風儘又催秋去年年潦草負東籬撫庭柯感深枯樹登樓舊句也忍向寒英重賦浣幽芳添上簾纖細雨

浣溪沙　壬寅

一室惟參病榻禪心情無賴罷裁箋燈花如雨落窗前
凝守清齋消俗障不須買酒費閑錢風光全不是當年

唐多令

爽氣透疏林秋花嬾自簪被西風吹瘦詩心話雨吟商懷舊夢空悵望隔知音　庭院漸蕭森飛雲渡遠岑望江天新雁遥臨蓬轉萍飄離恨攪鄉淚滴鬢絲侵

憶舊游　九秋有懷閨侶用白雲韵

記分題芸館倦繡紅閨逸興無邊此日何堪道悵故人天末客裡山川千里慣遲書問顯自卜金錢更怱促韶光重陽又届風雨簾前　留連繫情處儘魂逐飛鴻心似流泉

隔關河雲樹寄頻年離恨珍重吟箋回首歡悰如夢身世轉蓬船歎久誤歸期催歸歲歲勞杜鵑

夜半樂 無寐用柳耆卿韵

西風吹老籬菊重陽又過楓葉飄江渚聽一片商聲萬山深處秋光淡淡物華苒苒感深羈旅清宵倦眸慵舉正塞雁悽涼渡南浦 疏燈銀焰漫剪蟾照當窗烏啼遥樹空極目飛雲江南難去欲澆塊壘且先把酒猶思舉手邀他素娥青女望天際盈盈偏不語 但得沉醉鏡檻回春朱顏長駐更此後俗累拋無據暢胸襟何妨久客歸期阻凝睡眼穩步邯鄲路新詩吟徧朝還暮

掃花游 清明前二日出門訪友路中見掃墓者感而賦此

清明近矣看積陰初解綠添芳草春長晝悄又桃嬌柳媚踏青剛好上冢人歸插得野花偏俏街塵繞見素裙銀翹鈿車多少 觸緒增煩惱悵望雁音沉鬢絲凋早家事淒涼太息墓門誰掃前塵杳憶兒時心期負了

人月圓 癸卯

嫦娥信與人同好良夜共遨遊琴彈雙調花開竝蒂蟾鏡當頭 廣寒宮裏團圓節遇風露無愁筵開吟閣杯傾玉液巖桂香浮

雙雙燕 淩仙夫人有皖潤之行賦此贈別

天涯羈旅正舊雨飄零幸聯今雨緣深文字商畧每邀吟侶蛺蝶看翻滕譜拖綺思瑶情幾許衹憐辛苦頻年冷落謝家新句、歡緒肯因愁阻悵客裡悤悤又歌南浦離懷淒黯何忍對君輕訴此去歸期莫誤恐儂亦萍蹤無據預囑平安兩字還憑魚素

蝶戀花 題二蘭吟詩卷

想見璇閨風雅抱一卷珠璣令我心傾倒燦爛墨花隨意掃織成蘇錦機絲巧　酬和愧無瓊玖報朵朵瑶華敢荷先須到南國清才傳二妙隃麋輕屑慙同調

凭闌人 甲辰

不是傷春便感秋燕雁南飛長倚樓胸中多少愁愁來無盡頭

摸魚兒　暮春擬稼軒

隔疏林幾聲杜宇銷凝已過芳序花時慣爲閑愁誤黯黯三春無緒花不語又一霎枝頭歷亂飛紅雨花心最苦怪多事東風催將春到怨又喚春去　溟濛處捲起半天柳絮凭闌鎮日延竚零脂賸粉還留樹依約舊時眉嫵君倘悟君看取繁華一例成塵土喈岑漫撫待喚醒南柯吹殘羌管斜日怨遲暮

又　寄閨侶用王碧山韻

數頻年片風絲雨朱顏明鏡春去三春芳緒銷磨盡幾度
恨塡南浦君記取縱人在天涯夢逐江鄉路情懷觸處怕
駐景無方重闈白髮愛日挽難住　斜陽佳又憶紅閨舊
侶歡蹤回首塵土月明千里關山遠詩思近來何許君念
否應念我催歸聽徹歸無據雙魚寄語儘報道平安拋殘
彩管忍寫絮愁句

南歌子　燈

紅映窗紗綠靑迴緗卷黃春色占宵長竝頭花早吐鏡臺
旁

金縷曲　小除夕劉揖靑茂才出其夫人香雨畫史并
令媛秋水女史所繪莫愁海棠春鳥二圖

依約春痕悄展生綃垂楊低亞絳桃含笑翠珮明璫花綽約寫出二分春好又著箇啼春嬌鳥班謝淸才原似錦況兼他周昉丹青妙爲想像匠心巧　秦嘉徐淑長偕老擁書城傳經綺閣左芬嬌小一瓣心香遥相望令我幾回傾倒悵相慕未能見早有幸紅閨聯韻事祇菲才顧影慙同調雁影過予懷渺

踏莎行　重午

榴火烘晴陽烏催暑匆匆又是逢重午忠魂千古弔湘波淸商一曲還歌楚　悶飲蒲觴慵纏綵縷良辰偏惹閑愁緒天涯羈旅悵頻年南雲極目空凝竚

垂楊碧

庭露溼瞥眼一簾秋色永夜無聊翻剪尺鏡臺蟾影直
忘卻此身是客莫問天涯消息雲好還隨天共碧開懷能
幾日

夜行船 乙巳

柁露檣風羈緒亂隨萍轉柳絲難綰萬嶂煙迷一天星煥
雙櫓輕分波軟 人病舟孤江岸遠數征雁客程頻換昨
夜河粱今宵篷底明日何方孤館

翠樓吟 代外子題史新銘少尉爲璘寶校書所繪醉眠芍藥圖

綺夢將離芳愁莫懺生綃倩描眉嫵花陰人淺醉賺一枕

亂紅圍住，翠遮瓊護，趁酒意惺忪，蝶魂飛舞。閑庭宇，霧凝煙裊，啼鶯偏妒。春去忒也忽忽，縱春痕能寫，好春難駐。錦屏風半捲，正冐樹游絲千縷。幾回延竚，悵繡被香銷，金鈴聲忤。驚回處，鈿慵釵嚲，遊仙愁賦。

解珮令　用蔣竹山韻

花開也好，花殘也好，花片兒飄來更好。花片紛紛，繡出紅嬌香裊，更不妨羣花謝早。瓊窗人悄，綠楊鶯小，滯春寒雨尖風峭。纔見春來，怪一霎又將春老。好光陰，切莫負了。

一斛珠　立秋夜

雨狂風虐，夢回病骨秋先覺，愁來怪底還如約。新雁遥傳

遠意倩誰託　鄉心午夜難拋卻涼颸剛轉疏窗角桃笙冷透羅衾薄駒隙流陰忍被塵勞錯

解語花　燈花

濃分鳳腦碎滴驪珠一穗銅荷小茜窗深宵晚風少蘭焰熒熒靜照玉蟲漫擫看珍重瓊花燦早含淺暈低綰銀鈎新樣匠心巧　聽徹天街漏杳漸移來清影描畫孤抱天涯頻歲愁羈寂客館勤依緗縹長途夜悄更伴我夢回潦草莫挑殘留住餘輝紅豆垂侵曉

鵲踏枝　丙午

雨雨風風韶景過慣嬾心情愁病長相左除御吟箋和藥

襄生來百事都無可　細爇爐香躭默坐賦罷閑居岑寂誰人和自理牙籤還自課疏窗風逼釭花軃

菩薩蠻　瑞州署卽景用龔瑤人韵

堂連碧落山棲鳳珍禽對對林間夢芳草抵蘭薰晴霞逐暮雲署後有山名鳳山上有一堂名碧落堂深林棲鳥每到日暮草香如蘭　探幽荆刺礙撫樹煙籠月月上正圓期盈盈挂樹枝

滄桑幾改名賢去碧落堂內祀東坡等十賢牌位　神仙舊跡還重數山爲唐李八百成道處　丹井尚留痕山深氣自溫　玲瓏峯綰玉螺髻煙痕薄吟賞歷昏朝胸中塊壘消

綠陰滿院迴廊曲紛紛桐子拋簾箔嬌鳥伴清吟庭階碧

蘚深　晴蜂喧素袖鳳子依花瘦風動似涼秋新蟬早解愁

牆圍青粉籐蘿被貍奴倦向蕉陰睡殘夢醒銀屏烘窗榴火明　碧琅玕外路書帶芊綿處有客獨沉吟游絲弱不禁

桂殿秋　中秋

圓兔魄斂雲衣玉宇無塵星斗稀婆娑桂樹天香落嘹唳聲傳新雁飛

湘月　中秋日登署後鳳山感興用白石韵

萍踪小住問何緣消受山川清景野色蒼茫峰疊翠助我

登臨佳興暑氣初收涼颸又動疏柳蟬聲冷夕陽西去九霄飛下明鏡　無悶改盡朱顏凋殘綠鬢覷哀鴻成陣敢自飄蓬嗟久客天假游行名勝雙鯉緘愁寸箋疊恨珍重江南信秋情搖落吟懷黯黯誰省

拜星月慢　中秋夜

皎皎清光迢迢蓮漏一穗花開蠟炬花好蟾圓又涼生庭宇休辜負快早沉酣玉斝莫把良宵虛度露冷風疏對嫦娥慵語　朗層霄寶鏡舒眉嫵照千里莫問情何許望處祇有神仙天上無塵慮步瑤臺瀟灑霓裳舞嗟人世美景難長駐縱百年彈指韶光星霜侵鬢縷

剔銀燈 秋宵聞雁

簾外西風初勁玉宇光明如鏡銀漢攲斜秋雲似錦忽地飛來鴻影哀音驟聽添多少砌蛩相應 霜信催人似病輾轉欲眠還醒斷續更聲悠揚杵韻一穗燭花開竝將殘又更長伴我銷凝無定

摸魚子 家書言祖慈病劇予亦卧病匝月矣望雲苑結寄之於詞

望南雲千重離恨天涯霜信初緊鄉書不見平安字白髮沉疴驚聽傷暮景歎骨肉凋零俯仰成孤影久疏歸省又弱質縈心倚閭望切盼斷客中訊 關山迴消息迢迢莫問可能魂夢飛近私衷感觸迴腸折客邸病愁交迸呼不

應更清宵到曉難安枕心期負盡抱萬種酸辛悲今憶舊惟有淚珠迸

蝶戀花　有懷劉琬卿姨母

一水迢迢離恨滿記得灞頭行折柳河橋畔還囑音書休自斷怪他鴻影飄天半　偏自鄰家吹玉笛一曲悠揚吹徹長亭怨回憶舊游心緒亂月明怕倚迴欄看

虞美人　聽雨用蔣竹山韵

兒時聽雨紅窗下倦繡隨親話中年聽雨鏡臺旁茗椀爐香把卷坐瀟湘　此時聽雨銀缸畔躑躅離懷亂和風幾陣雨颼颼捲盡芭蕉點滴到心頭

一剪梅

天涯歲月忒悤悤。乍展新涼，便聽吟蛩。虛堂簾捲起還慵。病怯秋光，瘦怯秋風。　斜陽悄立感重重。望斷南雲，數徧南鴻。愁添青鬢髻螺鬆。容易飛霜，容易飛蓬。

酷相思

半捲窗紗猶怯冷。縱强起、慵臨鏡。儘蹙損雙眉鬟不整。秋到也、年年病。秋去也、年年病。　藥裏茶煙差養靜。奈懊惱、無佳興。聽檐鐵叮噹風弄影。宵短也、天天醒。宵永也、天天醒。

又

秋日得汪姨母書亦患肝病不禁有同調之感偶拈此解

萬種癡情人莫省賺一紙離愁迸怪兩地秋窗同患病儂病也君心悶君病也儂心悶　聽雨深宵長抱恨儘轉輾眠難穩縱孱骨强支添瘦損鱗過也修書問鴻過也裁書問

一剪梅　韵香夫人言旋出示詩卷浣誦欽佩二疊爲累悵阻艮晤拈此寄懷

江雲春樹兩情同盼斷郵筒望斷孤蓬休嗟身世逐飛鴻閑了吟箋負了游蹤　佳篇開處錦重重句擅題鴻才擅雕龍藥鑪何事阻相逢詩意疏慵人意惺忪

點絳唇

一片秋光悶來嬾向閑窗凭病愁羈恨漸覺消吟興　湛

湛青天風過雲初定涼階靜月臨如鏡望斷賓鴻影

青玉案　寒夜

挑殘蘭焰傾釵鳳更漏永寒威中風走虛廊簾影動塵昏鏡檻冰凝茗椀客鬢驚霜重　零縑秃管閑翻弄長夜寥寥懶尋夢香好爐紅窗不空瓶梅瀟灑水仙蕊蒨棐几饒清供

賀新涼　燭淚

撲簌驪珠碎倚銀臺鳳脂乍凝瓊花初綴底事蘭心長自苦午夜盈盈鉛墜想一味替人憔悴注滿銅盤猶不歇直傾來几案啼痕漬輕拭處紅冰膩　寒風透槅添揺曳儘

陪他香閨思婦天涯游子照徧萬般愁與悶一例燃犀情味縱絳樹高張羅綺話到別離先暗搵讓旁人相對咽無謂須鄭重惜殘穗

高陽臺 用碧山韵

細雨如絲東風似剪誰言景物暄妍翠減眉梢鏡中不是當年悤悤又是花朝近把愁懷分付吟箋也知他綺麗韶光肯到愁邊 簾櫳寂寂虛堂冷任燒殘瑞腦鎮日閒眠望斷鄉書無聊儘卜金錢天涯歸夢池塘草感流陰難駐羲鞭只梁間乳燕呢喃還似從前

調笑令

寒月寒月梅影一庭清絶紅泥爐火烘窗不寐人愁夜長長夜長夜數盡漏聲五下

祝英臺近 除夜用夢窗韵

换桃符裁綵勝春色上釵股客裏風光又見歲華去畫堂紅燭熒煌東風送暖笙歌沸竹聲人語　對芳俎縱然滿飲屠蘇猶難解幽素回望家園夢隔萬山路辭年强自開懷宜春隨俗更誰省閑愁和雨

又 立春

展花鬚舒柳眼春轉上林路爲探春光閑向小園步春山靑到眉峰枯枝荒徑又珍重認春來處　休虛度一樽快

祝東皇催花下甘雨莫待開遲春去逐風絮有情天也憐春寒威先減早移得陽和長竚

又　元夕

燦星毬明火樹令序屆燈市拾帕遺鈿良夜冶游事玉梅香拂檐牙峭寒乍解正簾外東風初起　寄幽地傾城簫鼓無多華筵罷羅綺素女臨粧庭院朗如水山齋岑寂無譁更沉人悄倒芳醑醉餘添睡

清平樂　丁未元旦試筆

竹聲喧徹庭院東風拂萬戶千門歌吹列新樣宜春徧貼一輪旭日曈曨當前淑景和融共慶昇平人壽雙歧頁

卜年豐

倦尋芳 桃花

風和露井，日暖春臺，千樹開徧。蝶舞蜂喧，灼灼明姿嬌倩。柳色巧分眉暈碧，脂痕濃浣霞成片。悄無言，賺韶光婉娩，芳情何限。　記昔日、仙源春晚，玉洞雲深，遮斷人面。花種元都，前度劉郎會見。膩粉墮殘苔徑艷，零緋飄處流泉軟。聽朝來，占高枝、鳥聲睍睆。

滿庭芳 荷花

暎沁晴波，艷烘初日，翠幢密護紅衣。暑風吹皺，十頃碧琉璃。照眼靚粧綽約，菱枝弱、香泛明漪。芳溪畔，襪羅步窄，潔

不染淤泥　晚涼新雨後圓珠露潤乍覺添肥占清涼仙境瀟灑襟期綠淨鴛鴦共浴看倒影鏡底鬟欹盈盈似瑤池宴罷酒暈上瓊肌

小闌干　懷閨侶

去年滕閣景清娛花月照東湖秋露吟商春宵剪燭良友醉醍醐　今年道院人憔悴風雨病愁俱鏡掩鸞光燈挑鳳腦岑寂感離居

點絳唇

庭院愔愔隔簾人正春愁重虀鹽千甕暗把流年送　嗜學無才愧說青箱擁驚鄉夢檐鈴風弄闌畔游絲動

減字木蘭花 送緒臣族叔赴閩

萍飄蓬轉一樣頻年覊緒亂此去怱怱奮羽溟池盼再逢
孤懷愁絶不是尋常輕惜别怕聽驪歌無計留公喚奈
何

浣溪沙 戊申

枯坐長宵玉漏沉一燈摇曳緑窗深雙分紅豆伴清吟
不向銀屏尋綺夢聊憑彩管寫幽襟天涯也算惜流陰

賀新涼 餞春

春晝沉沉静儘銷凝春光旖旎春花嬌靚瞥眼天涯芳草
滿悵觸王孫歸興剛玉枕春酲初醒報道番風吹已徧占

斜陽紅雨蒼苔冷縈綺夢嗟流景留春少住春應肯怪無端輕寒輕暖釀將愁病一桁疏簾閑不捲塵涴牙籤慵整更黯黯吟懷誰省藥銚茶煙供活計負韶華歡緒拋無賸窺瘦面嗔明鏡

又戊申三月爲予四十生朝感塡此解

墮地愁縈繞怪悤悤朱顏明鏡鏡中人老綺思瑤情拋賸幾一例同歸草草迥不是年時懷抱此日難禁身世感滯天涯俯仰知音少絲鬢短憂心悄人生萬事瞢騰好占韶光杏花風過海棠風到綠映雕欄紅壓幔容我閑吟閑眺算不負鳳城春早燕子繞梁還對舞儘呢喃怨說塵勞

攪思故壘增煩惱

又 病感

百計難排悶悵孱軀能禁多感能禁多病病到深沉拚夢覺夢又未容輕醒賺欹枕懨懨愁損釵鳳傾殘條脫落撫巉巖瘦骨無安頓眉不展鬢慵整　刀圭縱好閑愁困又何須靈蓍占壽神方駐景經卷藥鑪參夙果早學維摩禪定更嬾向蓮臺重證有幾歡情銷已久恐將來魂也銷無賸塵世事天難問

探春 題曹君直所藏淩波圖

湘浦波深漢皋珮解依約步虛聲靜明玉凉生纖羅塵浣

離合神光相映似蕊宮初降賺霧鬢玲瓏粧靚携琴彈徹艮宵愁咽冰絃誰省　領取幽芬盈幀待喚起湘靈騷蘭同詠名手丹青才人詞筆留得嬋娟清影便重招仙魄恐難勝沙昏煙冷月照瑶簪緑淨碧天共證

金縷曲　河東君鏡

雅製菱花古是當初唐家故物玉纖親撫竝蒂芙蓉凋謝久一片青銅認取比滄海遺珠同覷見說絳雲樓閣迥理晨粧屏啟春痕貯釵鳳裊彩鸞舞　情天易老才人去儘凄迷山莊紅豆美人黃土韻事百年空想像難博朱顏長駐縱蠶縷濃纏何補閱盡興亡惟賸此祇苔華小印堪同

語（河東君有小印尚存）曾鑑得好眉嫵

過秦樓 簾

瑣院留香，深堂遲燕，永晝慣閑銀蒜。蝦鬚織就，犀押拋殘，窣地垂垂輕軟。儘教一桁風前，花影重篩，眞珠零亂。看波飜霧冪，蝶迷蜂誤，湘痕淸淺。　最無賴、隱約藏來，玲瓏界處，咫尺天涯人遠。斜縈細雨，暗度涼蟾，雅襯瑤窗紗茜。偏是游絲無端，飛上雕櫳，粘將花片。把春光留住，爲語等閑莫捲。

金縷曲 題孫子瀟先生雙紅豆圖

絳樹濃春照。賺東風、離離子滿，綿綿思邈。想見才人多韻

事探擷吟來句妙有蠶繭千絲縈繞拈得雙紅盃酒祝願
連枝長偏情天早中著箇並頭烏　神仙一室愁應少證
華鬘芙蓉竝蒂芷蘭同抱消受瓊窗緗縹富福慧幾生修
到又商略百年圖草尺幅吳縑緘密緒比量珠記曲風懷
好意蕊燦墨花燿

綺羅香　故衣

千點黴花一襟敗絮疊久褪紅無色廣袖長身天寶末年
新式記當時線手親縫看此日縷金猶密貯空箱班扇同
嗟香篝消盡游塵積　著衣人已瘦極重撫兩襠舊錦感
添今昔任敝宜留禦冷嚴冬曾藉忍自說薄倖輕拋伴綺

歲雪霜頻歷縱夢醒不稱腰圍深情應尙憶

買陂塘　題蔡女蘿畫鷄小幅

問才人幾生修到金釵屏列仙侶乾坤奇氣山川秀一例平分兒女饒綺緒燦五色靈毫非祇修眉嫵二難竝處任寫徧鵝溪收將鳳紙水繪丹青富夫人與金曉珠夫人當時稱兩畫史　情天住消受縹緗逸趣楊枝桃葉應妒催粧設帨多佳話徵徧玉臺新句軌雅素想花底清齋繡佛禪心悟流傳片羽認絳幘留痕碧紗題字依約驚鴻覩

蘇幕遮　除夕

竹聲沉蓮漏悄柏爇紅爐簾底濃煙裊料理祭詩蔬薦早

淺醉屠蘇賺得朱顏好　捺閑愁還强笑儘自寬懷終覺
歡情少四十明朝看過了歲燭辛盤暗裏催人老

又　梅影入帷淸致獨絕率拈此解

短檠明寒月皎描畫疏襟一幅春痕小斜倚屏山淸韻繞
綠萼仙人依約宮粧俏　墨花濃霜貌肖風漾流蘇倍覺
形孤簷賺得羅浮香夢好曉起裁箋詩筆添新巧

水龍吟　聽雨

秋窗正在無眠可堪連夜催秋雨絲絲靜織蕭蕭漸緊綿
綿不住隔斷砧聲溼沉漏鼓攙將鈴語任香銷寶鼎燈飄
朱箔拚滴碎愁千縷　此際頓驚倦旅聽空階哀蛩絮苦

芭蕉捲恨幽篁瀉翠疏楊低舞桃簟涼侵秋衾夢闌枕函風度悵鄉心暗集知音間阻問誰堪訴

掃花游 題思忠錄

離離宿草把毅魄深藏英雄何處空餘片土數豐碑異代孤忠誰侶力守危城報國以身早許精靈護縱紅羊刼換松楸如故 勁節綿亘古賺賢守披榛秡侯奇舉重題封樹更崇祠並葺徧徵新句俎豆千秋享祀孫還附祖神威著枕邱山不容狐兔

愁倚欄令 己酉

閒庭寂午風輕斜陽明一縷游絲空際裊胃還停 憐他

鳳子伶傳花間猶自含情舞徧綠陰滿院夢難醒

點絳唇 偶踏斜街購得夾竹桃二本

踏徧芳郊花花葉葉評量到鼠姑風少婪尾開還早俗艷繁英未抵供詞料天心巧美人懷抱付與平安好

醉花間

思相見快相見相見情何限把手話離衷喜恨還相半金爐香自暖銀燭花雙燦檢點醉花間好慰頻年願

齊天樂 中秋無月

年光客裏銷凝處悤悤又驚秋半敗葉迎風鳴蜩咽露已夜倍添淒惋疏燈靜院正紙閣涼生銀河西轉望斷層霄

玉輪陰翳素輝歛　團圓辜負令節嫦娥緣底事冰鏡慵展炷罷心香聽殘虬箭怎得浮雲都散天高思遠料今夜瑶臺不勝清怨也似羈人一般歡意淺

聲聲慢

露零金井月墮凉階清宵聽徹秋聲曲譜哀蟬淒其一片蟲聲梭風幾陣泠雨捲芭蕉攙入檐聲驚心處更誰家擣素三兩砧聲　隔巷聲傳遠漏伴短檠焰落敲徹棋聲書到江天遥空嘹唳鴻聲般般訴愁未了奈丁當窗外鈴聲催曉色又鷄聲緊和鳥聲

蝶戀花　重九

秋雨聲中人病穀九日黃花顧影同消瘦百計難除眉上皺題餻添得閒愁湊　佳節年年慵把酒只有詩心潦草還依舊一縷藥煙迴永晝寂寥庭院寒生驟

桃源憶故人

燭搖紅影香消篆悶守寂寥庭院天半雁聲哀怨風雨佳人遠　尺書重疊加餐勸字字離愁堆滿爲念一番秋換索寄吟商卷

浪淘沙　春夜偕韵香夫人剪燭聯吟

蓮漏儘迢迢銀燭雙燒拈題鬥茗夜分曹書破吟箋添逸興詩思如潮　得句少推敲任意揮毫月移花影上堂坳

玉宇瓊樓寒幾許天上今宵

又

香篆裊金猊風㠞簾衣暗吹芳訊上花枝戶外峭寒猶不解凍結冰澌　情話夜偏宜身世休悲入春容易賦春歸好向黃壚同灑落有幾歡時

卜算子　庚戌

花外闍蓮籌月色明如水照徹庭霜分外寒賺得人無寐　梅影上窗紗夜靜饒清致遣悶何妨好句拈不藉新醅醉

留春令　花朝

積雪初消峭寒未解滯陰庭宇黯淡韶光闌珊春意花惱人無緒　等閒肯使良辰負樹底朱幡舞風迴畫押雨禁鈴語寂寞花朝度

南浦月

鎮日懨懨雙眉蹙損還非殼藥鐺茶臼容我長相守　天假癡情儘把心肝嘔無聊候茜紗風透加上閒愁湊

女冠子

月明如晝天上漸移星斗夜霜濃花外迢迢漏窗前陣陣風　病愁生亂世烽火值年窮屈指回春遠意惺忪

念奴嬌　辛亥立春

東郊春至又元宵將屆試燈風勁商畧傳柑翻韻事添得
幾多清興鏡裏鸞痕釵頭人勝相約宜春靚㤙催韶景春
光潛上詩鬢　須省今歲眉端愁輕病褪居處塵囂盡無
恙寒梅香自逸早許心期同證積雪初融晴雲低護麗日
中天映占年剛閏雙歧麥隴先詠

又　崇效寺看牡丹

番風過了正暄妍晴日殿春花好魏紫姚黄開晚晚弄玉
飛瓊同抱灼灼明姿娟娟豐度一片和香繞羽裙霞帔眞
仙初降瑶島　幻出寶相莊嚴皈依蓮座佛也拈花笑國
色聲華喧帝里賺得鈿車盈道暖靄輕籠祥暉低護佛國

春難老修來慧業羣芳應共傾倒

蝶戀花 立秋

碧天捧出蛾眉月爽氣西來露井飄桐葉蟬噪新涼蟲語咽頓驚羅幙秋風拂　棖觸羈愁腸百結遠雁聲傳怪底鄉書闕閑煞金猊香倦爇病懷生怕吟商節

又

醞釀秋情風雨湊病逐秋生人面先秋瘦一片秋聲秋報驟秋衾夢闊燈如豆　秋夜寥寥長聽殼空外秋砧花外傳秋漏獨抱秋心無可剖秋窗靜掩添僝僽

賀新涼 旗亭即事

燕市從容佳賺城南旗亭酒美親知萃聚領畧軟紅塵土膩病鶴強揮倦羽也難得愁消羈旅一晌忘形人莫笑愛新聲婉轉花枝舞梳裏靚嫦娥妒　此身何幸傾城顧問華年冰絃剛滿盈盈三五小宛嬌柔如是俠底樣琴心眉語抱我見猶憐情緒司馬青衫空淚溼想春人自有春長駐忍看作天涯絮

醜奴兒　柳絮

芳蹤無定隨風漾飛傍簾櫳粘上雕櫳鸚鵡多情喚懊儂　花陰零亂游絲繫斷夢惺忪碎玉玲瓏糝徑春深護落紅

倦尋芳 辛亥咏鬧花朝

桐占晴候蓂數餘青令序重展天假羣芳兩度瑶臺添算花訊儘催寒食近艷陽暄徧紅塵軟趁良辰把朱幡再整金鈴雙綰 擬撲蝶還尋佳約小試春衫沉醉芳醆蕊亂枝繁賺得俊游人倦語燕簾櫳犀押靜育蠶天氣機絲緩願東皇鎮年年風光流轉

掃花游 崇效寺看牡丹

洛陽艷植燦一色殷紅數叢淺素上方景富展雕欄十二將春留住香國華鬘恰稱天人態度競開處便佛也破禪笑拈花語 游賞今不負任繡幰青驄治春儔侶東花寺

古吏詞流百輩嘆毫搜句淡日輕陰釀出濃芳幾許軟塵暮牘餘霞又絢蓮宇

臺城路 咏雪和逵如妹倩時正避居津沽

夜風動徹重衾冷樓頭早堆深雪客夢驚殘閒愁頓逼此際消寒無術羈懷鬱結賺芳砌初吟回春何日欲起還慵玉光一片浸虛室 羊裘着來未熱儘摩挲短鬢愁心搖兀樹色悽迷山容慘淡誰抱凌寒勁節芳情早歇算只有梅花勉支瘦骨佇盼星郵隔江書報疾

又

瘴雲慘霧重重結釀成一天濃雪曲徑鋪瓊長空捲絮小

試龍公新術闕河粉餙有凍雀巡檐銀沙遮日翠袖單寒
句吟白戰閉幽室　爐灰總存餘熱悵怱催急景萍梗飄
兀烽火横江瘡痍徧野又届一陽時節花飛不歇恨無計
回春峭寒徹骨暗爇心香祝他風轉疾

百字令　聞雁和逵如妹倩用宋太學生原韵

濃霜庭院聽幾聲嘹唳惱人情緒一樣頻年傷倦旅難浣
征衫塵土身世飄零稻粱羈滯此意憑誰語書空字好迢
迢歸夢無主　最是江水瀠洄荻花蕭瑟同慨西風苦回
首雲深關塞遠切莫浮沉素羽淺雪留痕寒沙射影別有
銷魂處藏虹伏蟄偏他天半翔舞

又代外子海上和韻二闋

觚稜北望正霧昏煙暝競催寒序久疊征衫慵檢點賸有軟紅塵土親老傷離時衰思隱忍作頹唐語商量去住心神撩亂無主　莫悵旅夜聞鷄霜天飛雁總爲稻粱苦羸得置身鋒鏑外何意重揮倦羽蹙額愁貧剪燈話往朋舊相逢處吳淞浪沸紅樓隔斷歌舞

又

孤懷誰侶祇閨中病婦一般無緒惱煞驅人名與利回首看成塵土千里家書萬重心事刪卻牢騷語歸耕願在歸期何日難主　值此冰雪連天烽煙半壁怕逐輪蹄苦海

內何人同傲骨笑指淩寒幾羽綠鬢飄零青衫憔悴生計艱難處摩挲匣劍長虹靜夜猶舞

南浦　寄遠

霜風淒緊望江南遙岫黯愁雲聞道波騰湖海千里阻魚鱗誰念天涯倦旅倚層樓獨自暗銷魂向塵沙影裏闌干拍徧歡緒減無存　擬把鸞箋傳恨盡低回握管不成文一任寒深料峭寂寞對斜曛兩地重縈舊夢歎頻年心事可堪論撫傷時懷抱辛勞天付我和君

淸聲閣詩餘卷一終

清聲閣詩餘卷二

武進呂鳳桐花

金縷曲 壬子

孤抱憑誰語。數萍蹤、軟紅塵裏，積年愁旅。劫換紅羊飛燕子，重指宣南芳樹。覷薊北、風雲幾許。擊筑悲深前代夢，亂棋枰、人海繁星聚。鋒鏑後，笙歌補。　西山依舊眉痕古。祇憐他、嫦娥天上，華年輕負。死魄倒生弦晦易，不使蟾圓三五。謂陽也、一樣滄桑情緒。見說劇場袍笏變，唱新腔、喧徧花奴鼓。黃日落，江亭暮。

又 晤曼華表妹

孤抱憑誰語怪何緣萍蹤吹合歡聯今雨不薄疏慵憐病翼慰我天涯羈旅感雅誼殷殷幾許修到三生完福慧仰清才粧閣縹緗富拈彩管江花吐　珠輝璧耀風華靚早兼他金荃才調玉臺情緒衣袂京塵同灑落忘却枌榆夢阻願繡幙論心長聚初習蟲書邀謬賞展文匳自愧眉痕古又妄想吟壇附

又

孤抱憑誰語賺長天緗簾靜掩幽蘭慵賦刪却新詞翻舊稿紙上滄桑留覯更寫徧聽風聽雨換羽移宮愁莫療裊爐煙心字銷磨處傷老大悲今古　生涯肯被塵勞誤度

窮年安排鹽米裁量荆布井臼旁邊書味好菜甲墨花同撫算未把流陰輕負戕賸如山刀尺亂又虛誇一室神仙聚空潦草終何補

又　寄懷紅閨舊侶

孤抱憑誰語望雲天故人無恙心期長負記否紅閨春晝永商畧同翻繡譜向緗帙堆中容與此日飄萍千萬里憶年時歡墜渾無據縈往事增離悽　煙波有約歸帆誤歎中原邊氛未盡承平難覯海上繁華京國夢兩地相思何許料一例傷時愁旅厭世久輕名利念笑吾身習慣黃塵住知己隔鄉書阻

又得研新大妹書

雁過余懷渺望江南千程人遠一封書到密字眞珠緘疊疊中有深情多少想醮墨離愁盈抱難得形違心不隔覷天涯搖落憐同調又說道鱸魚好　家園無恙歸宜早悵頻年枌榆願阻風霜餐飽憶自饑驅飛燕子苦被稻粱誤了任杜宇花間啼老客裏難消身世感又何從傳語知音曉賺萬種塵勞擾

又自題小影

短鬢偏相肖祗難描病時衰象客中孤抱不信今吾非故我眉上愁痕多少看瘦面苦黃生早日暮天寒吟思薄撫

峻嶒孱骨空餘傲向雪裏留鴻爪　悲風嘯雨精神耗更休題兒時情事當年人老無恙山川無恙月依舊從容凭眺怪底樣身心枯槁從此加餐刪俗慮買壺春博得朱顏好開倦眼披圖笑

百字令　書篆屏賀華如妹出閣

春生屏雀正合歡筵上明蟾雙照雲外天香飄桂子金粟添粧剛好帶綰同心花開竝蔕釵翠鶼鶼裊神仙眷屬玉臺韻事多少　最是瓌頴家聲機雲靈氣一例清才抱雅管風琴詞翰美譜出房中新調碧海珊瑚丹山鸞鷟文彩相煇燿百年靜好瓊簫長共縹緲

聲聲慢　用白雲韻

荒寒臺榭淒冷霜風窮年雨雪霏霏白戰詩成終朝不捲簾衣圍爐自傷倦旅有芳醪難解鄉思揩淶眼認行行淸淚灑向誰知　客裏休驚物候早初寅罷建月誤圓期故國梅花多應笑我忘歸幸他結茅有約儘連宵尋夢疏籬搖落後撫山川不是舊時

金縷曲　曼華表妹話舊

舊夢憑誰語早消磨綺情逸思未堪回顧巧合萍蹤原有幸肯把枯桐過譽愧不學終嗟無補賺得十年心賞久（妹云十數年前早慕予虛名願見之心懷之已久）接淸芬令我消塵土懷抱好空今

古閨房林下占星聚數奇才瓊瑤小鳳劉樊仙侶（女公子聰慧絕倫）福慧三生修已到明鏡墨花同嫵（妹伉儷多才而相得）儘韻事安排幾許悟徹風雲多變態預商量吟屐湖山佳期後日盟鷗鷺

高陽臺　賀夏珣如表嫂生子

學海才人玉臺仙眷多生福慧雙修文禖安排啼聲早試牀頭充閭佳氣占年少想蘭閨喜並封侯共摩挲作對瓊瑤願遂樊劉　筵開湯餅人爭羨羨石麟英爽雛鳳嬌柔遶報添丁高堂笑合雙眸芳醪滿引親朋醉觶花枝杯泛黃流悵新來末座難陪好句還搜（余正臥病）

南浦月　書篆屏寄懷研新六妹

綺閣論心，十年舊夢重縈處。唱予和汝，良夜燈花嫵。　此際停雲，千里知音阻。傷離愫，雨窗無緒，何日聯牀語。

鵲踏枝　癸丑

春日遲遲人意倦。炷罷沈檀，珍重垂銀蒜。不使濃煙空外轉，怕他心字如絲亂。　慣不加餐偏自勸。盃酒酬花，强把眉痕展。花總有情醒病眼，東風吹起愁無限。

又

春到天涯春正好。人到天涯，偏是愁盈抱。燕去鴻來離緒繞，花開花謝增煩惱。　不信試將菱鏡照。蹙蹙彎眉，蹙損

知多少彈指韶光容易老池塘又見生芳草

花自落

人寂寞瑞腦燒殘煙薄吟徧新詩愁莫託斜陽紅一角
綉譜頻年拋却花樣不須商畧午倦偏教眠未着游絲庭
畔落

賀新涼　七夕立秋

夜永蓮籌悄望迢迢銀彎清淺瘦蟾低照見說雙星同駕
鵲令序安排乞巧剛聽得井梧秋報此際天孫雲錦麗占
新涼仙侶相逢早離合話知多少　瑤臺千歲春長好任
人間海桑變易情天難老玉宇無塵風露軟依約鸞輧濳

到指翠帔霓裳飄渺良會一年雖一度訴相思兩地猶同抱願莫放雞催曉

又

屏角涼生處早聽他露蟬噪急砌蛩吟苦展到秋風人意嬾添得鬢絲幾許感搖落天涯情緒極目家山烽火亂指南雲忍把哀鴻數消息斷鄉書阻　鯨鯢掀浪魚蝦附積江干成流怨血看飛紅雨萬木同悲生意盡一霎又催寒序問何計安排饑羽但得天心能厭亂讓中原無恙承平覩荆棘剗金湯固

齊天樂 中秋月食

涼風庭院驚秋半凄凄候蟲聲亂翦燭吟商開樽酌月釀
出閒愁無算迴欄倚倦指天上銀輪素輝剛滿見說嫦娥
霓裳曲罷廣寒掩　遥空露濃思遠新粧㫰夜靜冰鏡塵
浣令序方忻圓期正遇黑劫偏教重换陰晴頓判悵終古
情天怨深歡淺負却華年瘦嫌眉不展

又

閉門試詠秋聲賦羅衣乍添輕絮落葉堆階沈煙鎖閣加
上重陽風雨黄花綻處賺清事當前和陶誰侶悶倚屏山
琴絲閑煞鎮無緒　天涯感深倦旅收帆風正好歸夢偏
阻燕市悲歌鴻泥舊印怕數鬢邊霜縷傷時病羽撫轉眼

寒暄稻粱辛苦美景虛抛積愁知幾許

又 重九偕外子天甯寺登高

行行遙擧登臨眼浮圖聳連霄漢霧鎖城陰塵遮馬足古寺荒寒門掩西風拂面指丈室苔深禪房僧散諸佛低眉蓮臺也慨劫灰換　披榛共來別院九秋黃菊瘦叢倚籬畔護法無神焚香少鼎案列破經幾卷壞窗破扇與破碎山河一般愁看塔影空懸題餞人去遠

又 崇效寺展覽紅杏青松圖

飄零松杏楸花落叢叢牡丹嬌倩劫換紅羊珠還合浦添繪攜花歸卷 崇效寺紅杏青松圖久經典與楊京卿蔭伯今者楊京卿返璧寺中寺僧攜花酬之倩畫

士姜穎生繪擕花歸卷圖春生佛龕省前代鬢眉金丹幾轉着紙琳瑯
貞元朝士墨花炫　人間海桑幾變靈山飛錫遶尺幅塵
涴古寺丹青蒲團淨業二百餘年傳偏天心厭亂占紺宇
秋深兵氛吹散風雨重陽禪堂游屐滿

賀新涼 消寒初集

燕市霜飛緊指旗亭拔釵沽酒暫舒覊悶博得天涯知己
聚戶外雪深莫問更不畏寒侵詩鬢景逼殘年人意嬾醉
瑤觴春色分腮暈眉翠展愁痕隱　明燈低綰雙花俊擁
紅爐冬心對話別饒清韻今夜寒威消已盡後日涼風休
論算未負韶光金寸漫許文禽皆共命撫疏襟一例塵勞

困座中有曼華伉儷珣如表嫂伉儷予與外子皆辛苦成家者萍繫處鴻留印

浪淘沙 甲寅

燕市儘從容暑退簾櫳悲秋人自怯秋風故國鱸魚時正美苦繫萍蹤 閨侶盼相逢遠寄離衷關山南望陣雲封鐵甕城荒江水赤猶報傳烽

又

露砌亂鳴蛩雁唳長空已涼天氣病愁中忍說南方豺虎亂客夢惺忪 書啟故人封離恨重重恨儂猶戀軟塵紅秋雨秋風全不管慣事飄蓬

又

秋思入秋空秋淡愁濃秋衾無夢醒宵中一穗秋燈秋影
瘦秋滿房櫳　秋月照玲瓏秋露濛濛秋階岑寂暗疏桐
秋事蕭條秋漏永秋院人慵

又

一陣捲簾風檐鐵琤瑽秋情搖落雨聲中試詠登樓王粲
賦百感填胸　鎮日鎖眉峰髻亂鬟鬆負他人海景無窮
似此深憂誰與共笑指征鴻

齊天樂　七夕

雁聲蛩語將秋報新涼乍生林表玉露迢迢明河耿耿霄
半鵲橋駕早閑雲淨掃有織女黃姑鸞軿潛到隔歲心期

相思相見證離抱　蒼蒼有情不老讓仙家眷屬雙雙笑過隙流光合歡良夜肯放荒雞催曉蛛絲乞巧覷瓜菓筵前並頭花好月瘦風微畫屏人意悄

天香　七夕觀演天河配新劇

天樂雲中步虛聲裏諸天捧出金母子晉吹笙雙成曳珮妙相花鬟同數瑤池會上聽玉旨傳宣織女半晌蓮池賜浴因緣喜聯河鼓　堨來劫塵小住返支磯未堪回顧賸有癡郎情重相思幾許悵望銀潢路隔指良夜鸞軿鵲橋渡爲語相逢一年一度

高陽臺　咏雪

燕市飛花龍宮戲玉家家庭院銀裝碎翦鵝毛因風轉過迴廊雲封天宇煙迷岫捲長空照眼瑤光糝林隈濃堆鶴羽不隔梅香　詩吟白戰霜毫冷早棉鋪荒徑水結芳塘深幙低垂巡檐凍雀彷徨占年喜證雙歧瑞賞祥霙醉少壺觴抱冬心無計驅寒病思難量

百字令　和焯妹表妹里中留別之作

瑤編愁浣省故園當日臨歧情緒乍賦關雎歌折柳妹贅壻未久唱隨北來一霎去留無主惜別親知怨離朋舊剩藕分蠶縷向平願遂金萱心事艮苦　我亦萍繫天涯思深枌社鄉夢邀君語差幸蔦蘿依客館共把南雲凝佇徐淑情深謂研

新妹左芬義重謂逸傳妹千里縈心懷梅香影裏平安裁徧魚素

金縷曲　送別二姑母有感

捧得慈雲住怪無端纏綿病思消磨歡緒孤露半生嘗過愛相見先看鬢縷相見之下姑母數日數年不見汝何消瘦至此耶信椎髻年來辛苦語到重闈仙去後悵親知寥落飄零數恨我又歸帆誤人生聚散原無據怨匆匆一聲風笛離詞愁賦有子才華繩祖武迎得板輿聽鼓研因表弟保免考知事來京覲見小住舍間奉母赴湘讓旅燕瞻依雲樹共仰向平心願遂憶京華嬌女依佳壻眉案側桃根附

卜算子　立秋

一葉報秋生人早先秋病盧扁方搜艾自求萬斛閑愁迸簾外展西風夢閣桃笙冷欹枕懨懨覺夜長孤抱蘭釭證

又

無計避塵囂扶病勞鹽米日聽蟬聲夜聽蛩嘗殼愁滋味人自厭繁華性不驕羅綺海內年荒海外兵灑徧傷時淚

探春　梅花

傲世仙心淩寒瘦骨不爭春色開早舊夢孤山高蹤鄧尉想見出羣懷抱歲晚芳情歇獨瓊萼枝頭嬌好任他雪壓

霜欺蕭疏未減風貌　不待巡檐索笑向紙閣移來陪伴緗縹鐵幹穿珠瓷盆綴玉屏角暗香圍繞凍結黄昏後有冷月殘燈低照清影欹斜添儂詞料

雲鬢鬆　八月廿二夜病劇

短檠昏深院靜久伏沉疴入夜和愁迸一枕黄粱將喚醒續命遊絲偏是牢牽定　返離魂還顧影藥椀重持自覺添悲哽縱有神方難療病半世愁心此際憑誰省

清平樂　除夕四闋錄一

一年容易此夜屠蘇醉博得探春人病起祇恐送窮無地宣爐柏子香燒辛盤菜甲親調笑指老梅無恙東風何

日寒消

南鄉子 丙辰

驛路迢迢探梅吟侶悵難邀塵浣牙籤慵不理愁深際避
寒鎮日重門閉

蝶戀花 喜慧依姑母北來

十載相思憐共抱博得相逢偏是塵勞擾戚舊悲今愁莫
療良宵情話添多少　吹合萍蹤天意好離夢重圓人改
當時貌只有癡情拋未了風僝雨僽精神耗
良晤剛逢佳節到花好蟾圓人賺舒懷抱檢點爐香還共
禱願花長好蟾長照　玉宇無塵蓮漏悄秋色清酣階砌

蟲聲少今夜瑤臺風露小嫦娥對我盈盈笑

尺幅吳縑雙影貌入坐知音攜手同歡笑同拍小影瘦面低回毫髮肖祇餘心事描難到　忍憶兒時清夢杳人老愁中病骨風霜飽但得心頭無懊惱駐顏不藉神方好悟徹浮生如幻泡佛旨窮參自把心塵掃百歲流光終草草人間萬事隨緣好　夙障三生休更道經卷安排朗月靈臺照斜日西風絲鬢裊蒲團靜業修宜早

百字令　孟華妹許訂心交喜賦

天涯萍聚喜知音相見共傾懷抱頻歲羈孤朋舊隔今雨情緣偏好芝蕙同心燕鴻接羽賺得愁人笑紅箋寫徧聯

盟韻事多少。每荷瘦勸加餐病徵良藥一意憐秋草棣
萼枝枝看競秀我愧形骸枯槁倚竹忘寒賞花有侶鄉夢
抛除早軟塵影裏塤篪合奏新調

又 自題與諸盟妹合拍小影

畫圖披省喜左芬徐淑萍蹤吹聚瑤珮珠鈿光燦座添箇
頽唐眉宇浥露仙姿經霜瘦菊自顧羞爲侶耆岑雅誼何
緣許我攀附 最好聽雨秋窗擁爐寒夜聊當追陪處長
此心交形影共看取愁消羈旅清事紛紜柔情繾綣相約
深盟固花枝照酒玉臺人占春富

金縷曲 呈慧依姑母

客裏塵勞擾數平生新知舊雨問誰同調雅誼如君能有幾識我胸中煩惱竟着意相憐孤抱博得聯裾眉共展約從今一例閑愁掃離夢合天心巧　感春人負春光好賺春來春愁莫遣病隨春到苦勸加餐甞過愛慚愧形骸枯稿更減却歡情多少春月春花慵不賞把吟箋詞筆都拋掉燈影下顰還笑

百字令　丁巳

春融燕市賺春寒乍減感春人倦劫換紅羊棋局變彈指又催春轉有恨青衫無愁紅粉共踏春塵軟喧闐車馬濃霜後衰不管　知否罩日征雲掀天湘浪南望烽煙亂一

枕春醒慵喚醒明鏡長看春滿世界更新綺羅爭艷照眼花光炫春風吹早春情生出無算

高陽臺 自題小影

人老愁中神衰病後愈形瘦骨清孱百遍端詳已非舊日眉彎西風蒲柳凋零易賸幾絲續命牢牽信羈棲歷徧艱難受盡熬煎 多經磨折聰明減祇傲懷無恙癡癖依然身世浮漚斜陽早悟眞詮駐顏不藉求靈藥算平生萬事隨緣惜流光勉自加餐着意尋歡

子夜 和研新大妹

哀鴻遍野歸期誤一樣移疾無安土棋局亂中心西山霜

氣深　故園朋舊憶客館塵勞集見慣月輪圓今宵怕獨看

廿年鹽米爲生活文心分半輕磨滅離緒證新詩知音相見遲　觀空徒自說未解柔腸結遙夜倚闌干爭如北地寒

蝶戀花

冰鏡當頭明似畫悄步閑階霜氣侵羅袖青女素娥粧共鬬風狂薊北寒生驟　天籟遠傳人定後敎賣長街花外催清漏哀雁饑烏宵並守爐紅小閣茶聲湊

應天長　冬至

雲封天宇雪壓茅檐重看一陽潛轉九九嚴冬急景忩催朔風亂寒威盛春訊緩又忍說日長添線看戶外凍勒梅枝灰飛葭琯　獸炭爇紅爐白戰詩成愁重芳醪淺令序當前何妨病懷遣流光促鄉夢遠怪倦旅無端軟塵戀賺燈底百結眉頭瘦影低顫

高陽臺

雪積江亭霜飛燕市北風釀就嚴寒水患兵災一年容易年殘玉關春訊重吟望滯征雲吹亂烽煙忍尋思家國安危生事艱難　闌干拍徧人憔悴縱澆愁有酒孤抱難寬料理虀鹽誰憐瘦入眉彎冰天一例芳情歇祗窗梅無恙

花繁伴粧臺靜夜圍爐呵凍裁箋

醉吟商小品

撫時序催開九九又逢冬至日長初凝添線紅窗底此際消寒無計醉傾綠螘

百字令　研新妹書來約來京把晤

客懷無俚喜好音天外平空飛渡閨侶有心思聚首許我軟塵重步慰極還愁情癡疑假開眼南雲佇東風和煦期君佳約休誤　趁此病骨能支吟毫依舊共把春光賦但得相逢良願遂萬斛俗塵拋去整頓全神不憂亂世花下伸離悰生朝怕話餘生孤露多苦

百字令 戊午五十自壽

此身墮地有百千磨折百千煩惱釀就沈疴人不識盧扁重來難療與病爲緣抱愁閱世暗裏精神耗童心未改聰明磨滅偏早　怪底塵夢因循閑情悟徹朗月靈臺照憔悴庭柯生意在那信雪霜餐飽一念觀空寸陰自惜遥指青山笑鶯花三月生辰占得春好

流光迅羽忍摩挲雙鬢白添幾許五十年中憂患歷不獨愁風愁雨感逝神傷勞心力瘁眼底滄桑覷枌榆思遠天涯其奈羈旅　最是病逐年增夢隨世變投老情懷苦不藉旁人遐算祝自把心香濃炷續命絲牢殿春花艷暮景

晴霞嫵安排詞筆長生新曲爭譜

高陽臺 重九

旅夢長羈塵勞徧集悤悤又屆重陽風雨蕭森閑庭景物蒼涼題餻無緒辜佳節歎年來病思郎當怯秋光不捲簾鈎靜爇爐香　東籬韻事休多問笑花如人瘦人似花黃冷換吳棉絮愁難覓啼螿久拋梳裏青銅掩怕看他兩鬢添霜黯神傷悶把茱萸嬾醉壺觴

雙雙燕 雙忽雷

崇仁坊裏認唐代仙韶良工天水內庭花謝響絕驚雷久矣一旦春回燕市顧舊曲東塘能擬千年流落人間檀柱

感深興廢　猶喜俗塵傾洗更賞遇知音摩挲題字劫灰
重話不見貞元朝士博得雙絃合璧試樂府新聲雄美平
章傳世奇珍信比璠瑜猶貴

高陽臺　題頤和園圖

夢斷鈞天歌殘玉樹排雲樓閣依然金爵觚稜勝他瓊島
荒寒丹青細寫清時景儼紅牆不隔塵寰感興亡萬壽高
山三海流泉　無聲詩好題詞廣展吴縑尺幅史筆同看
莽莽中原蛟爭鯨鬥難安和風早慰蒼生望問何時冰解
春還指明星人瑞天徵璧合珠聯時正五星聯珠日月合璧有期

鵲踏花翻

木葉翻階，商飈動，夜吳棉料理勤刀尺。防他燕市霜濃，北地寒先。蘆簾紙閣遮糊密，長空征雁唳聲聲，稻粱困苦歸心急。　倦客一例鄉思深積。天涯搖落遲耕織，況又荔子紅飛，嶺梅春阻。南望烽煙逼，堪嗟病骨不勝愁，當前何處桃源覓。

高陽臺　愁

聚處偏多，驅還不易，絆人百倍纏綿。助病隨貧，微痕長露眉端。清宵滾滾如潮擁，撫疏襟，慣受熬煎。最難禁，一縷分明，千里縈牽。　問心漫道來無影，把朱顏催老，青鬢添斑。借酒思澆，餘波欲掃終難。生時豈獨因離別，佐塵勞，魂夢

遲安有并刀莫翦柔絲漸減清歡

賀新涼 月當頭

霜鎖閑庭院朗層霄溶溶冰鏡素輝圓滿望到當頭能幾見偏是北風吹亂賺頻歲天涯人倦一樣良宵寒氣重想嫦娥心事終難遣守寂寞瑤臺畔　還丹分付蟾蜍鍊試新粧娟娟千里深情流遠悟徹盈虧歡意淺不獨華年輕換儘耐盡嚴更無怨照到人間棋局變恐神仙也覺眉慵展清夢闊柔腸轉

高陽臺 己未上巳外子瀛臺修禊分得南海二字韻

燕市花繁瀛洲景美剛逢令序重三雅集文星流觴故事

同談風光旖旎紅塵軟拄吟筇春色窮探展瑤箋筆陣雄
奇詩興清酣　空悲前代笙歌歇撫西山翠聳太液春涵
頻歲風多今年天氣晴占日烘飛蓋游絲裊顧垂楊綠鬥
眉尖仿蘭亭道阻山陰韻勝江南

點絳唇

禊事風流勝游占得人瀟灑桑田縱改舊苑春如海　溝
葉苔花陳跡評量再啼鶯在興亡休慨兵氣和風解

高陽臺　題吳紫瓊夫人遺照

鏡掩圓冰軒空寫韻鷗波亭畔形單尺幅吳縑端詳畫裏
雲鬟當年騎省凋青鬢憶前盟訊阻華鬘儘低回幾許春

風無限春寒　騐鸞人去遺芬在有悼亡百首題字千言爇斷都梁女媧莫補情天清門世德綿延久附瑤閨懿行流傳護佳城樹樹梅花疊疊煙巒

又　題丹徒丁闇公祕書松阡比翼圖

鏡碎菱花風翻柹葉彩鸞遽返瑤天騎省悲深相思鎮日惓惓月明環珮招難到守清宵長簟愁眠盡驚猜蝙拂窗紗鼠踏塵絃　玉臺人去空閨寂悵鴛盟早負鶼淚難乾尺幅生綃清芬海內流傳畫圖不寫春風面寫稜虛雙羽翩翾認他年連理蒼松作對神仙

又　生朝

舊夢如烟閑愁似雨休提墮地良辰春色年年感春人自含顰生逢三月鶯花好又誰知椎髻艱辛展匳冰笑指塵顔難問塵根　浮生俯仰悲孤露撫哀頹病骨孏醉芳樽蘭炷遲燒怕看心事紛紜東風未解羈懷悶儘吹將睡思昏昏絢簾旌秀色繁香麗日紅雲

綺羅香

月白疑霜燈紅似豆入夜冬心悽惋哀雁饑烏觸耳聲傳宵半少澆愁芳醑三盅賺醒睡清茶一椀笑年年筑市羈棲傷時倦羽塵勞絆　天南兵氣未掃最是買山願阻病懷難遺數盡蓮更料峭寒侵圍幔調玉軫聽隔知音掩緗

卷凍拋吟管怕思量荆棘中原惡風吹正亂

更漏子 庚申

城頭催花外轉隔巷被風吹緩聽斷續一聲聲愁人夢不成 賺永夜銅龍瀉響逐霪霖沈下伴犬吠待雞鳴聲隨曙色停

高陽臺 題和珅妾濮卿憐小影

名繪風流佳人絕代前朝史筆同看歌舞朱門梁傾巢燕難安金釵舊侶飄零盡倚修篁日暮天寒儘低回兩度滄桑十載悲歡 捐秋團扇休輕比是恩成斷夢護失雕欄萱草興思悽涼重返琴川粧樓情事傳新曲寫兒家身世

纏綿絢生綃翰墨琳瑯環珮娟妍

綺羅香 偶然燭見有雙心者頗含詩意率塡此解

玉美無瑕冰堅自潔獨抱雙歧心事照座頻添春色平分情致要看開竝蒂芙蓉偏不羨多生榴子問誰人妙想奇思一枝銀蠟神工費　絳樹空圍羅綺未抵如犀光耀聲傳胡地把卷裁箋良夜慣勞陪侍早隔斷舞袖迴風待快結同心如意肯輕垂紅豆相思靈臺清似水

高陽臺 重九日小園土山登眺

滂臺書齋宣南煙樹萍蹤留滯年年風雨重陽題餻人意闌珊小園土阜遙山接賺登臨荊棘閑攀望長空雁陣飛

鳴魚素誰傳　九秋天氣寒生驟悵病懷無俚笑口開難
黃菊羞簪微霜早上雲鬟何時衣袂緇塵浣結茅廬杯酒
陶然好安排心事盟鷗經卷談禪

畫屏秋色辛酉

秋到閒庭院賺西風蕭瑟新涼乍展露冷蓮房蟬吟樹杪
碧空雲散初月吐蛾眉照墻角秋花靜顫數熠燿流螢滿
指耿耿明河迢迢銀箭隔戶砧夜半商音悽惋　獨倚畫
欄思遠占清景當前愁玩遺病無方加餐莫勸爐消香篆
瘦影證長檠星霜着鬢摩挲嬾年光催換棋局看頻翻人
海羈棲歸夢難覓鄉心千轉

綺羅香　偕閨友法源寺看丁香

佛國春長，金臺日暖，素粟枝頭堆徧。淡勝梨雲，密緒縈來清婉。肯信他百結柔腸，早賺取濃香薰面。數天涯九十韶光，番風過却精神健。　游塵花底碾亂，共指超羣逸品，供宜經案。愛伴鐘魚，好靜不嫌開晚。許倦旅隔歲重來，約詩侶對花揮翰。透瑤林紫玉叢叢，遠岫明霞絢。

又　入夜風狂菊花憔悴感而填此

素月遮雲，狂飆動夜，庭院寒添幾許。籬下孤芳，頓改舊時眉嫵。算傲骨耐久無驚，撫秋心有誰知苦。怪開遲節過重陽，生涯落寞歡情去。　殘粧百倍瘦損，排悶不聞送酒，任

餐霜露一味闌珊清夢未堪回顧縱看取色韻蕭疏也難免深愁凝聚掩瑤窗詩補和陶緊移花障護

一籮金 壬戌中秋夜棖觸舊夢黯然魂銷仍用卅年前短調重填一解

尋思舊夢愁回首人老天涯百倍增僝僽少日情懷拋已久團圓華月還依舊 佳節當前慵把酒良夜迢迢露氣寒羅袖生事年來勞瘁殼心塵愧向嫦娥剖

黃花慢 重九

景物蒼涼早黃花綻徧又屆重陽題餻無緒開樽少興摩挲短鬢瘦不成粧登臨難得無風雨夠晴日秋色秋光指碧空幾聲嘹唳雁陣迴翔 一般辛苦他鄉悵稻粱未就

愁病郎當山川縱好風雲變亂荆榛滿地刼換紅羊江南儘說鱸魚美怪覊客久滯歸裝累故人費書問千行

聲聲慢 先母忌日

神傷往事鬢短斜陽愁人百倍添愁忌日思親般般苦集心頭慈雲感深失蔭望江南一片荒邱臢弱質奈招魂之術入夢空求 欲覓音容何處歎積年覊旅痛淚長流碧落紅塵終天恨抱無休誰憐半生潦草負烏私艮願難酬風料峭做嚴寒孱病頓勾

高陽臺 寄閨侶代柬

書爲愁疏詩因病少勉留殘喘誰憐煮茗焚香精神不是

從前空勞杜宇催歸急怪扁舟風引俄延儘低回舊夢如煙清夜無眠故人漫把生涯念歎年方催暮蟲自號寒百折柔腸魔深欲懺還難苦吟蘿屋原多事問塵根豈出無端再休提絲亂春蠶鏡老文鸞

清平樂 陽歷除夜

新聲無價燈月輝良夜粉墨登場袍笏稚兒女英雄描寫由他地棘天荆賺將筆管陶情閉戶太平休笑忩忩又慶年更

又 是月當頭夜

清幽庭院風定珠簾捲十五剛逢蟾魄滿却好當頭重見

艮宵照徹冰輪靈臺洗盡游塵破寂琴書味好端居獨抱天眞

蝶戀花　癸亥

聽徹催歸啼碧樹天氣陰寒連日風兼雨長晝愔愔深閉戶煙迷霧鎖閑庭宇　釀出病愁知幾許睡思瞢騰鎮是懨懨處一盞安排清茗苦開簾怕覩漫天絮

又

儘說閑愁拋去久春去春來感慨還依舊積得淚痕長滿袖新愁怪底年年有　轉亂柔腸無可剖花落花開憔悴難禁受偏是塵勞難歇手風前百倍增消瘦

又

新綠沈沈生夏意四月南風麥隴黃雲起蠶繭江鄉剛上市聲聲布穀催耕耜　客夢勞勞悲亂世千里鄉書正報鮮魚美撫景懷人眠食廢重重煙樹愁凝睇

又

吹亂風沙窗不捲填罷新詞百計難排遣惆悵流光催似電濃愁絕少并刀翦　香冷金猊塵積案堆滿名篇嬾去評長短梳洗無心匳不展衰顏怕被菱花見

綺羅香　題浣蓀三弟蓉湖泛月圖

千里明漪一輪皓月鼓棹藕花香裏美滿良宵雲掃碧天

如洗照蟾影心跡雙清羨眷屬神仙相似繼吾宗韻事鷗波畫船不遜舊風味　孟粱逢底共倚驚起鴛鴦卅六竝頭游戲愛聽菱歌蘭玉森森旁侍更安排綃素裁量早繪出眉峰歡喜證修來福慧無邊唱隨同百歲

十六字

愁蠶繭絲抽無盡頭縈迴處日夜似潮流

南浦月

坐漏入慵北風戶外寒威送燭花垂重挑折釵頭鳳　茗飲烏龍繡枕遲尋夢紅爐擁禿毫呵凍頓覺詩心動

又

宵寂無聲空庭片片鵝毛舞仲冬初度春訊梅梢阻　凍
雀嗷鴻覓食添辛苦開簾覷病懷無緒誰與談幽愫

又　偶題和珅妾卿憐小影吳印丞言余詞堪壓卷

家學拋荒飽經患難身無恙宋詞高唱硯匣粧臺放　律
呂初諳敢望名流賞心惆悵筆花誰伴梅影搖書幌

又

佛說皆空摩胸先把情苗剗靈臺清徹證到當頭月　夢
裏榮枯不用春婆說耽禪悅定香親爇供奉金剛偈

又

野色淒迷行來玉蝀橋邊過車聲風和一抹紅牆鎖　龍

隱天池春色人間墮嚴寒作遠山雲裏落日黃城堞

又

星淡天空纖纖吐出蛾眉月瘦痕淸絶搯指初三說　爲
囑蟾蜍莫把還丹乞成瑤玦廣寒宮闕翻恐愁心折

又　有謂予不見老態者作此答之

秋菊延齡駐顏世少靈丹覓寸陰虛擲衰象菱花識　多
謝旁人虛譽心猶惕風霜歷病愁深積懷抱今非昔

又　答人勸梓拙稿

禿筆詞枯滄桑紙上看偏好囊琴孤嘯絃澁無新調　北
宋南唐多愧顰難效絮愁稿蠧魚拚飽未敢留鴻爪

又　楊孟龍妹倩生日邀敘

一室神仙瑤觴介壽筵開綺文禽棲地樹樹成連理　小鳳雛麟玉筍參差比明燈底無邊歡喜粱孟新醅醉

踏莎行　寒雁

江上蘆枯田間粟少翱翔霄半風霜飽雲濃字亂不成行分明千里書難報　日暮驚心雪中印爪羽毛憔悴人休笑低回鄉夢隔關山嗷寒辛苦羈愁抱

減字木蘭花　寒雅

枯林雪滿凍合寒雲天欲晚結伴飛鳴陣陣摩風亂不停稻粱愁聚凶吉忘傳心自苦宿向誰邊聲過茅櫓旅客

憐

眉嫵 寒月

覷素輝映雪清影篩梅冰鏡當頭皎漏永霜宵寂瑤臺畔嬋娟粧束端好兆風料峭把凍雲宿霧全掃玉蟾戲點綴林巒靚閒庭景新巧 占得高寒懷抱任晦弦屢易辛苦無覺灑落情天任笑塵世悲歡枉自愁擾關河思渺更不辭千里飛到念人定燈昏伴冷夢情多少

高陽臺 寒衾

疊覺綢輕擁嫌絮薄孱軀習慣和衣轉側長宵寒深潑水還疑破多莫怨香薰少儘摩挲似鐵難支鎮無眠聽唱荒

雞暖盼晨曦。不單閨夢人添病，賺扶牀瑟索，伏枕低回。冷地羈棲，嚴冬心事誰知。隔帷殘燭風搖曳，守清寥、照影花垂。更誰憐，曲損柔肢，凍折愁眉。

滿庭芳 唐花

梅太清臞，松嫌蒼古，花王獨擅傾城。巧奪天工，爐火借星星。春色催回頃刻，評量處、早炫芳情。東風隔，欄無百寶，護有錦圍屏。

一生終富貴，豐容盛鬋，峭冷難更。溯暖閣深藏，越様娉婷。不願時違景寂，散和香、正遇冬晴。甆盆貯，開來數朶，明艷畫難成。

如夢令

戶外北風寒驟窗底翦燈人瘦爐火看飛紅長夜嚴更相守眉皺眉皺難遣一襟僝僽

清聲閣詩餘卷二終

清聲閣詩餘卷三

武進呂鳳桐花

探春慢 甲子元旦試筆

絳帖宜春，青幡挂樹，共慶開元甲子。送暖條風，烘春旭日，景逐歲朝春麗。春早池冰解，覷庭草、盡含春意。笙歌喧亂春城，嬉春車馬紛擠。　春色助人歡喜。未賞春花，春盃先醉。禾稼占豐，烽煙埽海，內同徵和氣。國運隨春轉，亨幸福、蒼生愁洗。春照粧臺，春風詞筆長被。

山亭宴 和鵜龕詞人原韻

軟塵春色纔回處，有詞人、放懷遨侶。綺席聚文星，播韻事神仙應妒風流壇坫盡奇才信不是尋常樽俎美景助清歡正甲子開元遇　引商刻羽翻新譜繞彩筆春風幾許吟閣綻梅花唱疏影暗香麗句試燈天氣月初圓問令節明朝知否雅奏叶簫韶共作太平語

清平樂　元宵

試燈風作盃酒先商署登俎黃柑親手剝初度月圓吟閣照來亙夜人慵不禁醉眼朦朧聽徹喧闐簫鼓滿城火樹春烘

蝶戀花　正月十六夜月食

天上偏多辛苦事昨夢團圓今夜匳難啟黑劫遭逢星莫

替廣寒宮闕重重閉　此際嫦娥粧倦倚消瘦誰憐春色全抛棄欲鍊還丹愁似沸朔風耐過雲猶翳

又十七夜月

霄半依然冰鏡展皎潔微嫌消瘦嫦娥面劫夢低回歡意淺濃霜庭院誰來玩　只有詞人心自戀欲得新題幾度推窗看握管正愁銀燭短清輝移照粧臺畔

卜算子

春夜促蓮籌碧月臨芳砌萬籟無聲景寂寥花影風搖碎燈焰黯籠紗寶鼎名香試此際疏襟洗俗塵把卷全忘睡

洞仙歌 題鶼龕詞人自題柳岸曉風圖卽和原詞韻

屯田高唱負好春時候漫撥銅絃幾低首顧畫橋流水曲岸疏風湖陳跡曾感柳枝吹瘦 情天偏易曉比似司勳綺夢多愁重縈轂拈彩管繪新圖酒醒香銷猶少箇退紅衫袖對旖旎鶯花倦詞心與棋局一般眉皺

點絳唇

景占三春小園榆葉梅開麗芳情無比粧勝閑桃李 伴有丁香照眼繁紅紫鶯聲細東風吹膩晴日烘花氣

法曲獻仙音 中秋前一夕由東城歸見天上月有闕感填此解

深巷燈疏軟塵宵寂賸有行人幾箇瘦面風欺裌衣涼逼

天街悄無燈火聽漏點頻催急空際露華墮　層城過指重霄伴邀秋月奈良夜愁見廣寒靜鎖不是怯形單怕下方兵氣來裏待望心辜乍開匳粧倦影蟬感山川搖落客抱一般無那

百字令　詠並蒂黃菊

瀟疏籬落試雙聲曲譜並頭花燦金色莊嚴參佛旨仙侶劉樊重見晚節聯芳秋容耐久好夢靈鶼羨飽經風露心心相印無倦　數徧曉日芙蕖殿春芍藥貴品難輕選漫道捲簾增瘦損暫喜比肩人健駐景晴霞延齡美酒早把清愁浣情天不老年年霜瓣同展

高陽臺　菊中貴品有名孏梳粧者絕佳戲塡此解

三徑孤芳一籬冷露黃金白玉成叢照影徘徊佳人悄立其中低垂釵索鬟雲墮覷幽姿雅稱粧慵占淸秋晚節淩霜傲骨餐風　仙心獨得延齡術肯輕消黛綠淺印腮紅活色生香等閑未許追蹤丹青縱有傳神筆也難描酣態玲瓏漫相疑夢逐飄萍首似飛蓬

賀新涼　秋燕

倦羽危枝凭最銷魂淸商一曲夕陽紅冷經久羈棲春色過漸覺巢泥香罄感生事蕭條愁哽江海又傳波濤湧値頻年雙患來相併食待覓飛無與　低回臺榭荒寒景溯

飄零烏衣伴少金飆吹猛正是寂寥難遣處剛到遥空鴻影訴辛苦劇憐同病故土欲歸荆棘滿况而今絮落花無賸秋黯淡心孤迥

減字木蘭花 秋蟬

琴絲彈怨疏柳斜陽風亂捲依戀高枝病翼驚秋朝暮嘶砌蛩爲伴辛苦誰憐雙鬢短落寞亭臺清露涼添聲轉哀

青玉案 秋燈

銀臺圍繞蟲無數賺簌簌花如雨靜夜蘭膏消幾許照人秋思伴人覊旅不綰同心苣　窗空待覓籠紗護擬把餘

輝鎮留住動徵商颭明滅覷天催曙色影搖昏霧飽受熬煎苦

綺羅香 秋枕

良夜香温清秋玉冷幻境此中尋徧花瓣留裝慵髻頹鬟依戀伴旅館客夢難成入柔鄉瑤情何限試瞢騰帳掩芙蓉一雙蝴蝶旁邊亂 吟蛩叫雁寂聽敧久鸞釵怕損繡衣遮軟病靠愁眠習慣淚痕堆滿衾褥上作對橫排邯鄲道流光消半最無聊漏促鐘催醒聞砧韻遠

喝火令 秋窗

影炫層紗綠光搖短燭紅疏櫺六扇鏡臺東猛雨幾翻敲

冷穿鏁響西風　坐漏明蟾度聞雞曉日烘秋情淒黯掩重重最是吟商最是閉宵中最是羈孤無俚鎮日啟還慵

虞美人　秋院

蛩吟四壁秋宵永廊淺闌干冷桂香墮落露華濃見有一輪寶鏡挂晴空　清輝照徹階如水花影風搖碎宣南地僻隔塵囂聽到叫賣長街聲轉遙

踏莎行　秋郊

遠岫籠煙枯蕪礙路亂鴉陣陣圍高樹微茫天宇野雲低夕陽影裏黃塵舞　暝色忩催秋情幾許哀蟬落葉聲相助平原一片景荒涼風生城角新寒聚

瑤華慢　秋砧

行人塞上思婦樓中賺一般警睡千家動徹更不管暗地愁心敲碎夜長露重早緊送淒聲空際把深閨刀尺催忙遠道寒衣思寄　爲誰辛苦年年儘夢逐西風響沈笳吹高揚漫咽訴不盡搖落三秋心事疏星淡月有助怨蛩鳴荒砌最堪憐望到交冬擣素工夫餘幾

蘇幕遮　秋屏

列重三圍十二爲愛新涼徙倚人無睡天上剛逢牛女會耿耿明河庭院清如水　燭光紅螢火細良夜秋生斜角微風起瘦月照來添倦意虬箭停傳寂寞畫羅閉

浪淘沙 秋雲

出岫影朦朧，會合長風，重重羅織畫難工，數朵閑停秋氣迥，雁過其中。日暮布天空，聚處情濃，奇峰堆疊景無窮，高捧月華生五彩，纖巧玲瓏。

減字木蘭花 接研新大妹書

望眸正苦，遠慰客懷勞尺素，報道安貧，鋒鏑聲中緊閉門。賞音間阻，知否秋窗慵聽雨，烽逼城隅，慚愧分憂獨少予。

又 重九日重登小園土山

風前笑傲，詞客情懷依舊好，獨賦登臨，絲鬢還將瘦菊簪

土山樹古歲歲重陽來覓句拄杖披榛雅趣無窮不厭
頻

又

點金乏術眼看災黎生計拙寒序催忙賦到無衣意自傷
征雲布滿何日蒼天眞厭亂淨業難修椎髻頻年效杞
憂

菩薩蠻

蘆簾紙閣宵岑寂一燈搖曳羅帷側聽徹漏聲長茅檐積
厚霜　重衾寒似水轉輾難成寐短鬢枕斜欹明朝白幾
絲

又

堆鹽舞絮寒芳砌深閨曉起粧慵理窗扇閉重重屛軀怕朔風　羊裘輕不暖兀坐紅爐畔洗醆醉新醅南枝放早梅

南浦月　乙丑元宵月淡

初度蟾圓不教美滿清輝吐嫦娥無緒寶鏡濛昏霧　知否人間一樣良宵負凝眸覷高寒天宇舉醆思邀語

蝶戀花　生朝

生向三春春色負歲歲今朝淚落心頭苦悄立風前摩鬢縷重縈舊夢杯慵舉　莫懺閑愁愁積聚碌碌浮生老至

歡情去怕聽梁間雙燕語怨深何事天涯住

踏莎行

宣武城南陶然亭北積年有箇愁人伏春花秋月賞無心黃蘆苦竹抬雙目 淺印鴻泥看翻棋局悶懷撫徧闌干曲患深江海怒濤生太平難望天何酷

壺中天 月當頭夜

北風料峭有重霄朗月當頭圓照小立庭階霜氣逼萬籟無聲思悄瘦損寒梅青蒼古柏清影描來好瓦鐺茶熟透簾爐篆濃裊 對景懷抱難舒年年此夜客悶添多少身世悠悠徒自笑訴與旁人不曉遇閏黃楊背陽衰草慣惹

閑煩惱苦吟孤嘯鬢絲容易催老

玉蝴蝶

何時願遂盟鷗棋局亂難收旅夢不勝愁韶光似水流饑烏啼夜月凍雁怨更籌人靜掩羅幬風狂響玉鉤

高陽臺 寒夜

釀雪風尖門霜月皎頓驚料峭嚴寒酒薄裘輕紅爐鎮擁温雞燈昏香灺琉璃凍聽天街遠漏敲殘破清寥野犬聲哤嗷雁聲喧 消寒術少愁來集賺孤吟無伴顧影悽然凋謝吟朋低回舊夢心酸老梅枝上遲春訊度窮冬烽火綿延掩屏山茗椀閑傾病枕慵眠

壺中天 陽曆除夜

昨看月望指太陽新曆今逢除夕入臘剛剛交二九梅萼枝頭寒勒天放冬晴庭無雪景風緊塵飛急遠離鋒火笙歌喧亂南陌 獨有紙閣蘆簾愁眉慵展怕醉辭瑤席照影明燈花自落呵凍重拈禿筆寄興塡詞懺情驅病覔計消孤寂冰堅霜白來年春轉何日

高陽臺 陽曆元旦 丙寅

未屆初寅先催換歲年光去太忩忩日照粧臺裁箋聊當書紅天寒地凍陳哀象掩房櫳春借爐烘負佳辰孄醉新醅減却歡悰 狂瀾大海翻無底有千霄霜氣四野哀鴻

冰解何時當前消息朦朧軟塵幾許清游客逐城南車馬
喧中約良朋雅集芳筵暖隔東風

清平樂

鬢絲催老負盡風光好年去年來愁積早不是舊時懷抱
一庭晴日春烘青痕潛露遙峰大地盼回和氣焚香高
捲簾櫳

倦尋芳 元宵

條風送暖玉漏沈花月滿初度屈指新年剛到傳柑佳序
天上清輝霜氣罩人間良夜征塵舞甚心情逐魚龍曼衍
六街簫鼓 獨椎髻憂時歡阻嬾賞春燈不醉芳醑負却

芳時習慣米鹽辛苦簾桁低搖蟾照影爐雲轉冷香消炷坐蕭齋百無聊孤懷誰侶

南浦月

暑月懸空花陰小犬迎涼睡短更敲二扇底蚊雷起　借病偷閒消夏偏無計西鄰裏鼓書聲脆調仿龜年李

鳳凰臺上憶吹簫　研新大妹書來勸歸感塡此解

倒海濤聲漫天霜氣故人勸我南歸奈一樣無覓願與心違頻歲枌榆夢繞賺此際雲樹興思勞伊念孤懷抑塞亂世羈棲　低回俗塵厭倦詞筆漸頹唐清事拋離怕窮冬峭冷愁病難支聽徹北風狂颳紅爐擁鎮掩雙扉傷時暮

蕭條筑市凍勒梅枝

高陽臺

大道靑樓新聲北里芳名艷幟高張春色濃分玉驄繫徧斜陽倡條冶葉評量處占風流應讓吳娘巧梳粧雲想衣裳花想容光　箇儂身世檀槽訴有驚鴻照影倦蝶迷香綈豆拋來多生綺障難降當筵郎事神仙羨指銀河不隔紅牆倒金缸笑看圓蟾正度瑤窗

百字令　牡丹

春長閏歲覷雕欄花發嫩晴天氣錦繡叢中多貴品獨讓魏姚專美素面朝天紅粧入畫國色無雙指瑤臺身價等

閑羣卉難比。最愛香重能和。環肥掃俗丰度神仙似。曲譜清平才調好。並蒂重臺呈瑞。綠玉光瑩墨池韻勝。一例芳情膩。暖風吹午殿春。侍許婪尾。

憶舊游　七夕

記幼年乞巧女伴穿鍼。何限清歡。此際畫屏倚。溯流光逝水。昨夢如煙。望處迢迢。銀漢雲淨。碧垂天。算瘦月多情。雙星無恙。人感華顛。庭前秋生早。儘短籬語蟀。高樹吟蟬。衣袂新涼襲。賺病愁來湊。孤寂誰憐。一任香消燈灺。習慣夜遲眠。怪襟塵難浣。數殘蓮漏。心黯然。

蝶戀花　題叔雍弟高梧軒圖

百尺濃陰秋正朗明聖湖頭花月開軒賞靚綠參天分碧嶂喈喈彩鳳鳴枝上　詞客端居襟抱暢韻入琴絲刻羽新聲唱柳岸曉風才不讓龍門清景圖先仿

蝶戀花　爲奭召南題夏聞枝詞卷詞皆庚子在西安還京時作卷中有章君曼仙金君籛生和詞即和籛生韻

雁叫西風秋過半棋賭斜陽局局翻無倦席上暗塵吹不散酡顏待博金樽淺　彩筆昔曾花燦滿幾曲新詞幾度滄桑換百二秦關回首看玉堂清夢縈來遠

陵谷久經豺虎橫玉宇瓊樓也覺寒生更春色盡成飛絮影枝傾難望鸞巢整　寶鼎香銷鈴語靜展徹商飈一枕

華胥醒賸有銅仙鉛淚迸飄零情緒憑誰省殘月曉風幽韻好琴遇知音宮羽和還笑白石屯田才並到銅絃響撥梁先繞　慧業羣公修自早輕屑隃麋愧學歌芳草鞍馬星霜開卷曉青山無恙人難老小隱金門非計左接地風雲得享安閑可柳色花光仍婀娜蒼蒼未許容高卧　奇句推敲愁陣破壇坫名珍唱汝還予和聽罷悲笳聞楚些吟懷難免添無那

高陽臺　閏浴佛日梁燕生先生在西城廣濟寺宴集賦詩外子分得幽字韻附塡此解

古寺談禪佳辰浴佛花之好句重搜歲閏時和難忘昨夢心頭燕生先生卅年前作賦曾有寺訪花之句玉堂舊侶先招集認貞元朝士

風流賞新晴筑市花繁丈室塵幽　雅懷遠勝開蓮社播藝林韻事掾筆賡酬梵貝聲中西華門外鳴騶妙香聞處清齋設義羣公慧業同修數科名羽接鵷鸞才盡蘇歐

金縷曲　中秋月掩

令節人勞瘁捲鈎簾西風拂面輕寒生袂落寞亭臺秋凝聚玉露濃飄階砌覷天上桂輪雲翳怪底嫦娥無情緒指良宵粧倦匳遲啟問肯負團圓意　長空嘹唳鴻聲起也憐伊稻粱思繞天涯留滯待吐清輝憑檻久依舊廣寒緊閉奈不放蟾蜍游戲此際摩胸愁難遣恐明朝耳畔商音至爐篆歇眠還未

買陂塘 秋陰釀寒菊花憔悴感成此解

釀秋陰西風狂颭重陽過了多日清商曲奏疏籬冷瘦到黃花無色心抑塞悵辛苦年年露下低頭立交冬景逼早紅落江楓青凋驛柳何處賞音覓　征鴻暝望處情天似墨愁霖還恐催急漫矜耐久超羣卉入世飽經災厄幽韻失問送酒誰來換骨知無術拒霜孤泣讓輕絮柔條穠桃淡李綺夢好春擇

百字令 丁卯生朝

不逢棋亂也年年愁集芳春三月自愧浮生無好夢劫後餘灰休說榆葉梅簪丁香花發驗取腸千結暖晴天氣東

風戶外吹徹　太息烽掃何期時清久望雅抱輕磨滅爭
笑異鄉椎髻陋有酒不思杯接吟閣人慵畫梁燕困美景
先拋撤賞音難覓澁絃塵浣遲拂

金縷曲　戊辰清明日外子偕樊山味雲鶴亭諸公在雩壇桃林下啜茗風吹花片墜人甌中味雲曰此桃花茶也請樊山先生賦之諸公繼和

美景陽春召向城南吟筇小拄絳桃開早陸羽茶經同商
略杯面零緋墮到信味比瓊漿猶好千樹漫尋玄都觀絢
晴霞一抹花如笑儘坐對夭夭貌　還將香茗加新號算
從今價低陽羨渴思花泡雨閣清明年逢閏花下文星聚
巧更魯殿靈光巍照清賞無關彈棋局祝東風莫把春吹

老指輦路生芳草

賀新涼　題夏閏菴先生憶菊圖

風雨重陽指黯詞懷西清舊夢東籬秋事塔樹當年游塵滿幼奉慈輿過此證妙相莊嚴開麗金殿排雲陪仙仗壽瑤池阿母桃同覗佳景占太平世而今古寺登臨廢易滄桑叢殘老圃擔尋花市緑玉貴逾黃金價異種評量有幾曾四印齋頭緐蓺健會餐英香浮醆賞蕭疏晚節吟筇倚還細寫傲霜致

海棠春

森嚴禁地塵難到指一抹紅牆山抱劫後稻粱荒客久風

霜老　城南秋冷游驄少讓曲院歌聲散早日暮亂棲鴉
陣陣枯林遶

雪梅香　本意

凍雲合蒼蒼鎮釀歲寒情試龍公仙術山川粉本描成檐
挂冰澌戛寒玉檻迴風陣捲祥霙竹籬外綠萼華來陪伴
飛瓊　娉婷淡粧束月照黃昏鶴守嚴更漏洩春光衆芳
領袖先矜白戰催詩動清興暗香流管譜新聲傾杯賞還
愁酒價高長旗亭

滿庭芳　澇喜齋詞人夜集

寒夜淸樽詞人良會六街更漏停傳樂章繁奏音雅拍疑

仙北宋才尊晏柳翻新製珠玉篇篇歡生座明燈四照窗外月華姸　殘年烽火話圍場門蟻荒戍啼猿指霜天星亂春色梅先試認青箱舊第梁間有客燕盤桓慵回念家山夢遠居處愛長安

減字木蘭花　和六一詞原韵

秋喧不住牆角庭陰聲處處麗景輸春瀲蕩秋光亦可人和陶韻好斜日烘籬花似笑香正濃時霜露無嗟壓滿枝

又　擬六一

庭階日晚曲曲闌干閑倚倦莫澣襟塵一抹遥山坐笑人

明霞靚照秋色秋光依舊好買醉休辭行樂須知正及時

少年游　和樂章詞原韵

短長亭畔日移遲樹杪倦蟬嘶酒盃勸盡陽關唱徹折徧柳垂垂　故人遠去河梁暮良晤再相期萬里關山一天霜露春色負年時

又　擬樂章詞

花圍十丈軟紅塵景物四時新笙歌北里鈿車南陌燈月絢黃昏　當歌醉酒人多少生怕話風雲椎髻年蒼冷官頭白鴻爪淺留痕

淡黃柳 本意

東風巷陌春向柔條覓巧借鵞黃輕點額媚勝垂垂靚綠爭賞靈和好顏色縷金密織腰舞無力章臺路灞橋側有花驄畫舸長相識弱絮飛時落紅爲伴濃雨鶯梭細織

好事近 和東坡詞原韵

秋漲半篙深剛把柳隄遮沒看取一泓如鏡照絲絲華髮怱催暮景憶枌榆愁證碧天月要識寸心何似逐萍蓬飄兀

長亭怨 送別花如大姝

指城角西風吹亂遠岫煙迷暮天雲捲漏點停傳笛聲悽

怨唱河滿兩行離淚先灑向長亭畔折柳暗銷魂恨去去輪蹄難挽一秋晚覷蕭條燕市賸有幾多嗷雁客中送客悵頭白買山違願說不盡萬種愁懷獨珍重平安書展縱耐慣羈棲情味從今歡淺

意難忘

燈影搖窗照秋衾闌夢病枕迴腸庭階喧木葉風雨近重陽天做冷露爲霜覺瘦骨郎當悵一朝知音分散清事拋荒　東籬早又花黃奈心孤賞負人去山長芳樽難共醉禿管懶吟商解別恨少良方撫短鬢添蒼聽雁聲遙空嘹唳客館悽涼

又

病思綿延，慮春蠶絲盡殘燭風煎。溫涼翻本草，慰問累羣賢。茶怕苦，酒嫌酸，也枉勸加餐。卧小齋長宵更數，鎮日門關。　窮參釋氏因緣，怪幾番妖夢擾亂心禪。驅愁醫乏術，顧影自生憐。守寂寞，未安閑，理俗累牀前。憶往年尋歡有妹，遠别遙天。

聲聲慢　己巳四月一日開箱取衣，從高處跌墜，右腰受損，卧床日久，感塡此解

愁鄉病客，風燭殘年，還教百難加身。孽是何來，談禪莫悟前因。經霜半枯弱木，指平空葉墜輕塵。喚夢醒，怪虛王殿上，也厭詩魂。　惡識天公傳警信，懸崖撒手，一旦成眞。數年

前病劇曾夢立高岡亂荆掩路風狂欲墜危急萬分口中自念正到懸崖撒手之時矣續命絲牽惟慮催折勞筋幾番杖扶不起悵難求靈藥回春添後患更防他肢體不仁

倦尋芳 重午

燕愁毀壘鴻儘嗷饑災重難遣歲旱農荒枉負催耕聲徧翠艾紅榴佳節指銀鱗玉粽量盤淺憶江南早蘭生楚些薰風吹軟　覷北里笙歌消半客散旗亭門掩花院天亂陰晴一日幾更寒暖外患積深青鳥下濃塵喧徹黃河畔聽悲笳感羈棲蒲觴傾嬾

醉花陰 擬漱玉

風雨滿城寒釀驟木葉庭階走閉戶嬾吟商酒不沈酣何計消清晝　無端病入重陽候加幾多僝僽老圃炫秋情開徧黃花人怯西風瘦

天仙子　擬子野

橘裏幾番棋劫換閱盡滄桑天不管塞鴻羈燕夢難安濃露浣涼颸亂筑市荒寒車馬斷　人定夜闌重把卷塡罷新詞無自遣清砧緩漏送淒聲銀燭短金樽淺海上成連遙不見

浪淘沙慢　寒雅用清眞第二體韻

夕照下枯林積雪數點飛急最是田荒乏粟枝棲向晚莫

覓更望處雲昏天似墨渾未歇淒緊霜風任羽毛摧折帶寒色辛苦問誰惜　默默伴他凍雀饑泣逐空際零落難爲陣消得城頭立聽幾聲笳吹憂心如織物華易換安夢無耐過連番鋒鏑驚月落啼猶心惻遲歸訊感共旅客闊棋亂窮年滯薊北撫一片索寞關山去路窄韶光屈指春遙隔

八犯玉交枝 夾竹桃

之子芳懷此君高節好合國風詩賦淇澳仙源蹤不隔遠勝元都千樹驕陽無拒露井吹過番風嬋娟身世平安付春夢任拋流水穠華如故　最難二妙影交夏長景駐瑤

池紅頰同譜照粧鏡天天花嫵門眉黛猗猗枝數洗湘淚斑斑盡去倚暹羅袖忘天暮占色韻雙佳吟窗相對吟情助

暗香 文官菓

葉稠陰密指拂雲樹古花生殊色名士宦情靑紫描來有文筆容易香苞粉褪東皇囑東風噓植怪幾度看碧成朱無計定階級 芳實似蓮菂算味比玉漿剎休嫌蹬等閑難得瓊粒聲流入新拍修到因緣佛國猶不失冷官風格談世夢多變幻慧根夙積

月下笛 龍笛用淸眞韻

天上音留宮牆夢隔刼餘珍物蒼髯欲活雅製神工先奪試龍吟高樓客倚一枝竹擫驚石裂譜新詞樂府梅花韓句遠吹胡月　飛聲羣籟歇早散入東風抑揚雲遏清霄響徹聽覺胸中塵絕閱人間幾朝興廢雨鱗鬣好節不折抱良材賞遇知音約伴歌白雪

木蘭花慢　柳如是道裝小影

展丹青尺幅藉妙手寫當年有紅粉憐才白頭比美佳話流傳眉彎幾般變態着黃絁遠勝易儒冠獨具風塵慧眼拈花絮果窮參　虞山文筆主詞壇艷福占人間更紅豆莊開絳雲樓築風月無邊情緣寸陰易逝誓酬恩追步入

重泉留得亭亭倩影惜難早坐蒲團

探春 春餅

報春至探陌上東風枝頭芳思願萬花開早韶景艷陽祓叙粲玉燕憎華髮斜蟬還低倚賞佳辰整理盤鮮不珍銀鱠 凊事咬春記指宫餅團圓菜甲生脆服玉餐芝之美味信堪比製成代有師傳愛粉薄雙層細佐深盃醉後餘香沁齒

一萼紅 荊園看芍藥

雨晴時覷名園春晚花好發將離艷壓雕欄香分繭栗煙光籠罩繁枝挽韶景無嗟遲暮傲羣卉國色入風詩紅影

翻階綠陰成幄金帶聲馳　拋卻揚州舊夢付詞壇歡賞西洛蹤追婪尾杯傾花間拍按清和風日咸宜近文窗栽多佳種絢宮錦天半現祥暉鎮伴亭林如畫百態芳菲

疏影　白蓮花

薰風拂處覷鏡波瀲灩仙袂飄舉小謫瑤池初浴芳溪紅衣遜此嬌嫵亭亭玉立冰肌瑩占世界清涼消暑證淡如襟抱空𦠆影門廣寒飛素　回溯荒寒太液艷情懺已盡煙水盟固白社禪參華井香分翠蓋參差紫露鴛鴦卅六同游戲折碧藕絲縈千縷怕岸傍蘆荻喧秋蓮子剝愁心苦

天香　咏石濤和尚貝多樹子鼻煙壺

西土携來，神工製就，此中別有天地。慧證心禪，香清鼻觀，瑪瑙水晶難比。須彌妙相，現一朵、蓮花於背。堅固堪追舍利，眞如淨參玄理。　聞多旃檀氣被，伴袈裟、木魚聲裏。長老錫飛靈鷲，隱歸名士。雅拍曾將夢記，指片葉、書經質同貴。寶樹長生，塵寰幾子。

兀令　春陰和東山詞

閏歲虛占春色好，薄寒難掃陰釀，清明早。省桃李枝頭，脉脉遲生笑。天宇鎖霧迷雲，青踏苔錢小。景每忘昏曉。　芳緒消磨晴意少，乳鶯啼老，人感歎、悰杳。讓十二雕欄綺夢

從容道珍惜麗日和風留待花王到

齊天樂 閏荷花生日

閏年剛巧逢長夏南薰怕歌蒸暑沼拂清香仙來華嶽爲祝芳辰重度明漪影顧喜藕節添肥生朝重遇作對鴛鴦早看兩度水邊聚　亭亭開出並蒂侍瑤池宴罷優鉢名附急雨難摧秋風緩起越樣芳情流露青桐葉數讓倦客移樽壽花搜句賞愛朝涼飽餐珠露去

綠頭鴨 立春

碧雲邊翠痕潛露遙山照晴曦東郊春至東風吹散嚴寒算金臺雪霜已過薰和氣草樹占先綵勝親裁青幡待整

祝他花訊莫遲延試探取梅腮柳眼春色暗藏妍爭迎處
笙歌陌上車馬塵喧　路傍多槎枒病木差忻生意回旋
踐融泥未來新燕隔荒戍罷聽啼猿鋒鏑初消韶光信美
田家農耜卜豐年有詞客良辰不負佳句榮華箋還商略
綠醅傾醆紅縷堆盤

燕歸梁　杏花

高出鄰牆紅壓樓錦爛枝頭曲江舊夢占風流春意鬧馬
蹄留泥香細膩來雙燕銜花片上簾鈎賣聲深巷雨初
收拂酒旆午風柔

百字令　庚午年蒙諸公賜題清聲閣填詞圖自題二闋答謝

披圖與感證雪鴻印淺啼鵑聲楚烽火頻年喧不歇世外
桃源何處映竹遮梧閒窗小閣有箇愁人住飽經憂患佛
家禪理深悟　古鼎心字香消春婆夢說行樂哀年負換
羽移宫紘學弄燈底影慵回顧家國滄桑生涯鹽米夙慧
輕抛去曉風殘月得來多少名句
詞心蕭瑟藉詞壇彩筆寫生靈腕一幅黄花消瘦影比似
西風簾捲舒卷微雲品題衰草獨不識才短積深霜氣幸
邀仙露來涴　慚愧奏老清商爨餘焦尾音澁難流轉雨
宋佳篇空疊案追步芳塵猶遠柳折長亭花飛芳砌遺與
頻開硯結茅違願畫中清景留看

百字令　題邵茗生宣鑪彙釋

試香雲蔚省當年宣廟風磨新製供奉曾留龍德殿十二鎔裁傳世式仿商周精逾唐宋圖譜參詳細流金霏彩等閑銅質無替　今日四海塵生九州錯鑄舊器零夷幾搜剔劫灰逢慧眼真贗分明能指篋富收藏案添清玩古意羅胸次範垂他日各家名著輸此

暗香　簾鉤和味雲

蒜垂蝶舞響一彎靚玉湘波翻護燕子乍來輕蹴玲瓏怨還語深院重簾鎖掩把金鼎香絲留住聽簌簌花片飄零濃陣撲紅雨　春去麴塵暮蕩窣地翠陰玳瑁籠霧水晶

障戶新月眉同曲痕嫵風起文犀偶放縈咫尺天涯愁縷寫倩影畫圖艷竚

滿庭芳　和味雲春半獨游澄園

逸客携筇名園獨步照來一片林光萬花寒勒絲柳靚拖黃篠障蘿屏疊翠濃陰護曲檻深房徘徊處紅襟對語風蝶上游廊　尋芳思隔歲緗桃樹底衣袂生涼喜故人有約書到斜陽見說花開似舊清歡續待展吟囊燕雲望新詞首唱毫健墨飛香

金縷曲　和味雲偕律地詞流公宴樊山先生

陌上番風峭滯春寒花朝已過清明將到眺望津沽吟朋

聚椽筆塵氛淨掃更不放鶯聲啼老商略旗亭醇醪醉共橫琴譜出淸平調鄉夢閣逸情抱　江山點綴輸文藻任從容推枰歛手貫華添稿壇坫風流高名播南極星光近照縱長徧天涯芳草選勝尋幽人長健暢疏襟客鬢霜絲少花欲發景先曉

一翦梅

屛角涼生捲幔遲天上佳期世上秋知雙星會合少歡思情話傷離淚雨先垂　兵氣銀潢未盡時月黑雲迷鵲倦橋欹人間又報輟耕犂水沒町畦地積蒿藜

又

旅客逢秋易感秋雁到樓頭風拂簾鈎勾將舊病作難休遣少良謀加上閑愁　砌蛩辛苦夜啾啾醒睡茶甌閣雨蓮籌吟商無伴句慵搜燭淚紅流硯匣塵留

百字令 生朝

和風晴日絢一庭芳景三春剛到十二雕欄花氣靚縠雨牡丹開早歲閏春長人週甲子照眼韶光好畫梁雙燕半生羈旅休笑　看取介壽觴辭填詞筆健春色供吟眺慚愧疏襟多抑塞絕少當歌懷抱變易滄桑紛爭碁局添得閑煩惱摩挲絲鬢不堪重憶年少

菩薩蠻 除夜

千聲爆竹愁心碎屠蘇酒熟杯難醉容易一年除硯荒詞筆枯　送窮人卧病守寂燈窺影霜氣迫簾櫳驅寒爐火紅

綠林胠篋風行甚嚴城巨夜難開禁車馬寂無聲六街簫鼓停　亂棋覊客覷荒歲嗽鴻聚春色探梅枝河干冰解遲

量柴數米人將老談禪説夢誰同調歲去又年來俗塵拋不開　攝生篇未識換骨方難覓多累誤情癡江南歸棹遲

軟塵搖落今何戀安貧乏術歡情淺家祭薦辛盤未將前

例捐觀空無鏡卜心早如枯木斗柄報同寅新桃紅上門

采桑子 鸞娘詞和袁文藪原韻

霓裳譜按如天上樂奏雲和漏滴銅龍韻勝纏綿子夜歌神光洛浦驚離合燈影婆娑月影流波顧有周郎感慨多

遏雲聲發歡聲動潮湧長廊塵動雕梁一縷柔情蘊曲腸唐宮舞態紅氍指絕藝參詳彩羽翱翔小築瓊臺當女床

江河陵谷煙塵擾虎踞龍蟠甲整弓彎何幸迴風見舞鸞

蕭條筑市羈棲客，歲月平安絲竹娛閑似此蛾眉得最難

珮環疑是銀河落一點明星四座忘更陋却青樓鳳尾橫紅粧菊部推魁首遠播芳聲越樣風情院本流連說舊京

菩薩蠻

情天補滿無遺憾好春肯放寒梅占綠葉易成陰東風憐惜深　韶光三月麗輸與閑桃李香徑重低回花飛蝴蝶悲

金縷曲　記事自題拙稿幷淸聲閣塡詞圖

舊夢尋無據更誰憐陌頭楊柳孤生桐樹早賦飛蓬明鏡改新婦機邊困苦向刀尺聲中容與照徹涼蟾寒玉臂望平安薊北鴻偏阻人寂寞心悽楚　紅閨不獨傷離愫最難禁腸迴百轉繭分千縷弱質飽經磨折殼銀焰挑殘幾許仗十指療貧無補五夜勞薪長不寐有青年騎思全拋去韶景過芳春負

又

花外驪車亂怪無端歌翻水調帆隨萍轉愧慕營巢雙燕侶辛苦銜泥棲遠試朵朵芙蓉波軟滕閣風高吟帝子賞落霞孤鶩心塵浣傷往事物華換　量柴數米原非慣算

從今一枝偶借積年隨宦翹首南雲鄉思繞兩處重闈依戀恐愛日暮天難挽願阻白華添悶損累倚閭人各離愁絆勞尺素加餐勸

又

勝地萍蹤滯數頻年望雲望雁聽風聽水官舍霮䨴成澤國八口嗷嗷無米把舊病新愁勾起蛟窟潛居時未久偕伯鸞作郡瞻山翠道院靜幽棲遂　肯容吏隱天無意報回車瓜期已屆去思空繫故土淒涼慈蔭失痛絕重萱雙萎賸孤露餘生勞瘁憶到衰宗終莫補賺覊窗俯仰情難慰江月好愁心碎

又

客裏催征棹誤相傳燕山景美上林春好同聽鈞天佳境少宦夢中途顛倒換擊筑悲歌懷抱人海風雲多變態問生涯怪底塵勞擾衰病積憂心悄　烽煙半壁荆駝道門魚龍城荒鐵甕日沈瓊島玉樹歌殘鄉訊阻釀出無窮懊惱歎歸計稻粱誤了亂世難償偕隱願笑文禽共命風霜飽絲鬢短朱顏老

又

積夢終難剖占清秋西風簾捲黃花人瘦蘿月當前吟補屋憔悴晚涼時候儘拍偏闌干孱僽蟲語啁啾鈴語碎聽

商音獨夜喧偏驟，愁似雨，燈如豆。牙籤萬卷長相守，歎平生聰明早誤，情懷非舊，回憶髫年如夢寐，心字香殘金獸。拚病累一身消受，茗苦虀酸原習慣，又何堪荒歲兵塵湊，儲落葉，霜盈袖。

又

花馥禽言婉，掩瑤窗琴絲漫拂，爐雲低轉，換羽移宮聊自遣，譜出悲歡無限，賺紙上濃霜堆滿，家國滄桑身世感，撫疏襟百倍閑愁亂，詞旨澁，文心倦。新聲唱偏眉難展，敢師他清妍硯几，温柔詞翰，三昧窮參佳句少，北宋南唐空羨，和殘月曉風才短，未抵飛鴻留爪印，與啼鵑紅淚還同

看湘管禿知音違

又

廿載天涯住認依然食貧作苦釵荆裙布負却風光人不信又道歡翔仙羽戀燕市繁華不去椎髻摩挲惟自慨指綺羅隊裏羞爲伍慣閉戶閑居賦　鄉心千里低囘處隔關河枌榆夢遠織畊期誤忍說塡詞師漱玉堂築歸來願阻儘蹀躞軟塵無緒烏兔忩忙催暮景儼維摩多病觀空悟顧萬事隨緣度

又

尺幅吳縑軟倩名家無聲詩寫工愁人面自笑觀河忘故

我漸覺苦黃生徧撫衰象中年先見歷劫餘生圖畫指坐花陰詞筆晴霞絢梧韻古蕉心捲　安排茗椀薰蘭篆占清幽垂垂簾幙深深庭院辟盡塵囂無俗念花落花開不管任綺陌笙歌喧亂生性中年勤儉慣縱百忙未肯拋書卷井臼側吟箋伴

又

凝睇江南路隔家山迢迢煙水重重雲樹門戶荒寒悲祚薄缺恨媧皇難補得仙侶劉樊心許萍水情緣憐小草幸瓣香繼續芳蘭撫期後日楹書付　怕看亂世多風雨怨羈棲嬾吟春月厭聞簫鼓客抱無歡甘守拙紙閣蘆簾靜

處翻舊稿愁縈千縷敢效詞人終抑塞似嘔心長吉躭辛苦獨俯仰傷遲暮

又

世少埋愁地莽中原瘡痍滿目干戈四起歷亂棋枰費收拾虎門龍爭不已溯大海潮流無底何日承平能再見放扁舟安穩歸期擬茅屋隱尊鱸美　墨池漁婦釣竿理對斜陽丹青重展桃源添繪擺箇蒲團參禪悅胸次俗塵淨洗把閑事閑非全棄願遂盟鷗人意好傍湖山嘯傲琴書倚泉石畔菊松蓺

清聲閣詩餘卷三終

清聲閣詩餘卷四

武進呂鳳桐花

和小山詞

臨江仙

洛浦神光離合雕闌春色相逢留仙裙褶舞迴風倦粧鬟墮綠嬌病臉消紅　金粉堆前首列芳叢村裏名同生來姿態艷羣空不聞琵琶怨宜貯錦屏中

前調

院落雨絲風片樹頭綠暗紅稀關門懶賦送春詩燕飛閒畫棟人病過芳時　美酒不堪孤醉愁心訴與誰知隔花

連日聽催歸碧痕憐草色青子數梅枝

前調

說夢積深幽恨癡心愛惹閒情送行人去計郵程別情懷落月清淚灑長亭　寥夜不成涼夢西風做出商聲杜陵秋興占高名征鴻沉遠訊羈客困愁城

前調

日暖禽言嬌婉花開春晝方長錦鱗對對浴池塘放懷思酒醉邀伴賞繁香　記拍重推南宋哦詩艷愛初唐憨紅媚綠費評量雲鴻傳彩筆珠玉列成行

前調

過卻清明晴放剛逢穀雨良時一庭紅日午鷄啼綠勻青
帶草豔吐牡丹枝　吹到東風晚晚重觀西洛芳菲天公
未許好春歸開遍花獨賞香暖蝶閙飛

前調

賞愛風簾月榭不貪淺醉閒眠四時好景占當前山含蒼
翠色霞絢有情天　楊柳隄邊覓句藕花香裏行船歌聲
采采聽生憐秋催紅粉墜露飲碧珠圓

前調

春暖羣花繁放晝長深幙閑垂艷陽喧偏正良時樹頭鶯
百囀闌畔蝶雙飛　勝賞獨行芳徑片紅粘上羅衣抽毫

對景發淸思憑誰佳句和携得好香歸

前調

滄海桑生逢亂世異鄉萍繫少交親感時紅淚暗沾巾鶯花仍照眼愁病鎮隨人　里訊祇書無恙字家園誰念積勞身虛誇淸事占猶頻年光驚轉轂韶景負陽春

蝶戀花

雨冷風狂春欲盡捲絮飛花紅粉看成陣香國一般殘夢困惜花惹得人多恨　欲鬧好春天莫問瘦蝶慵蜂惱煞沉芳信心字香消痕寸寸韶光屈指淸明近

前調

湖水湖山閒眺望朵朵芙蓉旁有菱歌唱碧藕玲瓏人莫餉紅鱗作對吞銀浪　雨後綠痕掀淺漲疊疊螺鬟綰翠遥相向待得一彎初月上素娥眉畫更新樣

前調

落葉庭階堆已徧秋滿東籬餐菊催開宴暮靄遥烘窗六扇碧天雲掃清如練　把卷吟商塵撲面久闊鄉書雁字長空見一霎天涯霜訊轉胡笳塞上添悲怨

前調

早卜星橋催鵲駕河鼓天孫相見新涼夜月瘦風微秋入畫人間乞巧簾鉤挂　瓜菓筵前清露下騃女癡兒携手

談佳話十萬聘錢曾否借倩天易曉愁難罷

前調

柳綠桃紅春未晚過卻番風漸覺春寒淺一抹青痕山照遠日烘飛蓋游塵滿　綺陌笙歌喧不斷花底雙鬟新樣春衫短醉色迷香蜂蝶亂惜春生怕韶光换

前調

庭積清陰花氣小旭日初晴碧樹鶯聲巧殘醉强扶情思悄閒中消得光陰好　虔祝花枝開共早若到開遲磨折知多少風片雨絲催不了一春心事天難曉

前調

舊夢心頭慵再記茗椀爐香消受非容易永夜闔門長不睡鏡中失卻眉峰翠　久別親朋勞雁字花好蟾圓人獨無歡意積得深愁驅少計看他殘燭垂紅淚

前調

衣袂緇塵留不去計欲安貧安士無尋處客抱積深愁幾許可堪頻歲多風雨　兩鬢新霜添縷縷秋月春花賞沒閒情緒聽徹催歸歸夢誤荊榛遮斷江南路

前調

雪裏寒梅嬌不媚傲冠羣芳月下新粧試曲譜暗香情細膩嚴冬蓄有淩寒意　雅澹更誰同氣味照水清姿消瘦

無花比開處不愁霜滿地竹籬茅舍芳蹤寄

前調

樹頂青陽潛欲動雪積霜堆曉起寒猶重呵手窗前摩鬢鬆銅瓶水結琉璃凍　粧倦鎮欹釵上鳳梅放疏香琴閣遲三弄綠螘思傾人不共消寒韻事懷前夢

前調

擬採明珠臨合浦離合神光隔水逢仙女笑折紅蓮嬌不語鴛鴦驚起心無主　一縷柔情天付與薄薄羅裳信不禁風雨纖步低回愁幾許蓬山路遠行猶苦

前調

動徹商飈凋萬樹草折苔荒塵亂荆遮路催促紅閨勤織
杼啾啾聲在頹垣處　清砧追陪香一縷倦客悲秋心比
秋蟲苦握管近來無雅緒輸他黄菊驕霜露

前調

百計留春春不住花好還防猛雨時相遇舉眼怕看春色
暮少年情性隨春去　鄉夢偶游江水路窗底燈昏天上
蟾輝素險浪滔滔舟莫渡白雲隱卻無尋處

前調

煙水微茫山隔路見說江鄉鋒鏑連番遇故壘正當荒落
處雙飛燕子生涯誤　望斷賓鴻沉尺素客自多愁歸又

無憑據剝繭亂縈千萬緒月明嬾去調絃柱

前調

兵氣重霄吹不散茅結荒山何日完心願翹首一輪冰鏡見盈盈靜夜輝流遠　落寞亭臺寒已徧秋老冬交指顧年催晚覓食艱難檐雀怨北風料峭霜飛滿

鷓鴣天

勝賞安排酒一鍾碧桃嬌倩杏舒紅枝頭織罷鶯梭雨簾外吹來燕剪風　春色鬧暖晴逢日烘花氣景和同綠窗人少間心事付與裁詩按拍中

前調

春晚無愁景欲殘牡丹花艷壓闌干庭階日暖蜂猶鬧香
徑泥銜燕未還　塵歷亂夢安閑笑持盃酒駐朱顏風前
短鬢絲添幾几上金爐燼未寒

前調

月過初弦展瘦眉碧空移影照芳池梨花如雪迴欄壓柳
線拖金千縷垂　更轉永睡常遲擬將清景入新詩詩心
抑塞無佳句歸夢因循卜後期

前調

乍夢東湖記舊游芙蓉朵朵泛輕舟碧分淺水千絲藕紅
照斜陽一角樓　珠露飲鏡波流菱枝柔弱荇牽愁惡驚

鴛睡風搖搖葉怕剝蓮心苦入秋

前調

搖落天涯客不歸感懷詩寫墨淋漓雲山苧望鄉迢遞枌社思縈日幾囘　寒襲袂懶添衣嘯風葉走畫欄西烽煙未盡悲笳聽節物怱催病骨知

前調

佳話人間萬古傳鵲橋良夜會神仙蛛絲乞巧香曾炷女伴穿鍼夢憶前　秋朗朗渡年年雙星長住有情天飛來瘦月懸空照最好將圓尚未圓

前調

庭角秋花數點紅故人書到盼相逢偷閒把卷愁難遣扶病開簾瘦怯風　思往事感無窮生涯憔悴有誰同一身俗累悲羈旅千里鄉心隔遠峰

前調

乍卸吳棉换袷衣樹頭花發蝶蜂知瓊牋湘管裁新句綠玉紅香盡入詩　風拂幙日移墀韶光剛到好春時幾番夜夢歌楊柳十里山塘唱竹枝

前調

寶鼎閒排倦炷香春寒料峭午風狂深嗟百卉沉芳訊望斷重霄展艷陽　雲慘淡景微茫鷓鴣聲裡日方長牽懷

故國三千里過盡春鴻一兩行

前調

鳴鳳聲傳碧玉簫吳娃豐格信嬌嬈三眠蠶釀千絲就一斛珠量百感銷　河渡近路非遥風前楊柳妒柔腰屏宜深護千重錦月不單明廿四橋

前調

滴酒紅先上兩腮聽更眉葉鎖難開伴邀瘦影殘燈剪證到愁心望月來　鬆寶釧墮瑶釵筆床硯匣閣粧臺清宵人正傷無俚揭幕風偏響幾回

前調

一抹山光接翠微夕陽影裏亂鴉啼憂深饑困糧荒候認定枝棲結伴飛　催暝色作寒時天涯人獨悵難歸有心耕織尋安夢欲話漁樵倘待期

前調

花絮隨風歷亂飛鳩聲故故隔林啼無窮閒悶縈孤抱百不關懷問有誰　天漸晚雨飄微闌干凭冷欲添衣非因酒醉心如醉其奈春歸客不歸

前調

鼎化龍潛景不同景陽樓畔不聞鐘笛聲一曲歌朝雨棋劫中心亂晚風　天泛碧日消紅上林勞燕各西東載途

荆棘芟難盡舊日繁華夢早空

前調

桑海遷移又幾時性耽風雅少人知朗觀江月懷前夢欲證禪心願莫期　焚香懶懺情遲繙經禮佛少清思天寒日暮吟蘿屋腕弱毫柔愧畫眉

前調　憶舊

十頃明漪千朶蓮東湖花月至今傳落霞孤鶩齊飛處高閣滕王遠接天　煙雨浴浪花圓名邦小住有前緣卜鄰孺子仁風被雅奏賡朋綠綺絃

前調

不獨閒愁亂寸心秋來觸耳盡商音參差簾影隨風盪寒暖天時釀病深　敲夜月響衣砧山川如畫罷登臨鬢邊霜積慵瞻鏡籬落香浮菊綻金

前調

百尺高梧拂露涼枝頭鳴鳳立朝陽底須名字題凡鳥不獨山棲有女牀　閑展羽愛收香龍門清景日方長庭前半畝濃陰覆席上芳醪醉幾觴

前調　懷閨友

病過嚴冬病過春流光分半病魔人飄零舊雨疏今雨望斷南雲隔北雲　愁不療酒難醺瘦腰寬褪畫羅裙寄懷

詩展君思我勝地烽煙我憶君

生查子

西風動塞塵征戍勞鞍馬雁陣唳秋霜甲帳笳喧夜　思婦最關情明鏡華粧謝佇盼報平安遠樹明蟾下

前調

紅舒山上桃青裊風前柳人意百無聊病過清明後　芳景半消磨鎮日雙眉皺借酒欲澆愁愁更濃於酒

前調

花開風雨多陌上游塵少懊惱聽啼鶯生怕催春老　燕子歇梁間身世從容道頻歲歷艱辛錯慕雙飛好

前調

滕閣賦落霞湘竹歌南浦覽勝住東湖蓮剝心猶苦　曉日照牕紅破夢嬌禽語人問鳳山高記得名同否

前調

芙蓉放曉晴醉臉生紅暈花艷少清愁不爲西風困　昔年道晥居栽向東軒近世夢幾番更回想今猶恨

前調

薰風拂碧波珠露承靑扇花底宿鴛鴦倒影雙頭見　涼夢醒芳塘初日烘嬌面君子好襟懷瀟灑全無怨

前調

嬌鶯柳外啼，胡蝶花間住，一樣綺情濃，肯放春歸去。相離桃葉舟，不隔蓬瀛路，笑指女牀山，好鳥雙棲處。

前調

玉斧月難脩，仙樂雲中住，落日黯西山，惡浪掀湘浦。地荒長棘榛，天怨多風雨，世事感滄桑，怕聽征鴻語。

前調

橘中棋局翻，客鬢霜絲裊，短笛倚風前，惆悵知音少。華月照長宵，心跡羞重道，寒暑不爲災，天上情懷好。

前調

風前舞落紅，雨後添新緑，人抱惜花心，倚徧闌干曲。碧

空晴意多日晚翳光足飛鳥一羣羣共覓深林宿

前調

霪霖倒不停鎮日無晴意天亦不開眉日出非容易　雲氣壓空青黛色迷蒼翠積潦誤農耕望歲添心事

前調

風前木葉飛院落秋情足一穗燭花紅低映牕紗綠　臨窗執玉簫按譜填新曲聽雁慣遲眠夜靜蓮籌促

前調

年荒災疊重人事天難問甘澍降何時水長枯魚潤　布穀喚聲聲已是黃梅近稼穡負勤農望斷秋收信

南鄉子

畫槳劈春潮照影驚鴻過小橋絕代蛾眉梳裹靚嬌嬈一捻腰肢比柳條　記夢歷昏朝隔岸擕來引鳳簫待得天空初月上迢迢翹首銀灣鵲影遥

前調

屈指數番風二月韶光春正中博得綠窗人病起剛逢麗日晴烘花氣濃　細草碧茸茸清賞樽開畫閣東吟侶商量裁雅拍聲同借酒春生瘦面紅

前調

聽雨易生悲頻歲長亭折柳枝人遠天涯明月共還期尺

素親裁寄莫遲 孤抱積愁思不獨今來感別離局局棋爭難歇手傷時倦客無方博展眉

前調

欲覓賞音難流水高山曲不彈半盞蘭膏花縮暗挑殘月影移來照畫欄 風緊袖羅寒寶鴨濃煙馥降檀孤寂聽更人不睡宵闌故紙陳編擁坐間

前調

病久厭薰香畫羅裙懶繡鴛鴦瘦不成粧菱鏡掩眠牀兩眼長清覺夜長 靈藥試温涼鎮垂簾幙護深房塵遠六街人語寂時忘一曲清商亂曲腸

前調

舊願盡成虛送別行人客抱孤失卻清歡增俗累心枯証到寒蟾朗似初　親友盼雙魚疊疊雲山恨懶書不欲知音縈遠夢爭如萬苦千辛一字無

前調

楊柳早舒眉花絮東風陣陣吹覊燕繞枝還對語雙飛怪底春殘滯不歸　好景再相期困苦銜泥倦未知築得新巢抛舊壘遲遲鄉夢能圓又幾時

清平樂

春留不住麗景隨春去賸粉殘香遮滿路蝶舞亂紅多處

映階草色靑靑綠窗人沒心情乍暖還寒時節雨晴天亦無憑

前調

階生細草春事還難了芍藥枝頭香不少卻好錦屏風小聽歌人愛箏琶賞花窗捲輕紗放出玉盤金帶從容挽駐韶華

前調

樹頭花小陌上游塵少九十韶光成草草轉眼防他春老閉門裁徧新詩何人來話心期强半芳情寒勒晝梁燕到無時

前調

露蟬聲小桐樹知秋早只有月輪能不老萬古情天長好
應時行樂相期芳醪滿倒休遲柳岸試吟殘月花間高
唱新詞

前調

花開欲盡燕到還無信悄立風前摩短鬢宿酒被風吹醒
夜來月照高樓西鄰曲唱梁州書案香消銅獸燭花低
綰銀鈎

前調

舊京閑處欲去還難去見說江南荆滿路添得幾多離緒

終朝病眼慵開牀前問訊誰來强起腰如弱柳畏風瘦
比寒梅

前調

曲池水皺風起新晴後祓禊人歸塵滿袖景物今來非舊
經過陌上低頭溟濛落絮牽愁送得斜陽西去歌聲吹
墮紅樓

前調

園花庭草一例舒芳早積雪無多風自掃不放鶯聲啼老
閏年占得春長嬉春擬醉瑤觴綺陌喧塡車馬垂楊紅
照斜陽

前調

新愁舊怨鎮日柔腸轉瘦入眉彎人不見錯道淸歡擔徧病多失卻聰明夜長安夢難憑廣植庭階花草無端勾惹閒情

前調

深情密意書展心先碎聽雨怕提前日事慙愧此身如寄報秋葉墮梧桐照窗月影朦朧一自賞音去後天涯人在愁中

前調

星移斗轉久罷霓裳宴月隱桂宮閒玉殿墮落瑶光一綫

雲端山景淒迷上林失卻鸞棲蒼蘚任遮輦路紅牆不
隔天梯

前調

隨風來去春過憐輕絮幾度欲留留不住一霎蹤尋無處
池塘月照黃昏燕歸各掩朱門最是灞橋送別聽歌楊
柳銷魂

前調

歌衫舞扇客醉非關酒艷賞天桃憐弱柳舉醆爲花添壽
龍香漫撥湘絃華燈爛照筵前裙幅夢詞書徧月輪天
上剛圓

前調

枕屏夢醒戶外風初定一角紗窗移日影占得幽棲心靜塵空荒戍休征故鄉訊阻郵程指顧千山木落怕他做出秋聲

前調

露蟬噪徧院落西風轉粉墜蓮塘紅片片一曲清商淒怨感秋人在愁邊不堪回首當年爲愛明漪如鏡蘋花深處移船

前調

悲歡夢記枉惹閒心事悟徹世情眞乏味見幾人能如意

異鄉知己難尋誰來對話疏襟只有窗前明月盈盈長伴更深

前調

鸞飛鳳去泠落城東路桑海變更曾幾度客夢今難安處巍然高接雲端笑人無恙青山一院花香鳥語傷時客倚闌干

前調

枝頭探問花發還無信百草千花同抱恨已是清明將近安排淡酒三鍾澆愁愁惹千重怪底春寒不解燕來麗景難逢

玉樓春

落紅成陣春將暮倦客終朝深閉戶瑶琴閒閣百無聊又見隔窗飛柳絮　撫心没箇埋愁處麗景將隨風雨去紅襟對語畫梁間銜得香泥荆掩路

前調

愔愔院落斜陽暮懊惱好春留不住妒花風裏裊游絲芳草翠痕遮滿路　燕鶯樹底還相遇未忍花間輕别去池塘水色綠濺濺飛絮重尋依傍處

前調

芳樽艷曲傳心素纖手春葱移玉柱醉餘歌罷幾回頭柳

外青驄嘶不去　斜陽春色長留住未許番風吹落絮拋
殘紅豆惹相思絲鬢菱花慵自覷

前調

花飛絮舞看成陣風雨連番春去近啼鵑聲裏怕抬頭爇
罷心香天莫問　踏青雅伴來無信開到丁香腸結恨殿
春芍藥侍花王晼晚難容韶景盡

前調

秋情搖落無歡宴客抱今來添別怨滿城風雨做新寒九
日黃花開已徧　纏綿病思虛誇健健會思開親友散題
餻無興罷登臨排悶倩誰盃酒勸

前調

夜來遠市人聲靜悶倚瑶屏更漏聽短檠風閃玉花傾一醆清茶沉睡醒　碧天月色明如鏡證到愁心低素影鴨爐香灶篆烟濃難學維摩禪早定

前調

亂烽將掃天心好閏歲剛逢春訊早一庭殘雪未全消數點紅珠梅蕊小　東風鄭重培花草莫使寒多芳意少殘粧人立鏡臺旁瘦影回觀還自笑

前調

一番風雨長亭晚唱徹陽關愁滿眼天涯無奈別情濃襟

袖慣沾淸淚滿　煙塵徧地音書斷南北天時分冷暖久
遲艮晤恨猶深怕寫愁懷書報短

前調

燕山風雪留人住荆棘叢遮歸去路南枝破臘放梅花芳
砌寒吟飛柳絮　傷時懷夢歡悰誤一棹扁舟艮願負瑶
琴閑閣撫還慵太息成連無覓處

前調

蜂喧蝶舞花叢裏國色評量能有幾羅巾誓約等浮雲璧
月年華悲逝水　相思七夕佳期指深謝塡橋靈鵲意低
回玉井夜涼生又恐銀河風浪起

前調

睡情每藉濃茶醒月照疏窗明似鏡鏡臺燈暗玉花垂漏鼓聲沉人語靜　黃花開後寒三徑羣雁宵征棲不定悲秋重讀杜陵詩詩興不來盃酒賸

前調

箇儂顏色花枝似綠艷紅芳書小字聽歌寒夜不知霜殘燭銀臺先墮淚　龍香切切傳心事金屋遲鶯傷客意珠量十斛不爲多燕擇雕梁棲又未

前調

東風不許餘寒住綠意潛生芳草路牆頭乍見杏開繁燕

子來逢春好處　新舒柳葉眉峰妒一抹斜陽紅絢戶游驄逐隊過城南勝賞旗亭杯醉去

前調

銀屏夢醒慵臨鏡鬆亂鬟雲斂墮鬢晴烘芳徑草叢生春照樹梢花有信　河冰早解寒消盡烽火滋延天莫問軟紅塵裏失繁華宣武坊前添客恨

前調

圍爐權作消寒計白戰難尋吟賞地紙窗誰伴話冬心只有梅花能解意　巡檐凍雀悲生事剪燭愁人彈冷淚淚枯愁重燭燒殘不飲綠醅情似醉

前調

梅開庚嶺烽傳近聞侶安危無可問舊時蘭譜篋中存惜別吟牋詩筆認　天涯揺落人無信望斷停雲空惹恨春花秋月看依然暑往寒來愁不盡

前調

蕭森金氣紅塵軟秋色黃花工點染不思杯酒病懷慵覓句和陶歡意淺　遥聞荒戍吹羌管雲黯山光天欲晚西風簾捲瘦難支寶鏡粧臺長不展

前調

艷陽烘出春無價南陌笙歌喧入夜夜良生怕短更催景

美難尋仙筆畫 兒家門巷臨花下一帶垂楊爭繫馬紅樓夢記擷芳詞游客歸來淸事話

前調

瓊霄久罷霓裳舞月府連番黑刼度谷深常聽虎豺爭春色追隨風雨去 江南夢隔迢迢路燕市蕭條人久住橘中棋局亂難支世外桃源無覓處

前調

露零金井涼生候桂子濃香吹墮鬘人間良夜醉深杯天上圓蟾明似鏡 故人遠寄平安信還把覊窗淸事問無窮秋思逐風旋閣住詩心牽別恨

前調

殿秋籬下黃花綻釀雨風高金氣散微茫暝色數歸雅嘹唳長空剛過雁　難償俗累拋芳醆坐擁陳編成習慣放懷未博博無聊强說尋歡歡有限

減字木蘭花

殘年欲送冰雪一天占冷夢景付詩家醉賞庭前六出花　風威乍過數點紅梅將臘破鶴守愁忘不藉枝頭照夕陽

前調

將春挽住莫放紅香飛着處緊護殘英蜂蝶徘徊自有情

瑤臺夢穩淡李濃桃同破恨百寶欄前見說花王何醉
眠

前調

荆榛滿路令節難尋登眺處做冷西風吹動商聲四野中
東籬繞徧健會重開人更健景物蒼凉清賞黃花引興
長

洞仙歌 見人說夢

斜陽靚照絮舞城南道蝶戀花枝感還笑怕春歸景寂綠
暗紅稀使倦羽尋夢眠香伴少 游驄嘶柳下萬縷柔條
綰住絲鞭綺情好賞燕語聽鶯歌占斷風流憑生徧池塘

芳草更不羡當年武陵漁讓前度劉郎幾回重到

菩薩蠻

輕車怕過長亭路送行曾記銷魂處相見信前緣幾時離夢圓　金臺春色去紙閣黃昏雨感舊抱癡情剪燈思故人

前調

生涯愧慕雙飛燕故園春色難相見歸夢隔江波寸心愁積多　西山留客住不放扁舟去舉眼望吳天風光思幼年

前調

濃霜庭院聞鴻語低囘懶作衡寒舞記得上林西爪痕留雪泥　韶光容易老春色難長好辛苦訴烏衣一般安夢稀

前調

濃煙正見金猊吐雕櫳又聽鸚鵡語紅藥占春遲乍開花幾枝　羈人歡意淺覽景長懷遠斜日照高樓晴蜂喧樹頭

前調

瑤光冷照空階雪冰痕朗徹遥天月清景最宜人好詩裁早成　梅花香韻在破臘春猶待瘦榦點朱紅隔簾喧翔

風

前調

閑庭一樹梨花雪瓊粧靚鬥闌干月仙筆寫春容點脂嗔

俗紅　城樓沉漏鼓曲院刪歌舞風正剪餘寒雲空天宇

寬

前調有見

初三月鬥眉彎曲成雙釵襯鬟雲綠纖手撥鵾絃暗將心

事傳　渡頭舟載漫婉轉憐箏雁生怕負芳時春殘花韻

低

前調

菱花鏡裏頭將白觀棋局亂嗟羈客烽火積年逢景抛愁病中　東風沉遠信忍說交春近感入歲寒時梅枝霜壓低

前調　懷閨侶

停雲延佇離懷苦惡烽逼近平安否無計慰遥思抱愁應各知　鴻來書展處夢隔迢迢路聽雨夜闌時閉門長念伊

阮郎歸

瘦眉羞鬥柳纖纖粧臺掩鏡匳養花天氣雨晴兼金爐香嬾添　情黯黯思懨懨東風響畫簾九霄雲淨吐明蟾移

將影挂檐

前調

晴風和煦拂輕紗亭林靚絢霞夕陽西去見歸鴉摩雲數點斜　驚物候負年華今來百事差看花無奈眼生花時衰客憶家

前調

花開剛好午晴初芳情畫不如綠窗人倦偶抛書摇風簾影疏　韶景在賞心孤身閒意未舒結茅且願早成虛安貧夢也無

前調

手摩雙鬢點輕霜觀棋客夢長半空鴻陣唳斜陽同憐在異鄉　楓葉落菊花黃西風盡日狂萬山摇落景淒涼閑愁繫曲腸

前調

齋頭催動午時鐘雕欄花氣濃牡丹開處色繁穠嬌黄襯淺紅　評貴品愛豐容烘晴日正中醉傾芳醆句裁重天時暖少風

浣溪沙

料理辛盤正放梅朔風戶外峭寒催閉門慵自醉深杯

餞臘龍宫重戲玉吟詩驢背展清才凍禽佇盼暖春來

前調

雪地冰天凍不開巡檐早見綻紅楳風前陣陣暗香迴
茅舍竹籬藏傲骨月明林下播詩才窺春領袖百花來

前調

爆竹依然響滿城舊京新歲兩番迎鏡臺紅燭照窗明
帖寫宜春多吉語花簪如意檢佳名屠蘇强醉助歡情

前調

綺陌嬉春繫玉鞭驚鴻照影過香韉萬花開放豔陽天
日落華燈紅翠館夜來酣夢入瓊筵笑拈湘管賦游仙

前調

一片晴光照遠山風徐漸覺減嚴寒窮年送卻景安閒

和氣草薰餘雪化青陽樹頂報春還早梅枝上欲開殘

前調

院靜瑤窗鎮日關炷香無緒鴨爐閑一春花事又將殘

柳絮漫空鶯囀懶畫簾不捲燕遲還片風絲雨遣愁難

前調

車過旗亭酒每沽賞花信不惜工夫芳郊柳色早如梳

玉洞仙逢身似阮鬱金香度姓疑盧溫柔鄉入萬愁無

前調

裊樹遊絲引夢長浮花浪蕊逐風狂恐將頭白笑劉郎

釀密晴蜂飛不倦抱枝胡蝶戀殘香青青草色疊階涼

前調

香殘花落閉門雨餘山氣露青痕天涯芳草感王孫

覽鏡霜絲堆短鬢倚窗銀燭照黃昏傷時憶夢黯銷魂

前調

枕畔終宵病眼醒六街塵靜遠更聽隔帷照影一燈青

透槅剪風搖畫幀送春泠雨響池亭尋思往事觸閑情

前調

朵朵芙蓉泛短舟吳娃嬌面讓花羞水鄉涼沁錦鱗游

一色紅衣籠曉日千絲碧藕長清流睡鴛艷夢占雙頭

前調

未許勞人借病閑裁成新曲步花間遥山無恙疊螺鬟　夕照金流烘夜色初三月上曲眉彎爐香茗椀博清歡

前調

門草無心展畫裙擁書萬卷守天眞負他風物幾番新　客舍自憐無好夢故園誰更憶離人笑拈秃管賦殘春

前調

暝靄沉山夕照收微茫天宇斷霞留寂寥庭院又涼秋　砧韻悠揚敲靜夜雁聲嘹唳過高樓清商曲奏動覊愁

前調

高閣登臨俯視危西山日隱暮笳吹軟塵揺落鵲南飛
客抱無歡愁積徧天終厭亂卜何期雁悲蛩絮夜涼時

前詞

金鼎燒殘心字香故人且莫問行藏春花秋月罷持觴
羅屋試吟衣袂薄蓉匳懶展鬢絲長營巢燕倦懼傾梁

前調　代人作

香案初離作散仙寄情檀板與湘絃華燈爛爛照歡筵
柳綠桃紅占艷夢月圓花好醉樽前新聲聽唱想夫憐

前調　同前

粧罷迴身照鏡臺劉郎花底又重來不爭風月憶秦淮

瑤瑟玉琴憐薄倖歌衫舞扇出新裁恍疑仙夢入天台

前調

落照暝煙雨下收金風玉露一天秋客心厭倦欲盟鷗

砌蟀籬蛩吟入夜衣砧花漏聽生愁盈盈月色正當樓

前調

催送殘年雪幾回尖义韻好和無才擁爐病眼倦難開

古栢蒼松同耐冷飛瓊綠蕚鬥粧來手持藥椀罷持盃

六么令

雨晴風軟槐蔭罩粧閣九霄捧將新月巧樣畫眉學最好

彎彎不蹙泠睃心頭覺鏡臺週匝花穿茉莉白玉盆中親

手掐　人靜遥聞巷柝隔院棋聲答破寂沉水香焚篆縷
迴簾押懷抱今來漸改感夢年光霎剪殘銀蠟慵抛詩卷
瘦影迴看在屏角

前調

廿番風急吹到花消息孤山老梅開過潛見柳眉碧今歲
春情幾許莫更問端的句徵吟席賞多彩筆芳酒安排醉
佳客　春露鄰牆一角杏蕊枝頭坼屈指新燕將來未忍
繁香摘怕聽明朝猛雨叫買聲傳笛晝長人寂觀花舊夢
輾轉長教寸心憶

前調

日移闌畔，鏡掩倦粧，東春來病愁隨到，不是眠難足綺陌車塵，舞亂少興爭馳逐淡紅香白，當前慵看，閉戶裁牋譜新曲　曾記評花向夕，席上燒高燭，清賞閨侶，飛觴好句賡酬促，爲道流光易逝，慰我言金玉，舊歡思續心孤，先罷燕子譏人玳梁宿

更漏子

草生稠，花落徧，霧鎖重重閑院，鶯不囀，蝶慵飛，感深春欲歸　疊雲峰，含雨意，天亦送春多事，爐篆歇，幔羅涼，坐消清晝長

前調

酒慵傾心似醉月底樹陰鋪地淸露滴碧雲輕仰觀天宇淸水沉香銀燭淚長夜解人深意薰袖暖照窗紅響慵簾幙風

前調

晝方長禽語小芸館靜無塵到花吐豔日烘晴不聞風雨聲　逸情濃鄉夢少今歲剛逢春好觴早設醉休遲尋歡正及時

前調

夕陽收山照遠天上碧雲舒卷芳砌泠倚欄慵一庭花氣濃　晚風疏春露重隔巷柝聲初送人守寂景生愁月光

未到樓

前調

短長亭疏密柳許把離愁綰否雙眼淚兩眉顰花時不當春柳拖煙人送客跪地柔條慵折臨祖道指斜陽歌離亂寸腸

前調

鬢邊絲襟上淚消受客中情味拋美景負良時愁來若箇知　望雲遥懷夢怨詩友幾時重見風似剪冷難禁終朝輾轉心

御街行

春歸怕覩漫天絮南陌塵遮路燕鶯棲址早安排覓得雕梁朱戶茜紗低捲簧音傳巧綠縮新楊樹　携節偶向花間去陣陣飛紅雨背陽芳砌長莓苔嫈尾獨將春駐錦屏高列芳階風颭酣態煙籠處

浪淘沙

春水漲芳塘蒼翠巒光岸旁樓閣邊瀟湘捲亂晴空飛絮影紅界斜陽　殘夢繫柔腸人慣慵粧袷衣初換罷薰香記拍裁詩無雅伴瘦怯風狂

前調

燕子戀殘紅蝶舞花叢生涯辛苦夢難同待祝東皇春永

駐莫放春空　屏列錦重重芍藥開逢玉盤金帶貯其中西洛蹤追名播盛獨殿春風

前調　代人賦游仙

好夢賦游仙素手調絃芳溪長出並頭蓮記曲紛拋紅豆子燈爛歡筵　圓月證華年星朗天邊映門楊柳繫蘭船消得琴心憐薄倖沉醉樽前

前調　同前

燕子隔簾張錦瑟愁忘歌聲雲遏繞深梁日照章臺春色麗綺席飛觴　密誓不荒唐盪氣迴腸細將眉語驗溫涼明日謹防人醉醒歡夢思量

訴衷情

暗香吹自嶺頭來先春放早梅今年風雪差少花博應時開　仙萼綠降瓊臺展清才宮粧縞袂勝賞張筵索笑低囘

前調

一彎新月鬥尖眉閒恨鎖眉兒年時歡緒拋卻疏嬾不相宜　鬆臂釧瘦腰肢繫愁思患生濁世吹亂兵塵願遂難期

前調

隔江楓葉欲飄紅摇落萬山同冷秋衰象添徧金氣逐西

風雲慘淡霧朦朧露華濃景荒燕北訊阻江南眼盼來鴻

前調

風喧葉走一庭秋秋感人心頭吟商恨少佳句清賞付東流人寂寂景悠悠助閒愁雁飛空際蟀絮荒階月照層樓

前調

老梅花放態嬌嬈粧束俗塵消窺春夢先占早春轉信非遙飛雪片肅亭皋嶺雲迢月移疏影香送茅檐夢隔溪橋

前調

春衫掃地勝長裙羅巾馥麝薰青葱窄袖雙挽粧罷近黄昏新月樣驗眉痕帰凝魂可人心事不學桃根願作朝雲

前調

花間蝶舞十香裙還宜百和薰柳腰羅帶深束雙繡錦鴛紋才絳雪貌靈芸字湘君昵人嬌小覆額青絲暈頰紅雲

前調

花時人愛展芳筵儂懶拂琴絃知音欲覓何處歡夢負當

年　胡蝶舞錦衣鮮暖晴天北方風勁南陌塵喧鈿轂絲鞭

碧牡丹

畫閣涼捐扇釵股斜飛燕舊日風光撇處水流雲遠景駐疏籬早菊花開徧閟居寂寥庭院感何限　屈指秋欲晚悤看物華催換聽報胡塵動儘鬢絲摩短困苦持門無奈終違願驚心最是嗷雁

望仙樓

寶欄紅藥殿芳春繭栗梢頭香坼富麗追蹤西洛佳種難多得　媚容靚罩煙光憨態暖烘霞色任晚開羣隔前夢

揚州憶

行香子

燭綃花紅秋到悤悤數流螢光與星同碧天雲晚乍唳征鴻覷絳河挂鸞軿影鵲橋風　黃姑織女佳期重會話分離情意無窮露零金井風響梧桐儘屏山倚良夜靜俗塵空

點絳唇

景改當年應時人病還依舊百分消瘦真箇腰如柳　懶不裁牋藥椀拚相守花飛後解愁無酒冷淚沾羅袖

前調

思入三秋記曾楊柳河橋折賞音分別百倍心愁絕　獨
上高樓正見當頭月光無鈌世間佳節桂魄團圞說

前調

孤抱誰知每憑新拍閒愁寄久無歡意消得顰眉翠　簾
幙風吹燭替垂紅淚排何計一杯沉醉頓覺昏如睡

前調

夢醒游仙記拋紅豆情千縷玉漿餐許肯放雲英去　一
抹斜紅靚照章臺路留春住幾番風雨冷落花深處

前調

十頃湖流荻花風起蓮開老岸旁青草襯得秋光好　短

槳蘭舟正唱菱歌了蒼波渺暮天雲少數點明星小

少年游

膽餅凍結羊裘不暖爐火映窗紅重霄月滿元宵佳節吹亂試燈風　庭霜漸少河冰待泮春色盼相逢一片笙歌六街車馬依舊鬧忽忽

前調

花朝剛過淸明又近桃放柳眉勻東風颭亂芳情潛露鶯燕笑兼顰　評花醉酒吟紅刻翠忙煞綺窗人韶景紛陳色香繁艷庭院照陽春

前調

霆霖没稼邊塵催戍災禍兩相逢點金乏術危機先占人
盡困愁中雁聲淒緊市聲寥寂門掩一重重北里笙歌
南朝花月今日景難同

前調

離觴怕醉驪歌動處花外聽分明陽關一曲驛程千里絲
柳繫深情　天空霧鎖西風木末羣雁正南征知音傷別
費丁寧清淚灑長亭

前調

微雲衰草紅情綠意詞筆占風流新腔自度雅音無和宋
派播千秋　裙釵有愧邯鄲學步按拍捲簾鈎手持長笛

倚高樓涼夜不勝愁

虞美人

前宵夢過江南路綠蔭槐當戸壓欄花韻正娟娟牆外一溪春水繫蘭船　山塘景雅端居慣偏是歸期晚客懷棖觸亂離時苦恨望雲無計解鄉思

前調

搏空紛絮氈鋪地望處紛紛墜芳蹤無定不知愁每藉東風吹送到高樓　樓頭少婦頻含怨春色喧將徧暖烘晴陌夕陽紅又憶别離心事一般同

前調

碧天雲掃清如水倦向迴欄倚盈盈月上正圓期遥見樹梢棲鳥早飛歸　他鄉景物依然在病羽心情改絶無清興理衰絃偏愛一輪冰影照簾前

前調

愁懷剗薾絲千縷此際憑誰語隔簾喧徹幾番風靜夜坐消窗底一燈紅　枝頭望斷花開信屈指花朝近北方春冷減還無最是每逢芳節病軀扶

前調

獨行青草池邊路芳景全删去遠空雲氣黯山眉卻遇落梅風起雨晴時　紅榴似火開猶好夏至今年早綠陰濃

覆逕煙飛正見古槐枝上亂鴉啼

前調

黃花獨殿秋光好不放秋情老感秋人怕倚闌干偏聽樹聲搖落到千山　吟商禿管今猶在覽鏡朱顏改短籬花賞憶前期此際病愁勾起不開眉

前調

老梅牆角傳春信指顧春回近南枝千點傲霜開剛直朔風簾捲暗香來　窗前短燭猶垂淚識得辛勞意耐寒長夜伴愁人每向小屏移影驗眉顰

前調

研牋書徧蠅頭字懷遠添心事雪狂風虐歲寒時爭怪索詩人恨寄詩遲　詩情蕭瑟難如舊癡癖今還有一輪孤月照宵闌琴按賞音無奈隔遙山

前調

及時杯酒思行樂雅拍花間學手摩胸次積愁深任說寸陰人自惜如金　芙蓉並蒂開無怨藕折絲難斷玉琴絃外有餘音歌徧曉風殘月少知心

采桑子

天桃艷杏芳情閣晝靜簾閑蝶宿庭闌幾陣東風絮舞殘愁雲慘霧重陰釀鳩喚聲乾景減春寒微露青痕草色

看

前調

山川落寞庭堆雪香吐寒梅酒醉深杯料峭霜風徹夜吹

冬心抑塞憑誰話短句思裁秃管拈來硯近紅爐凍不

開

前調

艷陽烘徧繁華景花草同珍車馬如雲忙亂芳郊拾翠人

青山俯綰玲瓏玉風捲黃塵苔繡如茵生怕輕輕過卻

春

前調

花開莫問春深淺，雨雨風風急急悤悤百五韶光一瞬中
蜂喧蝶舞香尋徧柳綠桃紅吟賞心慵節過清明景不
同

前調

樹頭芳意春寒勒花困東風人夢惺忪南陌游塵盡掃空
天邊雲氣晴光黯日出難紅陰積千重語燕啼鶯感慨
同

前調

停雲在望知音憶相見無期艮願違時兩地裁書怨別離
長箋遠道傳心素恨託新詩莫慰愁思難博身輕逐雁

飛

前調

東風拂處河冰泮滿樹繁香時世新粧桃李逢春豔幾行
推枰歛手人多少棧馬收韁折徧垂楊共話漁樵興味
長

前調

烽煙掃卻瘡痍滿安夢難期凍日移西梅放無心畫折枝
時
花風未展人先病艾好求遲餐勸憑誰正是紅閨懊惱

前調

清秋望斷南來雁里訊長稀墜夢閑思客況今時異昔時
風雲變亂歡悰誤辛苦單知景物全非鏡裏衰形怕見
伊

前調

銀河斜挂涼生夜月吐蛾眉瘦影簾垂烏鵲無聲玉漏遲
橋成早囑雙星渡莫誤歡期好訴相思巧落人間又幾
時

前調

閒庭寂寂嚴寒聚臘雪飄濃宿霧迷濛雀凍鴉饑困苦同
暗香陣陣疏梅放燭影搖風爐火消紅漏閣鐘沉夜正

中

前調

芳塘初日芙蓉賞飲露珠圓夾岸移船葉底鴛鴦作對眠

明漪倒影容粧靚香醉裁牋花盛今年感到秋風唱採

蓮

前調

軟紅十丈今荒落客久勾留風阻歸舟樹杪蟬聲又報秋

初三月上眉痕瘦纖曲如鉤一樣含愁怕看哀鴻徧九

州

前調

涼生露砌蟲聲緊碧月遥臨朗證疏襟金獸香濃漏轉深風摇畫押燈花落感舊思今愁入眉心坐聽千家響夜砧

前調

靑驄繫徧垂楊陌春照紅樓鄉入温柔薄倖名防夢覺留星明良夜更催緩鏡艷蟠虬粧占風流眉語琴心去百憂

前調

寒來暑往人催老歲月怱怱愁恨重重鎮日昏沈似醉中斜陽笑指投林鳥春色相逢病翼摧風一樣雙棲夢不

同

前調

天涯搖落悲羈客不爲浮名難望時清樹底催歸斷續聲
連番送別親朋去柳折傷情涙灑長亭一曲驪歌每怕
聽

前調

華燈爛照花枝靚淡抹輕勻欲笑還顰離合神光看未眞
芳年三五圓蟾指剛好青春偶落風塵身世兒家訴與
人

前調

迷香不藉傾城色笑臉生春媚態含顰記得呼名愛便眞
旗亭落日喧車馬絮撲紅塵風逐行雲肯讓芳醪獨醉
人

前調

扶疴兀坐明燈底顧影淒涼儘自思量夜到嚴冬分外長
銅瓶水結梅香細月浸長廊風透疏窗此際憑誰話曲
腸

前調

南薰當戸荷香送塵靜人稀花艷芳溪點水蜻蜓款款飛
晴空火傘紅蒸暑望雨雲微三伏天時揮扇還防汗溼

衣

前調

肯因塵事拋清事欲寫疏襟好句難尋無力焚香冷素琴
悲歡過眼煙雲覷舊日愁心積到如今嘯月吟風釀病深

前調　看坤伶演劇

城西車馬喧良夜山聳煙螺月漾金波花艷紅氍顧客多
歡聲四座如雷動妙舞清歌賞莫蹉跎曲罷頻頻斂翠蛾

前調

開完俗艷飛鶯燕怕捲簾櫳晝永人慵晴放天空旭日紅
雕欄十二花王到縠雨剛逢暖靄和風春晚依然景不
空

前調

涼生玉井金風動秋色當前人慣遲眠天上雲開月正圓
婆娑桂樹濃香墮賞付詞牋手按琴絃耳畔剛逢雁唳
傳

前調

蓬山路近舟難渡費盡辛勤浪擲黃金方許蓮臺禮玉眞
閒情試展登徒賦第一濃春窺宋東鄰艷福修來有幾

人

踏莎行

薊北風寒遼東景盡窮冬望斷春回信嫩霜餐雪雁成羣迴黃轉綠天難問　俗累安排辭年又近韶光屈指原金寸老梅枝上暗香來夜深月底宮粧困

前調

黛色迷雲天空欲暝番風廿四吹無定樹頭芳意滯春寒釀陰庭院塵囂靜　苔繡如茵池清似鏡銜泥燕子來無信艷陽不展困羣花瑤臺綺夢中宵醒

前調

世事如棋年華逝水深愁積得埋無地舊都春色付飄零遥山凝望還蒼翠　落絮風旋殘香蝶醉羣羣燕雀憂生事倦拋吟管坐瑶窗煙濃寶鴨迴心字

前調

紙閣燈昏茅檐霜重冬心棲點人誰共遥聞月落夜烏啼數殘蓮漏荒鷄動　枕倚文犀帷垂繡鳳長宵轉輾難安夢重衾似鐵擁添愁朔風響戶嚴寒送

留春令

緑紗窗底伴消清晝一爐沉水觸手塵勞欲拋難怪年來長多事　悄立斜陽闌怕倚望鄉雲千里風亂憑誰念天

涯早堆滿羅巾淚

前調

聽蛩涼夜絮愁聲觸感秋人意數盡長更夢難尋儘顛倒心無似不飲芳醪長是醉㝠獸爐煙細照影明燈玉花傾賺閣筆抛清事

前調

感春人病海棠開後芳春過半杜宇聲聲喚春歸早落絮成團看　暖日晴烘闌檻畔儘單衣催換遥望天南夢雲迷怪底又鄉書斷

清商怨

花枝經雨色淺更闌將春暖柳葉舒青淸明期不遠東風拂面似剪怪燕子銜香來晚屈指芳時今年春較短

長相思

長相思長相思怪底相思無盡期雁書來幾時　長相思長相思積得相思訴與誰知音遠不知

醉落魄

照街燈月森嚴夜禁笳喧徹少策平胡憂亂切鴉雀寒林棲處愁離別　梅花獨許驕霜雪惜羣艷芳情歇枯楊尙有人攀折景隔三春未有流鶯說

前調

冰輪蝕缺劍虹難斬蝦蟆絕瑤臺望到團圓節忍使嫦娥鎮綰眉頭結 玉宇雲封風不歇遥聞花外更敲徹絳河淚湧星辰別黑刼遭逢困苦憑誰說

前調

裘輕酒薄一天冰雪情懷惡怕覩彈棋爭亂著窺宋東鄰容毀負前約 九州鐵鑄皆成錯隔將春色傷摇落瑤觴懶向花前酌刻翠吟紅韻事都抛卻

前調

當前更莫思量春轉銷烽惡枕屏長夜眠難著舊雨書來把晤違佳約 萍蓬會合還思昨年時無奈分離錯兩心

相印歡情薄望雁音沉酒醆長閑卻

西江月

粱上紅襟語怨枝頭杜宇啼殘借將書卷博消閑永晝心慵意懶　草色濃鋪如繡天時乍暖還寒碧空雲鎖雨晴難一霎春光欲晚

前調

簾外風狂雨釀天空月暗星稀秋花凋謝賸殘枝病思昏昏似醉　客燕巢痕久冷征鴻塞上遲歸年荒剛直亂離時塊壘摩胸積幾

武陵春

三五圓蟾年貌指環燕占風流天爲春人易感秋春駐洗閑愁青驄不隔章臺路花下記從游落絮無憎雪滿頭新曲唱梁州

前調

觸耳商音歡意淺籬菊纏叢叢蟲語莎根秋氣濃簾幙捲西風風高九日登臨負人病酒樽空笑口難開歲歲同分半雨聲中

前調

行徧垂楊隄曲曲舊夢感難銷風送衣香人影遥春水繫蘭橈仙蹤欲覓今何處雲路望迢迢忽見輕車過小橋

帷畔露紅綃

解珮令

戍邊催急胡塵莫去聽悲笳征雁同心緒掛甲提戈識壯士爭雄情素抱丹誠一般兒女　山川摇落瘡痍積徧徧天涯難尋安處節物悤忙撫孤抱閑愁如雨百無聊向誰深訴

泛清波摘遍

鶯嬌燕小日暖風柔回憶故園春色好絳桃文杏一例枝頭吐花早今休道羈棲病羽棖觸鄉心佳景積年拋撇了皺面觀河短鬢愁摩逸情少　碧天渺翹首遥瞻白雲擫

笛怕歌芳草憂患叢生衣塵浣難誰曉遠音杳蕁萊幾輩得嚐吳山笑吾遲到最是荆榛莫剗亂棋頻倒

歸田樂

廿四花風數待檢點賞花情緒樹底繁英吐願花事耐久春色留住不放去　春駐花間鶯燕語積徧春寒今解否衆芳如笑覓句人無語舊夢更憶得故園開處花氣方濃亂飛絮

河滿子

曉聽鶯啼樹杪新來燕蹴簾鈎綠楊紅杏開放早雕鞍陌上爭游色慕靈和殿裏春窺宋玉牆頭　美酒不辭沉醉

綺情縈繞無休肯教容易芳時過惜花多惹閑愁短笛聲傳深巷斜陽正照當樓

前調

換骨難求靈藥工愁負盡韶光素琴慵理塵積案金爐久罷焚香短燭昏垂紅豆明蟾靜照瀟湘　鄉訊遠勞望眼淸宵轉亂柔腸縈情烽火無時盡鏡鸞瘦不成粧燕北蕭條景去從今難博繁昌

于飛樂

起捲重簾宿醒紅暈雙腮喧晴日照粧臺鬢慵梳釵怕插寶鏡遲開東風戶外送淡香數點殘梅　草脚青痕樹頭

芳思相將吐露庭階門紅情修粉黛花待舒懷新鶯乳燕
隨春色結伴飛來

愁倚欄令

憐羈燕盼南鴻客愁濃瑤井秋生涼意動轉西風　塵靜
紙閣燈紅天如水月色溶溶花影移來清入畫正宵中

前調

商撲蝶聽啼鶯又清明天氣晴占桃李笑醉旗亭　麗句
杯舉先成春衫換淺薄吳綾車馬爭喧南陌上騁游情

前調

空韶景滯春寒怕花殘霧慘雲昏陰久積黯遥山　人悶

怕倚闌干芳街少繡幰雕鞍蝶怨蜂愁風似剪眼慵看

破陣子

地僻難容簫管春寒冷落鞦韆屈指連番風雨過草長池塘青滿前田田葉吐蓮　儘說胸襟疏放無端病思纏綿轉亂香絲嗔寶鼎嬾脫琴囊按溢絃愁還似去年

好女兒

綠皺芳池將過花時聽風狂雨冷無聊賴儘簾垂永晝燕巢梁上墮落香泥　樹杪鷓鴣啼徹促春去動愁思覷侵階草色芊綿處憶紅闈舊侶飄零何許有負心期

前調

燕子辛勤天氣殘春怪無情風雨催花落縱香巢築就故
山迢遞怨似羈人　憶自天涯留滯數韶景幾番新慨而
今過卻芳菲候奈稻粱未就紅襟慵舞悶度蕭辰

兩同心

未消兵氣莫覓桃源羨舊雨各尋鄉夢笑羈客積滿衣塵
占頻歲霜冷垂簾風亂關門　守寂久閣芳樽黯自銷魂
隔遠天愁心相印傷離愫淚眼同昏裁詩寄燕雁分飛泥
雪留痕

滿庭芳

華月闌干新霜庭院畏寒門閉重重羈棲人老頻歲亂棋

逢最是災黎徧地又傳烽火動遼東整戈甲勁催邊戍困
苦㖡征鴻　一燈前愁莫療形同瘦菊抱比孤桐閣花漏蕭
森木葉飄風此際爐香倦爇扶疴坐萬卷堆中清宵借濃
茶醒睡難博醉顏紅

風入松

月移梅影上高牆歷變陰陽歲華欲换春回遠朔風喧緊
送疏香檐際凍雀饑困碧空嗷雁成行　慘聲盈耳助淒
涼惱亂柔腸惡烽延聚天無厭擁紅爐客感難忘不寐坐
消寒夜守更燭暗虛堂

前調

天南舊雨盼相逢尺素愁濃彩毫書禿言難盡怨昔年分袂悤悤最是歸心蘊結幾番留滯萍蹤　遠峰青絢夕陽紅離夢無通賞花酌月删清事悵望處雲樹千重亂世生涯困苦還教兩地情同

秋蕊香

雲錦天孫織就橋渡嫩涼時候鸞聲鵲影迎佳偶玉露濃飄如酒　情天萬古看依舊惡分手銀河星隔良緣久兩下塵憂無有

前調

一抹寒煙衰草雲外遠峰尖小鴉羣雁陣添煩惱怪底霜

催偏早　生涯落寞誰知道稻粱少暮天何處枝棲好野
岸蘆枯楓老
思遠人
雲樹千重人遠別孤寂感羈客三秋病思一襟離恨書問
盼難得　怕聽冷雨芭蕉滴望處天如墨儘瘦骨强支雁
聲遥度山眉黯無色
鳳孤飛
隔巷賣花聲聽燕倦鶯啼緩樹底游絲罥滿鳳子戀殘香
暖　悄立風前摩鬢短悄悄地絮飛池館春色將過吟賞
晚更愁拈湘管

慶春時

鬧枝春色薰人花氣日影階移芳郊景麗旗亭酒美游客醉扶歸　嬌鶯新燕相見共話心期東風暖拂閑烽盡掃行樂正當時

前調

東籬菊瘦吳江楓落節物催寒簾風響夜衣砧伴漏燈影炫闌干　天空雲淨新月曲比眉彎悲秋庾信吟詩杜老清景眼慵看

喜團圓

絢春日暖流鶯啼偏千樹垂楊東風鄭重吹將綺夢花共

舒香　神仙眷屬滿傾芳醆艷照蘭房古琴合調瑤情蘊
抱景入歡腸

憶悶令

負卻韶光歡意淺杜宇啼春晚雲邊黛色迷青同樣愁眉
斂　故土何時見慨般般違願撫胸次塊壘難消南望吳
天遠

梁州令

折徧河橋柳難挽離愁千縷陽關一曲黯魂銷從今雲樹
瞻依處　天涯羈羽添無緒世變難安住芳階倦吟飛絮
清歡失卻知音去

燕歸來

過社雨轉晴風天半晚霞紅夜戻春月照溶溶愁散酒杯中　焚香事消心字身世閑鷗相似歸來堂築逸情濃花賞畫欄東

清聲閣詩餘卷五

武進呂鳳桐花

和漱玉詞

南歌子

雲淨蟾輝朗，天空星斗垂。西風迴檻露華滋。起步閑階試詠夜何其　玉井砧敲急，銅壺漏轉稀。涼生羅袖嬾添衣。花影鋪檐寂寞倚欄時

轉調滿庭芳

入夜狂飈，送春猛雨，一燈摇曳籠紗。打窗疑是燕壘落泥哕。惆悵流陰逝水，低回處、情思無涯。粧臺畔，玉釵敲折短

鬟手頻摩　薰爐篝漫貯錦屏遲夢甃椀斟茶數城樓虬箭巷陌雷車此際寂寥誰語凋芳事憔悴憐花笑孤抱愁深歡淺不是昔時那

漁家傲

衣着晴霓鬟着霧飄飄仙袂凭虛舞恍逐天風臨月所姮娥語詞人驀地來何處　一晌徘徊驚日暮遊仙漫擬新詩句賺枕畔雙眸慵舉邯鄲佳何曾眞箇驂鸞去

如夢令

記得江干日暮一棹藕花迷路歌逐采菱舟人在白蘋深處飛渡飛渡好夢慣隨鷗鷺

又

昨夜西風吹驟一枕愁濃於酒報道轉嚴霜籬下菊花非舊知否知否也似羈人消瘦

多麗

傲芳開晚涼葉翠紛垂占清秋西風簾捲玉蟾罥浸瓊肌全不管霜侵瑤珮全不管露浥蛾眉粉額消黃柔腰束素出塵梳裹自清奇獨抱得一襟憔悴生不入時宜香流處味醇韻逸錯擬酴醾　共茱萸數枝折得還教相對依依佐持螯餐英洗斝插短鬢把酒題詩雨後離披燈前綽約畫屏瘦影淡幽姿縱看取花繁三徑奈已暮秋時須珍重

陶家景美莫負東籬

菩薩蠻

饑烏啼破遥天碧空庭露冷蟾光直窗底一燈明風檐鈴語輕　隔花沉玉漏闌夜回星斗孤抱遣還難憑欄翠袖寒

又

嶺頭梅萼開還早一籬風雨黄花好霜信報初寒丹楓江上殘　心情渾不是未飲猶如醉入夜燭孤燒燭消悶未消

浣溪沙

新釀春醅芳氣濃梅腮破臘雪初融漸看庭院轉東風
展硯心慵牋玉冷先春人病釧金鬆澆愁聊博瘦顏紅

又

蝶舞簾櫳草色深消磨長晝儘沉沉焚香無緒閣瑶琴
千片飛紅迴落照一天濃靄釀輕陰楝花開處倦難禁

又

未博樽前笑口開借他酒力暈雙腮似醒似醉費疑猜
朋舊凋零榮昨夢風雲變亂感幽懷閑愁莫遣更層來

又

未定陰晴黯淡天沉香簾底鎖濃煙乍扶殘醉整釵鈿

綠徧芳階苔似繡白飛糝徑柳鋪棉一庭紅雨溼秋千

又

月皎晴空碧四垂廣寒宮闕景無涯乘風欲去少天梯

素魄儘催弦共晦人生難博醉如泥隔牆遥聽夜烏啼

又

鴉髻三盤慣不梳困人天氣落花初裌衣乍試剪風疏

入夜銅龍傳漏點穿帷華月浸流蘇琴絲閑煞賞音無

鳳凰臺上憶吹簫

滕閣風高薊門秋老捲簾人怕抬頭正垂虹如劍新月如

鉤惆悵知音間阻懷往事歡夢都休停雲佇神飛千里思

入三秋　休休心期頓負兩地隔關山可奈羈留儘詩吟聽雨賦詠登樓望斷賓鴻影杳遲尺素盼損雙眸君知否黃花紅葉着處生愁

一剪梅

寂寂簾櫳燈影秋月瘦如鉤屋小於舟一庭清景懶凝眸花近高樓人賦登樓　駒隙年光似水流蟲語啁啾雁字排愁客中懊惱鎮無休夢怕回頭風裏低頭

蝶戀花

淚點緇塵衣袂滿十載天涯飽受風霜徧極目家山音訊斷頓驚涼意生孤館　聽徹哀蟬羈緒亂寸寸柔腸積得

愁非淺望斷南雲還望雁更誰爲念萍蹤遠

又

乍展吟牋湘管凍閣住詩心轉覺鄉心動今夜月明千里共寒添料峭霜華重 梅萼枝頭初破縫折取孤芳插鬢依釵鳳瑟瑟暗香吹入夢江城玉笛遲三弄

鷓鴣天

冰鏡溶溶照碧窗素娥靜夜鬥青霜峭寒幸有梅能耐凍綻南枝一縷香 春未轉夜還長閑庭積雪景蒼涼殘年隨分從容度贏得塵飛滿面黃

小重山

春入遥山一抹青夭桃開婉娩柳眉匀和風吹徧軟紅塵
韶光好晴日護祥雲　無事掩重門瓣香焚寶鼎篆煙昏
願花常好祝東君花飛也寂寞負芳春

怨王孫

月落烏啼思渺渺歡意闌逸情少一燈照影獨熒熒徧綃
個雙花好　開到芙蓉秋欲老賦不盡寒煙衰草蓼莪廢
讀棣花殘誰解勸添衣早

臨江仙

庭院深深深幾許終朝繡戶閑扃一番韶景又清明飛花
迴曲檻細柳滿江城　碧樹黃鸝聲睍睆翠梳織雨剛成

小園芳事漸凋零啼鵑初破夢新燕獨含情

醉花陰

無酒無花消永晝簾捲閑香獸秋氣黯斜陽風颭庭柯羅幙輕寒透　新詩題徧鄉書後賸墨痕沾袖錯道不思家雁唳聲中自覺添清瘦

好事近

新綠望沉沉柳絮縈簾如雪正是重棉初卸輕暖輕寒時節一輪淡日照晴空隔花影明滅賺得晴無三日又枝頭啼鴂

訴衷情

滿庭紅雨日移遲花落惜殘枝天涯又見春去久客負催歸　鶯黯黯燕依依翼低垂一般倦旅同思故壘共憶年時

行香子

砌亂鳴蛩月挂疏桐占良宵牛女情濃微凉玉宇雲啟重重賺星橋橫明河朗早相逢　鸞軿共駕心期同證訴經年別恨無窮鐘催漏促歡在愁中聽雞聲緊鵲聲杳動晨風

壺中天

清陰庭院又春寒料峭鈎簾深閉著椀爐香消晝永辜負

艷陽天氣剪剪輕風絲絲細雨領畧閑滋味鄉書裁罷萬般離恨難寄　梁靜燕子疏來花朝已過花睡枝猶倚啼鳩聲中人懊惱頓把閑愁喚起新柳勻黃蒼苔凝碧極目虛芳意非關遲暮春歸屈指還未

武陵春

塵滿鏡奩霜滿鬢月上懶抬頭綺歲情懷一例休心事付東流　記得湖亭涼夜靜菱唱出漁舟蓮葉田田綠繞舟憑眺處少閑愁

聲聲慢

桃源莫覓遣悶無方憂心慣自戚戚泠泠清清誰勸天涯

將息澆愁縱讓酒美未抵他寸腸煎急賺客思一重重除卻征鴻難識　百種塵勞深積看縷縷鬢絲豈容輕摘獨坐疏窗偏是燈昏月黑無聊更聽苦雨伴銅龍長夜點滴鄉夢閣況欲睡也還未得

添字採桑子

病眸入夜眠還醒月照閑庭月照閑庭勾起鄉心忍怪月無情　愁添籬豆蟲聲緊一片淒清一片淒清不是離人觸耳也難聽

攤破浣溪沙

寂寂深宵冷月華移將清影度層紗自撥紅爐煎雪水品

新茶　逼歲詩情閑處得峭寒天氣晚來佳對話冬心陪

剪燭有梅花

清平樂

酒逢病裏未飲心先醉剪盡燭花難解意燭也替人垂淚

頻年潦草天涯添來兩鬢霜華雪裏新粧嬌婉歲寒孤

負梅花

點絳唇

最憶年時海棠花折舒雙手一春消瘦清露沾衣透爲

逐蜻蜓不管搔頭溜兜鞋走畫欄東首捻取餘紅皺

又

霧鎖閑庭蜂愁蝶怨情千縷恩恩春去歷亂飛紅雨　撫徧迴欄花謝人無緒銷凝處游絲依樹怕認尋芳路

生查子

桃枝與柳枝一例寒威困只有傲霜花不使垂春信　朔風歷亂吹殘雪消難盡庭院儘愔愔已是清明近

慶清朝慢

展徧番風開完俗艷嬌姿獨炫殘春霞烘霧托放出爛熳天真十二雕欄緊護芳情婉約綺羅新評量處品高態重誰更如君　霓裳翻仙帔曳儼瑶臺初下日映紅輪聲華藉甚贏來滿路游塵一色乍含濃露脂痕明潤粉光勻宮

粧困夜涼中酒淺醉昏昏

滿庭芳 殘梅

夢醒瑶臺春窺半面殘粧越樣清幽夜來蟾照瘦影壓簾鈎悟徹番風易過減春思徙倚層樓茅檐下幾回索笑餘韻勝揚州 疏疏存數點傳情不折點額還揉撫淩霜孤抱瀟灑無愁聽徹聲催玉笛拚冷落傲骨長留蘭釭畔吟箋漫拂筆底暗香流

御街行

枝頭瓊粒紛紛起羨破臘多芳思暗香幾陣透筠簾味勝鴨爐沉水嚴霜不畏好春先占門雪藏春意 開來旅館

清幽地助倦客懷鄉淚探梅鄧尉隔歡蹤玉笛一枝慵倚
曰歸未得折花南望翻怕和愁寄

青玉案

蛩聲絮徧天涯路何計遣將愁去紙閣寒深風暗度塵侵
素面霜欺蓬鬢客抱無聊處　韶光彈指傷秋暮生怕吟
商少佳句賺得鄉心知幾許映籬花艷捲簾人瘦一院瀟
瀟雨

采桑子

宿酲一枕屏山膩負盡年光嬾奏笙簧鎮日懨懨人倦粧
新秋院落微風起乞巧焚香織女牛郎鵲駕銀灣會夜

涼

怨王孫

院靜窗悄身閑意惱孤抱無聊問誰可曉戶外一抹斜紅妒花風　風前絲鬢摩挲處愁不去鎮把春光負烽煙半壁離掃佇罷江雲黯思君

又

燕市歲晚疏燈獨院天冷宵長鐘沉漏斷客裡春訊將傳雪綿綿　巡檐索笑詩情惹看難捨忘卻寒深也數枝開處粧靚凍墨飛斜詠霜花

浪淘沙

客裡寄閑身辜負芳春一番花落一番新棋局紛紛彈黑白世事浮雲　聽曲陋歌唇俚俗堪嗔新聲誰與指迷津羅綺憑他圍夜月只愛冰輪

又

感月更吟風細數游蹤生涯似此幾人同自積塵勞還自遣思入秋空　百結上眉峰酒淡愁濃萍飄蓬轉卅年中北樹南雲閑看徧爪印飛鴻

殢人嬌

瘦萼濃堆冷香暗散撫時序又驚歲晚愁深旅館故鄉夢遠獨心賞孤芳繡簾低捲　凍夜月圓空階雪滿挂檐冰

桂連還斷憐他傲骨未容輕剪待疏影移窗倩陪湘管

漁家傲

竹外暗傳春訊至枝頭雪壓瓊酥膩風送疏香添旖旎寒深際淡粧破格繁華洗　開傍茅檐天有意臞仙自合居幽地吟賞早拚傾綠蟻休沉醉一庭清景看無比

臨江仙

庭院深深深幾許躭吟永夜眠遲燭花窗底炫仙姿冷香飄竹屋春意透梅枝　凍管乍呵寒裂指蘆簾陣陣風吹寂寥情味倩誰知白華違素願空自憶年時

蝶戀花

乍暖猶寒晴意少扶病風前愁緒何堪道漫說江南花事好瘦來鸞鏡羞相照　啼鴂聲中春草草美景良辰也未舒懷抱悶倚迴欄還自笑天涯人與春同老

玉樓春　紅梅

紅珠密綴珊瑚碎破臘不爭春到末由他冰雪壓南枝冷艷天然饒雅意　絳雲影挂疏簾底寂寞壽陽粧自倚庭階雪月照黃昏千點胭脂拈不起

永遇樂

鳳闕春回禁城日麗韶景繁處香破梅腮青舒柳眼綺夢添如許初稠佳序開元瑞應天也釀春無雨風光好傾城

士女嬉春共遨游侶　啜茗平臺踏歌芳徑更約試燈三五人海喧闐花枝姚冶梳裹爭嬌楚裙屐追隨魚龍曼衍延佇花間肯去賦不盡衣塵鬢影鶯啼燕語

和漱玉詞補遺

減字木蘭花　按原詞見汲古閣未刻本及花草粹編

曉窗日上見說金臺花欲放粉膩脂勻桃李穠華早露痕車塵遮道博得游春人意好香徑爭先百草千花一再看

攤破浣溪沙　按原詞見汲古閣未刻本及花草粹編

萬點黃金着露輕婆娑濃綠護層層爲愛小山風景好殿秋明　應笑羣芳多俗態獨看仙品月中生賺得天香雲外落有餘情

瑞鷓鴣　雙銀杏按原詞見花草粹編

昔日芳名盛帝都花榮十里橋爲奴纍纍佳菓藏仙液額點銀黃色不枯　看花走馬人雙摘疑是梅妃伴太眞不羨芙蓉開並蒂二姚粧束出時新

如夢令　按原詞見詞統一作向豐之

長夜擁衾閑坐看落燈花幾箇烽火逼層城何處桃源堪躲無那無那賴有月輪伴我

菩薩蠻　按原詞見詞統一作牛嶠

枕屏鬟墮敧釵雀夜寒爭怪羅衾薄靜掩帳芙蓉低囘感萬重　春窗天易曙燈結並頭萱風雨響簾衣思鄉夢不歸

品令　按原詞見汲古閣未刻本及花草粹編一作曾公袞

桃杏枝頭早減卻芳菲色庭陰深積煙籠新柳風搖修竹永晝疏簾捲草深池水綠　淸游未足怪細雨春歸促憐他鳳子愁亂倚徧闌干幾曲靑入遙山人倦怕舒雙目

玉燭新　按原詞見梅苑一作周美成

泠芳舒雪後看砌玉堆瓊粧點初就高標不待番風拂春色春光先漏枝頭鶴守慣獨立峭寒時候溯月底索笑詩成贉有暗香盈袖　茅檐凍結冰澌顧景逼殘年問伊愁否嚴霜靜門看照水淸姿倍添消瘦影疏蕚秀應博羣花低首饒醞藉夢入羅浮笛聲漫奏

憶秦娥　詠桐按原詞見全芳備祖

凭虛閣翠嵐縮住煙痕薄煙痕薄庭花紅照斜陽一角
高枝不怕天風惡丹山鳳叫晴霞落晴霞落書聲琴韻破
除寂寞

清聲閣詩餘卷六

武進呂鳳桐花

和淑貞詞

生查子

北里歇笙歌，南苑烽煙惡。燕雀共倉皇，生事驚蕭索。　萍繫故鄉遥，天冷羅衣薄。愁聚送春時，怕覩繁花落。

按原詞御選歷代詩餘作李清照，四印本漱玉詞从之，花草粹編、詞林萬選作朱敦儒。

又

十日九番風，花夢春寒困。簾幙儘沉沉，燕子來無信。　塵事料量難，芳緒消磨盡。喚雨鵓鴣聲，報道清明近。

按原詞見樂府雅詞、花草粹編，作歐陽永叔詩詞。

又

雜俎見升菴詞品

佳節又元宵月色明如晝燕市沸笙歌燈炫更闌後棊局幾番新風物還依舊吟賞步閑庭霜氣侵羅袖

點絳脣

閣雨喧晴小庭多少閑花木芳春怕逐難洗塵千斛變亂風雲舊管更新曲愁心獨嬾開雙目一片蘼蕪綠

又

景逼嚴冬北風料峭侵簾幙犀梳慵掠寒重嫌裘薄白戰詩吟片片鵝毛落巡檐索窺春夢覺早見梅舒萼

浣溪沙

艷李穠桃正吐英吳棉初換裌衣輕一庭芳草綠將成

畏冷賞花欄不倚避囂鎮日戸長扃愁風愁雨過清明

菩薩蠻

金飈動處梧先落故人千里新詩索覓句不成眠閒階望月圓　雙鈎懸翠箔萬木秋聲作花影浸闌干啼螿絮夜寒

又

鑪雲低裊香消半兔蕘苦茗清宵伴剪盡燭花新眉頭未解顰　笛聲傳隔戸屏角微風度征雁最堪憐長宵暝月圓

又木樨

瀼瀼零露培高格小山粧點黃金色月窟墮濃香霓裳舞正當　欲分天上種槎泛尋仙洞秋氣入宵寒婆娑一樹看

又梅

北風釀雪茅檐冷月明倒挂疏疏影院外漏聲長枝頭吐暗香　先春開似舊傲骨憐消瘦霜氣罩闌干韶光逼歲寒

減字木蘭花

起來小坐重展鸞衾還靜臥減御精神恨煞沉痾苦累人頽唐誰見差喜塵勞拋一半鹽米心仍七件開門罷不

成

卜算子　梅

傲骨自天然雪裏塵囂靜破臘枝頭點點開照徹明蟾影
獨抱歲寒姿心事憑誰省瓶供幽窗相對宜詩詠忘天
冷

謁金門

春過半積得春愁無限一任紅香零落徧關門閑不管
過卻番風天氣暖忙亂啼鶯乳燕梟盡爐香簾怕捲倦眸
遲望遠

憶秦娥

眉彎曲還疑霄半鈎懸玉鈎懸玉疏星數點明河低壓
烘春梅柳驕粧束城南車馬爭馳逐爭馳逐新年光景剛
剛初六

清平樂

三春過急三月剛三十苦欲留春留不及一種緣愁紅泣
枕屏夢醒終宵不堪雨打風敲庭院煙迷霧鎖惜香蝶
亂花梢

又

沾衣冷露容我花間住但見殘紅飛滿路偏是無多風雨
由他燕妒鶯猜閉門暫撇愁懷曉起鏡鸞無恙爐香閑

晏粧臺

眼兒媚

天桃灼灼柳絲柔花事占風流韶光易過鵑鴣聲裏霧鎖層樓　雨絲風片催春去蜂蝶各含愁紅稀綠暗絮飛香冷嬾卻抬頭

柳梢青

雪壓瓊肌月移疏影豐格偏宜老幹橫斜寒英清絕香韻催詩　防他春訊遲遲早獨立茅檐暗窺傲冠羣芳從容開處不待春時

又

風勁疏籬爐紅深院香透南枝鶴守寒天伴邀華月夢證清池　對花想像多時數羣艷都難似伊待過嚴冬重吹玉笛好譜新詞

又

不畏霜飛綠勻疏蕚朱點橫枝開傍窗紗風摇銀燭影入羅帷　冷芳心事誰知驚歲晚宫粧倦歆尋夢孤山探春鄧尉記得年時

鷓鴣天

輕暖輕寒日正長妒花風雨幾番狂綠楊吹起漫天絮零落殘紅滿院香　凭眺處黯神傷芊芊碧草映芳塘煙迷

霧冒春陰重一樹垂垂困海棠

鵲橋仙

碧雲聚晚金風消暑露井梧桐葉墜雁聲蛩語共悲秋化作長空雨淚　嫩涼沁袂燭光圍座添得幾多倦意天孫此夜恐無歡應惆悵相逢隔歲

蝶戀花

怨別嗟離愁萬縷雨冷風狂一霎春將去又見天涯飛柳絮正當旅夢難安處　聽徹枝頭啼杜宇着意催歸識透羈懷苦無計買山歸不語滿階紅藥濛濛雨

江城子

小庭芳事滯春寒步花前減清歡長晝愔愔閑煞曲闌干兵氣重霄吹不散沉落日黯遥山 故鄉千里佳無緣積年間感休言羞道疏襟恬淡自天然望斷南鴻沉尺素怪俗累遣還難

念奴嬌 催雪

嚴冬無雪信瑤臺花少神工非拙不放閑庭飛六出留伴玉清宮闕柳絮將吟日輪又展頭刻彤雲揭雙歧麥隴重棉何日鋪設 最是月朗寒宵梅開殘臘盼爾同清絕待覓一般調鼎手空際吳鹽濃撒樓閣裝銀林巒傅粉塵淨池波潔祥霙催得凶荒指顧消滅

瓊花碎剪向長空密散樹頭堆積風裏鵝毛飛片片芳砌白鋪盈尺凍結冰澌光揺銀海黯卻遥峰碧江山如練是誰一夜拋擲　頓覺臺榭塵空雀饑鶴瘦相對添愁色韻鬥尖叉忘峭冷鴻爪痕宜珍惜古柏同清老梅比雅形影何曾隻長松傍立歲寒伴有三益

西江月

靜掩屏圍窗扇今年無限春寒愁雲慘霧鎖遥山頓覺綠輕紅淺　樹樹流鶯啼懶感春怕倚闌干輸他倦鳥暮知還不羨月華庭院

月華清

嫋嫋仙雲溶溶春月嬌倩不嫌粧薄曉夢寒衾聽噪枝頭晴鵲院落正宿雨初收天氣占殘春寂寞低首祝東皇莫更晚來風作　一昧心情淡泊漬粉淚輕盈瘦骨如削非是夭桃茵溷由他淪落終難遣滿抱清愁未肯逐羣芳行樂沉默倚雕欄不藉澆愁酒酌

浣溪紗　按原詞見詩詞雜俎補錄

曉窗破夢鳥聲嬌芳階草綠鬥裙腰半天昏霧未全消風景北來春寂寂故園南望路迢迢落花時節最無聊

絳都春　梅　按原詞見歷代詩餘花草粹編補錄

雀聲噪曉看瓊萼無言紛紛開早瘦榦橫斜密砌濃堆眞

珠小性躭峭冷精神好有一種冷香飛到茅檐獨立伴他臘鼓預傳春耗　縹緲步虛月下宮粧靚疏影倍添新巧綺夢占先領袖羣芳寂寥夜清姿自向淸池照怕一旦東風吹老南枝春探幽閨詩吟未了

阿那曲　按原詞見詞統古今詞話

錦屏人瘦春寒怯入夜狂飇喧未歇挑殘闌焰百無聊一輪朗照穿窗月

金英撰

雲峰閣主人詩稿（附詞存）

民國二十六年（一九三七）鉛印本

提要

金英《雲峰閣詞存》

《雲峰閣詞存》一卷，金英撰，詞附《雲峰閣主人詩稿》刊行，民國二十六年（一九三七）鉛印本，上海圖書館、中國人民大學圖書館等有藏。《雲峰閣主人詩稿》封面由水樵題簽。集前有雲峰閣定詩圖一幅，泉唐汪峻（蔚山）繪，丁酉春汪峻所撰之《雲峰閣定詩圖題記》。《雲峰閣詩存》一卷，存詩七十三首；《雲峰閣詞存》一卷，存詞三闋。由歸東海曾孫女嫕誦芬校字，集末有高爾嘉、高爾登題記。

金英（？—一九二四），字亦茗，杭州人，同邑高雲麟（白叔）室，高爾嘉、高爾登母。其幼承庭訓，喜吟詠，通内典，耽禪悦。晚年有革新意識，曾創立天足會、産科學堂。根據集末高爾嘉、爾登丙子年所記「慈雲渺矣，十有二年」可知，金英當殁於一九二四年，又據其《學佛》詩句「學仙學佛兩無成，白髮催人太不情。九十韶光虚一擲，劇憐吾亦負今生」，其最晚當生於一八三四年。杭州高家爲世代書香之家，家産頗豐，現杭州花港觀魚公園的一部分紅櫟山莊即高家别業（俗稱高莊）。金英於歸後，早年生活悠游，夫妻和樂，吟詠自適。晚歲遭遇世亂，其鼓勵兒孫等爲國效力，對慈禧專權、袁世凱篡國等行爲頗憤憤不平。由於金英早歲之作隨作隨棄，故《雲峰閣詩存》中大部分作品是其古稀之年後開始録存，同時有部分作品是追憶少作而記録的，概只是其生平所作十之二三。故集中閑情之作應主要爲少時所作，悠游閑婉，晚近之作則常常融入淡淡的哀愁，部分作品中蒼涼之感與濟世之歎並存。如《夜讀漢書作》「字細鐙偏暗，愁多睡不成。安流思瓠子，何策拯蒼生」，《有感時事作》「義俠豈關巾幗事，熱腸無奈未能寒」，《申江返航途中口占》「休歌蜀道難行曲，咫尺關河盡棘榛」等。詞作僅存三首，皆爲抒發離思之作，如《南柯子》「砌下堆紅葉，窗前種緑蕉。簾櫳風過玉鈎敲。只道旅人歸了暗魂銷」，用詞簡淡，清麗閑婉。

雲峰閣主人詩稿

冰坦亭長署

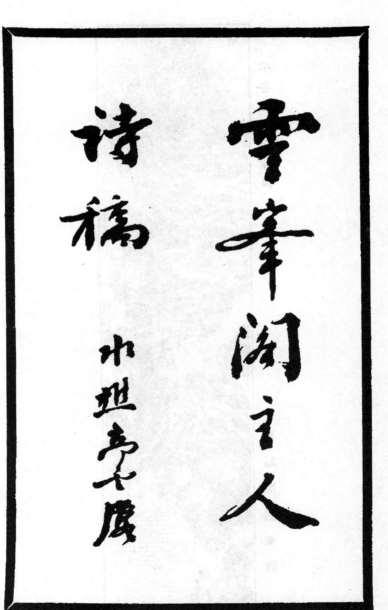

雲峯閣定詩圖　泉唐汪峻蔚山繪

雲峯閣定詩圖題記

古杭城東雙陳衙延南宋舊稱也高白叔中翰暨德配金太夫人棲隱焉太夫人耽禪悅嫻文翰相莊之餘輒事吟咏惟嘗未留稿古希後始稍稍屬筆並追錄舊作得百有餘篇蓋不逮什二三矣中翰爲署檢曰雲峯閣主人詩稿零縑斷楮笺之文奩雲峯閣者非凡境也蓋太夫人嘗夢游焉其地小園畝許雜

蒔梧竹壘石爲山邱壑畢具陟其顛飛閣翼然有額曰雲峯几案明淨卷帙琳琅清絕迴異塵世守者進茗盌曰此固太夫人前生之所居也數夢皆如是追後中翰伉儷相繼仙逝復中經播遷圖籍散佚幾盡獨是稿完然無恙爲中翰文孫孟徵居士檢藏越十有二年始舉以授吾友徐子定戡爲付梓焉所謂文章有神隱顯有時者非耶定戡固居士壻

也授意補圖持贈居士以誌永念是亦仁人
孝子之用心也歟時在丁丑春王月泉唐壽
石山民汪峻蔚山父並識於欣欣廬

雪鬟閣遺詩題詞

正山吳珍穀蓮山父並題公刊初稿

辛卯二月小坐檳榔亭丁丑春玉泉書來

曲袋嵐蘋圓朴郡邑士辽藤束倫景西刊八

雲峯閣詩存

古杭歸渤海金英亦茗

春暮

一春佳日漸闌珊櫻筍方新芍藥殘我本無愁更無病好花偏向雨中看

湖上偶作

雨霽日初升田家喜歲登小橋依蟹簖老樹冐魚罾逸興隨年減狂言惹客憎杜康能愈

疾藥石一無憑

午夜風雨作

貍奴偎枕睡無聲苦茗三栝解宿酲鴻雁不來音信斷鄉園多難客心驚朔風撼戶囘殘夢寒雨鳴檐暗短檠浮世升沈同幻影好依蓮社學無生

偶然有悟成一絕句

朱門蓬戶總非真方寸何容半點塵勘得虛

空成粉碎須知無我亦無人

夜讀漢書作

漫羨封侯相難忘食肉評清才遭蹭蹬濁世重科名字細鐙偏暗愁多睡不成安流思瓠子何策拯蒼生

苦雨

初夏儼成秋瀟瀟雨不休青苔生老屋綠水滿芳洲花落呼僮掃鳩啼動客愁多寒復多

累藥餌豈能瘳

秋夜

雨洗空階靜，風吹古屋涼。不眠聽蟋蟀，生計類蜣蜋。世事真成夢，枯榮劇可傷。城頭殘點急，秋老夜微長。

秋感

睡起慵梳洗，閒園踏淺莎。疏林含雨少，喬木受風多。怕讀歐陽賦，還思杜牧歌。自傷蟬鬢

改銳志漸消磨

花下

花下圍棋笑語頻潛攻默守各通神誤將一子輸全局多少旁觀冷眼人

感慨一首

秋風秋雨不勝愁秋雨秋風豈自由何事秋來多感慨秋濤洶湧大江流

一編

水沈欲燼火猶溫客醉初醒燭漸昏風入敗荷疑夜雨月穿老屋勝朝暾村家健婦何能學出世優婆詎足論秋漏迢迢人寂寂一編相守鎮無言

七夕口占

銀漢如何起石尤迢迢一水恨偏悠雙星只解相思味那識風濤海上愁

小游仙詩二首

早漱晴霞暮御風白雲深處叩儒宮行行暫憩梅花下一曲霓裳聽未終

煨芋爐頭學懶殘朔風冽冽雪漫漫玉皇忽下還山詔誇上青鸞入廣寒

戲詠

酸鹹滋味盡沾唇秋去冬來又早春在我無心戀塵、世奈他塵世苦留人

村居有詠

遙峯缺處好雲遮閒倚層樓感歲華秋半蛩聲鳴漸急日斜蛙部鬧猶譁當筵怕飲將離酒繞砌多栽解忿花堪羨隣翁耕鑿罷團圞兒女話桑麻

嬉春一首

嬉春緩步綠楊陰宿雨飛來滿素襟怪石盡成虓虎勢古松時作老龍吟多情花鳥如相語無競鷄蟲各息心猶憶淒涼昔年事白公

隄畔刼灰深

憶外

北風凛冽凍雲霾閒倚雕欄豁悶懷昨夜濃霜今日雨旅人何事滯天涯

寒月娟娟斗柄横乍聞鴻雁客心驚知君今夜篷窗裏柔櫓聲聲夢不成

習習和風雨漸收花開花落嬾凝眸魚書欲寄愁難寄早整歸裝莫久留裝或作鞭

關山北望路漫漫獨立廻廊怯曉寒底事碧天鴻雁過不將尺素報平安

病起

夜長日短懶拈鍼籬菊如人瘦不禁儂怯西風花怯雨一般多被曉寒侵

夜坐

一輪明鏡淨於揩數點流螢落小階卷起湘簾閒坐久暗香風送滿蕭齋

七月七日作

又見星河會女牛悤悤夏盡忽經秋登瀛有志終須到療妬無靈且莫愁銀燭筵前情脈脈碧桃花下路悠悠欲憑青鳥傳消息知在三山與十洲

某日紀事

雷聲訇訇西北起癡龍亂掣雲端裏拔樹飛沙勢莫當斜風激雨狂如矢須臾雲開圓月

明碧天皎皎如水清天公變幻良不測更喜
枕簟新涼生

上巳

秋光纔過又春光戲罷秋千鬬草忙南陌踏
青新雨潤西湖修禊曉風狂初綿柳絮難成
雪半落桃花尚帶香魯酒一尊書一卷醉餘
惟覓黑甜鄉

和韻

翩翩蛺蝶舞輕盈惱殺春鳩喚雨聲昨日乍
寒今乍暖可憐顦顇病中人
將離花發暮春時長日懨懨倦不支獨坐窗
前簾半卷多愁怕讀少陵詩

長日

長日倦拈鍼開簾雨乍晴花濃迷睡睫樹密
澁流鶯弱絮隨風舞新蒲出水清坐看天欲
暮雲際落霞明

仲春湖上作

爲愛湖山勝，尋春踏碧苔。杏紅經小雨，筍紫喜輕雷。田父攜鋤立，蠶孃采葉囘。漸聽漁唱遠，繞樹獨徘徊。

魚書

强拈鍼綫强凴闌，欲寄魚書下筆難。遙望雲山千萬疊，不知何處是長安。

七夕晴朗小坐中庭口占

漢津隱隱漏迢迢此夕天孫渡鵲橋諒爾經年離別慣不將淚雨灑終宵

清明即事

萬家新火曉煙迷絲雨淒淒柳絮低笑看兒童鬧白打垂楊陰裏杜鵑啼

沈沈庭院暖風輕澹澹春雲雨乍晴女伴相邀同鬬草隔牆遙聽賣花聲

輕風拂面綠陰舒兩岸青山畫不如日暮小

屺思樓校印

橋行客少一彎淺水聚文魚

昨宵微雨長菰蒲草色萋迷綠滿湖啼鳥也知人意懶碧桃枝上喚提壺

春日和桐花館主人除夕元均

落花如雪滿庭除小院春風嫩綠蘇爲怯晚寒簾不卷海棠欲睡倩誰扶

夏日湖上

憶昔髫齡事曾經此地游湖光渾似舊山色

不勝愁綽約紅蓮豔婀娜翠蓋浮澹煙籠遠
樹旭日上層樓

約同人爲蝴蝶會

嫣紅姹紫徧階前柳絮輕盈拂綺筵昨日乍
眠芳草地今朝同醉落花天枝頭宛轉鸝歌
巧檐角差池燕舞妍我本南華解齊物蘧蘧
栩栩總悠然

秋夜

蟲聲四壁鳴唧唧短檠無燄暗將黑披衣啓戸不成寐星河耿耿月在地嫩寒冉冉透簾櫳手中團扇悲秋意暮春天氣最憐君涼風一起遭捐棄何如長向篋中藏不教黯澹傷㫄䫀朦朧桂影發淸香良夜深沈更漏長詩句未成天又曉囘看紅日上扶桑

偶成

寒暖倐難定陰晴時變遷亭午揮羽扇黃昏

御薄棉今朝雨意急昨夜月色姸纔過薦櫻
候又見熟梅天花徑苔暈活池中蓮葉鮮病
起正疏懶終朝欹枕眠

有作

簾纖細雨溼梧桐砌下花枝漸褪紅何若不
開還不謝免教零落向秋風

憶妹

初聞鴻雁過南樓又惹深閨一段愁秋雨秋

風潮信急桐江西望路悠悠

九日

落帽風吹鬢髮涼東籬紫菊漸經霜登高獨酌茱萸酒世上何來費長房

九秋風雨重陽節黃菊迎霜冉冉開今日登臨須盡醉東籬那有白衣來

送別

倚樓凴眺送行舟却恨青山隔遠眸柳絮多

情時點鬢桃花無語任隨流今朝惜別人千里他日歸期鞠九秋良夜鐙前頻屈指針程應已達吳頭

暮春

酴醾花老漸春殘露滿蒼苔月滿闌宿鳥池邊忽驚起朦朧香霧竹陰寒

前題

瞥見垂垂柳離情不自禁那堪春又暮小院

落花深

殘秋即景

雨蘇嫩菊非無意風折幽蘭信可憐把酒不辭今日醉蕭蕭黃葉滿階前

芳草

芳草芊綿綠正肥庭前楊柳自依依多情只有雕梁燕一度春風一度歸

宮怨

別殿更深奏管絃君王高宴未央前自憐淪
落長門院獨對殘鐙夜似年

遣懷

參差檐角掛冰條數日嚴寒凍未消旅客長
途行不得一江風雪阻歸橈

小園

久雨初晴日色微小園一夜筍添肥消愁惟
有杯中酒花落花開自掩扉

風信

芙蓉江上一枝開日對名花飲綠醑唱到陽關腸欲斷惱他風信幾番催

游仙詩

曾隨王母駐瀛洲飽噉胡麻解百愁何事晨鷄催促緊邯鄲夢裏又重游

病起聞燕語作

病骨難支懶下牀低垂簾幙怯微涼惱人最

是梁間燕鎮日呢喃話短長

答外

爲問三春景連朝雨又風牡丹君去後無復向年紅

四月初八日作

峨峨寶殿接雲霞簫鼓迎神日未斜浴罷梵王天忽雨慈悲原不喜繁華

梅

雪中冰蘂自清香把酒看花喜欲狂傲骨一
生偏耐冷嬾同桃李鬬新妝

秋夜不寐

玉漏迢迢斗柄橫曲闌倚遍夢難成姮娥也
解憐人寂今夕蟾光分外明

七夕偶有所感戲占一絕句

璇宮罷織夜停梭繡幄雲軿欲渡河莫向天
孫頻乞巧巧多贏得別離多

扇

新裁鳳尾白如霜滄水平山墨數行何事秋
風猶未冷已經捐棄在空箱

夜坐

新月彎環照畫樓闌干倚遍不勝愁一簾花
氣濃如酒半榻松風滄似秋鴻雁迢迢賓塞
上鴛鴦兩兩戲庭幽夜深冷露侵階草荏苒
韶華感黑頭

即事

楊花落盡絮將綿又是黃梅細雨天爲語兩
隄桃李道西湖風景不如前

病起

病起深閨事事幽半輪涼月碧香浮秋風颯
颯收殘暑獨立閒階看女牛

送別

驪歌未唱已銷魂惜別同傾酒一尊珍重數

聲分袂去夕陽西下近黃昏

不寐偶成

聽盡長更與短更愁懷難遣夢難成殘鐙黯黯風穿牖竹葉蕭蕭雨有聲不飲却能知酒味多言漸恐拂人情良宵獨坐西牕下夜半誰家砧杵鳴

有感時事作

輕讎不忍便相殘篋裏龍泉血已乾義俠豈

關巾幗事熱腸無奈未能寒

寒食病中作

園柳初黃弱不舒空庭幽草綠何如兒頑未信能承構夢起無聊且看書人說禁烟逢冷節我因多病厭春蔬一年好景成虛擲亂髮毿毿手懶梳

避滬枕上作

暑氣初消露氣清砌蛩也作不平鳴驚回一

覺還鄉夢厭煞鄰家博塞聲

申江返杭途中口占

北轍南轅六十春當年同伴已無人休歌蜀道難行曲咫尺關河盡棘榛

西湖隄上作

垂柳陰陰小艇橫遙峯如面笑相迎嫩蔬細筍貪新味露氣花香醒宿酲郵裏漁樵談稔歲路旁翁仲識人情鷃愁蝶怨休煩擾且學

陶潛過此生

學佛

學僊學佛兩無成白髮催人太不情九十韶
光虛一擲劇憐語亦負今生

歸東海曾孫女嬿誦芬校字

雲峯閣詞存

古杭歸渤海金英亦茗

南柯子

砌下堆紅葉，窗前種綠蕉。簾櫳風過玉鈎敲。只道旅人歸了暗魂銷。

又

怕飲離亭酒，愁看別浦雲。江邊楓葉正紛紛。只望見孤帆影夕陽曛。

長想思

早春天暮春天天天上冰輪幾度圓旅人何日旋雨如煙霧如煙朦朧花影畫樓前夜深猶未眠

歸東海曾孫女嫕誦芬校字

先太夫人幼承庭訓嫻文翰雅喜吟哦興之所至輒寄諸詩詞篇什夥頤顧皆未留稿迨逾古希始間錄存暇則復就少作能追憶者隨時屬筆先公爲署雲峯閣主人詩稿僅只百首蓋不及什二三也先太夫人通內典耽禪悅詩中時露玄機嘗自榜替禪室今老屋中額猶存焉中歲以還相莊之餘日課史鑑以自娛時值清廷失政朝野譁然鑒於世變

日亟力贊先公命男登孫維魏等負笈瀛海儲爲國用復於桑梓組天足會設產科學堂實開革新之先河而最不慊於清那拉后以一婦人秉太阿倒行逆施般樂怠敖竟屋清社誠女禍之尤集中花下圍棋一絕即爲庚子西狩時作也憶尚有驚鳥盤空將覓食潛蛟戲水故驚人一聯則爲譏袁氏戢影洹上時所作今集中不存蓋已佚之矣於戲慈雲

渺矣十有二年遺稿展觀手澤猶在臯魚迭
痛興在蓼莪撲筆泫然此情恨不能爲天下
有母人告也丙子歲不盡三日古杭男高爾
嘉爾登謹識

湘潭楊叔姬詩文詞

楊莊撰

民國二十九年（一九四〇）鉛印本

提要

楊莊《湘潭楊叔姬詩文詞》

《湘潭楊叔姬詩文詞》，楊莊撰，民國二十九年（一九四〇）鉛印本。國家圖書館、上海圖書館、華東師範大學圖書館、復旦大學圖書館等有藏。前有齊璜題簽，王代懿、夏壽田、王闓運序。爲湘綺樓批點本。分詩録、文録、詞録，集末有癸酉天畸題記，並附有湘綺樓書札及夏午詒、楊皙子兩君雜録，末有楊敞跋。

楊莊（？—一九四〇），字叔姬，王代懿室，王闓運第四媳。王闓運是晚清著名經學家和文學家，湖湘派詩歌的領袖，詩歌主張復古，以模擬漢魏六朝爲準則，或目之爲舊派。楊莊於歸後，與王闓運諸女同讀漢晋諸史，間作詩文。《湘潭楊叔姬詩文詞》雖刊印於一九四〇年，但集中作品主要成於宣統初年之前，因該集的刊印較爲曲折。早在宣統初年，王闓運即命楊莊「將所作詩文詞自書成册，爲之製序，命付石印」（王代懿序）。然中間幾經人事更迭，直至一九四〇年春天，楊莊過世後，該集才終於得以出版。實際上楊莊在一九〇二年後基本不作文字，「時事好變，風氣轉移，楊生兄妹皆隨海舶東游，兄習憲法，妹還織作，無復筆硯琴書之想」（王闓運序）。以集中作品觀之，楊莊承傳了王闓運的詩法，亦是湖湘派的重要詩人之一，詩歌以復古爲主，「所爲詩古文辭皆駸駸入古，不落恒蹊」（楊敞跋）。而以《詞録》觀之，所收作品並不多，僅寥寥十數首，然相比其詩之古雅，詞作顯得較爲流麗，有寄贈、題畫、詠物、代言和吟詠個人情思之作。其中頗有一些穩秀之作，如《醉落魄》等，情景渾融，緣情而瀏亮，王闓運評之爲「有山抹微雲風致」。

湘潭楊叔姬詩文詞

齊璜署耑

序

亡室叔姬三十歲以前每作詩文詞成輒呈先君評點先君以朱墨筆隨意書之項批旁註霞綺縱橫自然神妙六朝風範至可尋味誠可寶貴之品也宣統初先君命叔姬將所作詩文詞自書成册爲之製序命付石印端匋齋尙書聞而假觀携之以去云當爲付印以廣流傳旋端公入蜀遇難寫本因而亡失幸副本猶存然不備矣國步改余與午詒同居燕京偶談及此輒爲三歎允爲寫正付印以遂初志終以案

牘塵勞竟未能也內兄哲子屢欲編次印行亦未果丙辰項城薨位午詒哲子遯居津門余以父病還湘侍疾既遭家難蟄居久之戊午入都則午詒哲子叔姬俱留津門皈依佛法研求內典未遑及於世俗文字余旋游豫浙印書之事遂亦忘之庚午午詒哲子旅居滬瀆余客金陵壬申哲子蛻去余倦游偕叔姬還長沙檢點書笥復見此編乃寓書午詒請踐前約乙亥寫成寄湘午詒又蛻去余以久病難於經紀適胡君子靖見之促其速成爲交印局石印延宕年餘

書未成而長沙大火全市被焚爲空前之浩劫先君遺墨及故友寫本俱成劫灰吁可慨矣戊寅春余偕叔姬避難鄉居復擬用仿宋版雕刻叔姬乃函其弟季子托在北平經紀其事旋得復書允負全責嗣以事阻未克如願今春叔姬蜕化是錄竟成遺編悲夫余以孱軀暮齒亟欲刋成以免遺佚而竟叔姬之志遂與季子往復函商決以鉛字排印今書將成而叔姬瞑目不及見可爲浩歎追憶三十年來先君慈愛至友殷勤晳子友于端公高雅風流文采猶在目前

而世異事殊滄桑屢變撫時歎逝能不有感於斯乎

庚辰孟秋王代懿識時年六十有五

夏序

湘綺師初講學東洲東洲諸子强半專經獨楊氏兄妹兼通諸學以能詩聞湘師評讀漢魏五言本楊氏兄妹學詩時手寫與之其後門弟子相傳寫各自以爲秘錄論衡不及也歲戊戌遇晳子滬上論詩爲余誦其妹叔姬擬謝詩登江中孤嶼篇俯聽江潮激超然發心慧之句心折其兄妹詩得師承天才不可及既通籍假歸從湘師受公羊及毛詩顧不能竟學稍稍以湘師家法治五言先君子撫贛迎湘師主學南

昌是時楊氏兄妹及湘師季子季果方渡海遊日本求所爲治世有用之學先君子薨於秦歸葬余從湘師東洲益肆力五言鍥而不舍如痀婁承蜩惟一蜩之知楊氏兄妹歸國或主立憲或治織袵唱實業山居僻左絕不相聞宣統初余復出供職遂有蜀行顛沛而還則國步已改項城居白宫余入幕府久之湘師亦應聘至長國史館東洲故侶盍簪復集文酒謌弦略追疇曩未幾湘師不樂舍去余倉卒出送以詩敍懷湘師顧余曰世事無可爲且相從還山讀書不

愁無飯吃余感師言泣下顧夷猶不徑行逾歲項城
薨位余與晳子皆在名捕中師亦以是歲委化自是
晳子遁而之佛頗近禪季果專密叔姬兼之各有其
安身立命處皆不復措心文字矣獨余鈍根取五宗
公案治之不知所從入亦不求得入頗爲唐人歌行
自遣無所就正强晳子兄妹丹黃之久之余亦復厭
倦文字遇古德無意義語以其無意義故彌復親切
乃悟詩本無法湘師亦未嘗以法與人學者自得法
强名以爲湘師家法耳歲辛未余旅居滬上晳子蜕

去季果叔姬皆還長沙再逾歲癸酉季果書來將錄叔姬舊作都爲一集屬余寫之廿年前有此諸不欲辭也展讀詩稿江潮心慧之句如新月出雲還其故曜光采流溢更成殊勝夫江潮何與於人事心慧豈存夫外境自來賦江流者未嘗及此淸淨本然云何忽生山河大地叔姬宿智所蘊發爲禪機乃遠在三十年前珮玉趨庭執經問難之時非偶然也追念東洲盛日外齋鎦映黎張登壽二廖卓夫村漁雷飛朋夏淮青譚子璜喻味皆諸高材生內齋常陳程李諸通家子弟王門伯諒

昆季三人諸姊妹娣姒且十人叔姬有女學士之目日侍講席月與文課名理清詞兩齋騰誦今宿稿宛在丹鉛如新大都其時所作也湘師治經始春秋論道專莊子師道加被在蜀有尊經在湘有東洲芳草所都靈芬無絕自絳帷不卷石室落生會幾何時名山宿莽雲中韶濩逸響莫追吁可慨已後有讀者欲求湘師心法庶幾於此遇之也民國二十有三年歲在甲戌建寅月朔日丙辰桂陽夏壽田敍年六十有五

王序

戊戌歲前余館東洲同縣楊許諸生相從論文楊生既吾世交其女弟又適余少子及歸山莊與諸女同讀漢晋諸史日有恒課間作文詩獨楊兄妹沉思秀發不爲俗染儵然物外以爲至樂初不意世氛能擾之也時事好變風氣轉移楊生兄妹皆隨海舶東游兄習憲法妹還織作無復筆硯琴書之想而楊氏婦問視之暇請業愈勤曰雖不能作不可不解也余以其前此詩已成章文亦雅飭無八家時派命録存之

且付石印其在湘所寄書學界推爲才女者則頗似
飲氷抱氷之文無是可也宣統二年春二月王闓運
題

叔姬詩文詞嘗自寫成本湘師爲題其卷首湎陽
尚書從湘師假觀之意在爲廣流傳未幾而湎陽
殉蜀難其本遂不可復得幸原稿尚存湘師題語
亦錄有副本因爲重寫於此壽田丼識

詩錄

湘綺樓批點本　　湘潭楊莊撰

豫章行

靈機無停運。日月相曜匿。會別如川流。悠悠終不息。
豫子棄衆遇。屈平眷涼德。貞思誰克諧。悵怳不可極。
秋飈振芳樹。蟋蟀鳴幽室。顧彼翩翩華。日夕委階側。
既乏至人性。豈弭岐路惑。路惑將如何。裴回思苦多。
咄咄仰天歎。浩浩臨風謌。遵山歎還雲。在川驚逝波。
慷槩臨深淵。自勗信無佗。

落日登山

時涼乏氛埃。商氣蕩煩燠。零雨迎輕寒。物我俱清肅。寒蟬歛餘音。鳴鶴唳林麓。池塘散菡萏。墟囿紛芳菊。愉樂撰嘉晨。恣行極昏夙。雲生巘壑陰。落日徑回復。攀蘿既陵澗。折桂亦緣谷。雲崖隱素暉。昊天列靈宿。霧露曖不分。蒼煙莽平陸。心賞庶無違。來思增時蹙。

和兄度飲酒作

商飈起清籟。弦月升煙嶂。良友歡嘉夕。交觴發清唱。樂會豈追昔。憶別忽增悵。經秋倏已季。感物懷悽愴。

入議論不覺
結妥帖排奡
謝詩不用南
朔等字

寰海既云勞殊庭非所望先聖亦遭毀往哲希免謗
誰能悄悄憂但從性所尚

擬謝靈運登江中孤嶼

江澨亟旋邅南北（原本朔湘綺樓改）無虧蔽遐矚矜未踐登
矚悅已戾俯聽江潮激超然發心慧翩翩飛雲鮮皎
皎白日麗冲衿隨虛蕩幻意逐靈逝物賞有同悅蘊
秀皆眞契渺邈巒岡西乘輪舊所憩悟彼蟋蟀詠何
爲劇勞貫 體格完美兼有秀發之處

絡緯

有議論方不似明七子

露下聲初咽。風來韵已秋。迢迢送華燭。切切入瓊樓。
競熱偏宜夕。微吟亦似愁。玉窗停織聽。明月正如鉤。

夏日閒居

炎華啓南離。運序直朱方。芙蕖發清沼。垂柳蔭渠塘。
鳴蜩唱夕暉。好鳥翫晨光。和飇與時戢。烈燄赫朱陽。
閒居感徂節。懷慕何所望。悁悁引日月。繚繞苦不遑。
蘭艾雖同岑。採者懷芬芳。剛柔性固殊。吐茹亦何常。
浮萍託洪流。泛泛逐波長。憂來其如何。短夜起徬徨。

秋日山行

深語出以淡
句思力甚

蕭晨固無豫。餘暇希所冀。秋林自淸疏。遊眺協高致。陽華隕素飈。陰谷迎商籟。澄潭瀞寒瀲。重巘疊遙翠。微風泠然至。遠近生涼吹。悠悠心始寂。窅窅靈空契。未知丘壑情。幽思如可寄。念茲川上歎。悼彼來者意。覽物豈無懷。理運自損累。優遊任縱恣。無爲羈所志。塵垢信非眞。有求斯不外。冥昧儻能悟。誰云愆年歲。

詠菊

百卉俱搖落。孤芳判獨奇。不因春競艷。桃李未曾疑。寂寂幽崖側。寒飈日夜吹。莫驚霜露冷。自有九秋姿。

筆情排宕

候即同値用霽字起下滯字意

登樓作

青春和氣翕。陽景熙林澤。山桃曜華萼。隰柳垂纖碧。新荑含緣茸。蘭茝已堪擷。如何衾枕昧。臨眺驚時革。願眄空情眷。縈思日云劇。悠悠居情淹。渺渺遙懷積。固知百年促。胡爲常憂戚。既不令人畏。後生復何益。常恐芳節逝。願言良未獲。塵羈若可揮。託翰潄仙液。

春晚山行有感

嘉游値春霽。（原本候湘綺樓改）滯思始昭宣。微風揚夕清。嵐氣霧昏煙。披蘿、度、微、行。循澗、眝、澄、泉。靈域、豈、（原本固湘綺樓）

屖門口不爲幽迴用豈字便是推開說

用同聲韻字意乃流暢通韻宜於古奧灌木后妃之本

改悠迴林薄悊周旋幽青窈窕間萬象渾自然綠楊散繁花紅蘂發清妍巖桐蒼華蔓山欒映清漣彫零豈無時取適在目前（原本一辰 湘綺樓改）榮衰既無定否泰信循環屯邅諒可回橫厲孰能振楩楠隱岩穴灌木上參天倚歔竟何補郵綍徒空言春游誠足娛理感興亦捐

長歌行

颯颯谷中風悠悠山上雲虎嘯動颼飀龍起步芬煴應遠若合契從類信如神奧理誰能晰精微諒難宣

大同調鴻氣。萬化各有分。人生天地間。愚智非一端。
自我雖爲累。類感必相因。蚌月邈天淵。盈虛應自然。
豈惟天性親。知己自彈冠。性近斯能應。情乖孰可干。
物理雖纖微。大道略可觀。

前綏聲歌

語有仙氣

弈弈九重開。練日儀英靈。雲物肅陰陰。靈風動微馨。
廣成發空同。湘妃起南瀛。王喬飛鳧舄。玉女駕龍軿。
蜚廉爲先驅。屏翳灑玄冥。神飈奉雲車。纖纖飛翠旌。
壽宮頓羽蓋。麗彩若華英。交獻甫爾畢。御鶴翔太淸。

雙接是陸士衡所長謝靈運縱雙實單

韜精姑射山。治道天墉城。休光彌八寓。致福惠皇岻。

贈三姊之領南　欲勝乃兄是藻采勝乃兄專求意勝誤也

飄風自明庶。日月期大粱。鳴鳩熙陽景。戴勝降高桑。春華誰不榮。遽別使心傷。裴回居情感。浩蕩遊思揚。平州漲春濤。逶迤往路長。睠彼零山陰。飄颻嶠水陽。歡情雖易誘。離憂亮難忘。浮雲東北馳。倏忽異瀟湘。豈伊同林感。卑棲思並翔。誰云蛇虺賤。令德念相將。文彩苟不虧。何論燕原本鳳湘綺樓改與凰。呴濡誠足嘆。自

起有超逸之致
以拙澀取姿綠蘋即綠蒲故云靡
改本有點金手段喜是點石非點鐵

遠藉（原本勉勗愛　湘綺樓改）暉光。

悲哉行　此篇格意詞韵俱美可嘉也

迢迢千里心，目極江南春。陽林飛鮮采，陰壑汎清鄰。灼灼粲夭桃，蕤蕤靡（原本翩翩　湘綺樓改）泛綠蘋。好鳥懷淑氣，嚶鳴詠晴暄。王孫遊不歸，春草日芊緜。折蘭情詎展，褰茝意寧宣。非唯（原本如何　湘綺樓改）遠道思，眷眷在華芬。白日有（原本伊　湘綺樓改）停曜，流波無（原本豈　湘綺樓改）返淪。裴回歎愆期，侘傺復何言。

辛丑九月九日山中作

起有晉人格韻是殷仲文一流

再說理便滯

時來思無逸，理運神由王。蜩翼豈特操，蟋蟀徒興唱。
良辰啓幽期，高懷冀予暢。林巒既肅清，雲天亦寥亮。
微雨忽西來，登臨阻遊望。（原本憂沈樂非誘，適已志因放。湘綺樓改）風高
衆籟虛，木落秋原曠。丘壑豈山川，契心貴有尙。陶潛
緬商芝，宗生快長浪。在室情自超，馳觀迹非放。（原本遐邈）
（豈云忘密邇，期情賞。湘綺樓改）秋毫無定名，一悟得所仰。（改定後）
置之晉宋間全然莫辨故足傲阿兄

暮宿朱亭乘月復至空泠灘作

扁舟出湘渚，矚景恣遷延。悠悠鏡寒流，曖曖映遙天。

夜遊奇語非苦思不到復出以自然斯爲佳句山水一聯入理語亦妙

輕煙翳西岸。移榜汎中川。疏林起虛響。霜月映漪漣。微風颸逝波。虛舫何翩翩。豈伊幽冥契。遊目盡明鮮。山水雖殊姿。動靜皆自然。良遊匪云遙。塵事倏已捐。歸途旣鮮悲。玄夜有餘閒。隱顯咸可翫。斯理莫與宣。

君子有所思行

驅車適燕北。遊戲歷都畿。皇居信弘富。寰宇會所歸。通衢接華轂。方駕何騑騑。曾臺出清穹。飛榭接流暉。青葱被綺疏。奇卉秀朱幃。秋風無彫落。春日競芳菲。弦謌度新曲。羅綺逞殊姿。曜靈有時晦。草露常早晞。

俯仰百年外。衰盛忽如遺。奢麗豈不思。貞士有常規。
大道儻無稽。何以別臞肥。養眞誠所慕。濡迹亦可希。
奈何楊朱子。眷眷悲路歧。

君子行

天地夷且平。胡爲苦局蹐。果、達、莊、生、意。是、非、皆、可、適。
時俗苟不拘。安患形骸役。靜觀日月運。僶俛晨夕。
時來樹爭華。春至水波碧。參差芳滿路。高下競華色。
萬彙方芸芸。觀復慮遷革。任心從物化。悔吝無由入。
世度既無盡。人壽安有極。所恨形影孤。煢煢自於悒。

在心易成悲。發言庶可釋。

勵志詩

成山尚可爲。志量不可期。稍嬰汎濫情。遂與古人違。悲來易成緒。蓄念多所懷。光景循虛運。白日方寖微。涼猋隕華艷。風氣日凄其。豐林轉蕭瑟。虛籟嘯相吹。撫物懷悲惻。慊慊鮮獲怡。瓊蕊既無徵。朝霞空自飛。循心企明迹。僶俛徒自嗤。惠班昭婦型。樊衛降明規。薄劣斯已爾。仰高仍更卑。求仁既自我。旦暮期遇之。先民惜寸陰。顧景勵清時。

用功人語

色澤亦佳

抱負不凡説理沉著

燕歌行

寒暑革御歲已廻。麥苗飛秀水盈池。桃夭柳綠相掩曜。枝中水上併葳蕤。思心多端安可違。君何羈縶天一涯。已聽金羈屯北徼。復聞翠旄戍西垂。古來暫別猶成恨。何況長離無返期。華顏已自銷紅粉。玄髩還應吐素輝。同居豈必無衰薄。在遠何緣許丹臒。周旋閨闥恩未知。契闊關河意還覺。靡靡青苔上玉墀。翹翹碧樹臨珠箔。寶鏡瓊匳久寂寥。玉卮金爵紛塵漠。風飛律管暗相催。忍思含悲能幾時。春草春波同一色朝泣朝歌豈二時。長川赴海無還日。徒結蘭苕空自嗤。

白紵詞

楊柳翩翩麗景晞。天姬被綺戲春暉。新聲巧發鳴丹鳳。羅袂廻翔落錦輦。歌餘月上塵猶舞。舞罷風廻香更飛。興盡還驚心事違。欲採芳菲怨日微。風流自許能超世。何悟旁人有是非。

玉階怨

新月艷新秋。閨人起舊愁。宵長知露重。鐙暖覺堂幽。

寂寞金屏掩。凄清玉筯流。思心無遠近。征騎日悠悠。

折楊柳

春風楊柳時。漢上客何之。平皋青晻曖。大薄景葳蕤。鷁舫隨波逝。驪謌逐路迷。何須邊梁曲。祗此已堪悲。

詠史

步兵貧坦蕩。方内咸希異。由來弘達人。即禮思其意。翫藝識奇懷。循行見高志。驥馬韜殊德。鷙鳥斂天翼。物論安能傾。繁榮豈嬰思。湛神應玄默。遯志肆酣醉。徒見日隗然。誰能識深寄。

有衞女之思

冬日感懷呈兄度一首

孟冬猶未寒。秋草尚餘綠。獨有長林望。蕭索見森木。清氣徹高穹。泠風歡空曲。鳴湍靜囂心。飛鴻送遙目。愉樂未易尋。戚慮自相屬。道高神自怡。邈爾仰温穆。神嶽雖崇高。纖塵之所蓄。和同聖所懲。無爲緬流俗。立德苟無基。何以恢九服。鷹隼及秋厲。歎彼日月促。咨予秉陰柔。俯仰自拘束。歡沈諒難與。繁想託遊矚。

夏日寄懷女公滋

歡聚易年徂。索處惜時征。眷然戀所思。永夏獨屏營。

熏風解煩燠。炎暑有時清。嘉遘豈無辰。睽心孰爲情。
本無昭曠懷。自使憂戚并。豈唯旦夕意。幽憤極平生。
葛藟生河涘。覃蔓何所縈。喬木自崇高。未可託微莖。
有懷誰能訴。忉怛常若驚。晦朔雖循環。朝菌豈曾經。
佳人邈遐路。繁辭莫予聽。願垂金玉音。俾我紓藴蒸。

秋夜有懷

亹亹暑將徂。蹷運日以遒。幸無千歲懷。俯仰得忘憂。
願言矚佳候。朗夕恣行遊。翔雲翼澄霄。夜景盈虛浮。
清飈動微涼。始覺山已秋。翩鴻流哀響。棲鳥起啁啾。

此照下句改非唐調更非溫調於詩律爲失格但吾家詩不必純唐

吟蟲。引。思。音。離。意。方。悠。悠。豈伊參辰意。契闊莫與儔。情悽景自孤。賞廢感仍留。

擬張靜婉採蓮歌

長鬟映靨朱點脣。凝脂膩粉懷芳春。折腰齲齒不自媚。原本棠梨落盡知春晚湘綺樓改遺鏡牽襦自有人。曙華初起朝煙薄。鳴鞭走馬朝天閣。陌上塵飛度玉珂。樓頭妝罷褰珠箔。高髻峩峩轉翠螺。平。潭。一。碧。分。雙。蛾。閒閨且歌陽春曲。臨江自唱採蓮歌。蔆荇參差漾秋淥。蘭橈徐轉驚鷗浴。纖手牽絲愛折蓮。羅裙漬浪迷新綠。攀

結用原詩意
嫌太顯淺

花弄葉復含情。西風一起愁飄零。君情但願長如月。
莫使紅銷悲盛明。

還漣西射堂

朱明方在茲。春意猶可怡。叢林積深翠。坰野翳英蕤。
蘼薇秀牆垣。蒲葦冒瀾漪。平皋散清氣。遠岫上朝曦。
早路、豈、馳、驅。巾車、自、逶、迤。泫泫草露濡。靡靡晨風吹。
雲霞曜華采。巘嶂發幽姿。心閒興易超。意澹物無羈。
折芳契陽條。搴若履蘭陂。攝生既有經。游止愜幽期。
欣戚非無端。理運情自遣。

何所感此當
是寄日本兄

秋夜有感

平生慕高節自顧無憂悒如何履康衢竟遺歧路泣
姚愉隨事興戚慮緣情集人道本無涯劇易將安識
斷金期同趣水火詎相及眞僞亮難宣愚智豈相協
自非龍與蠖何以見伸蟄生理信難窮時駛亦無戢
秋宵起瞻望裴回冀予愜清陰覆虛林涼露明秋葉
綠篠倚疏籬黃華麗雕閣苟無貞秀質將被秋風襲
眞堅期道終輕躁鮮强立感物興長吟神愉意方燮

秋末讌集日本上野鶯亭

章句魏成

負疴南樓上。寂若蓬蒿鄉。跫然足音來。暫樂勞永望。
矧伊群彥游。褰裳厠翱翔。天空淨游氛。零雨散虛涼。
幽林翳餘綠。叢菊媚初芳。嘉辰恣遊矚。疾弭神自康。
宋玉悲寥落。陸子怨靑陽。運流奚所懷。代謝自有常。
自我鮮牽縈。嬰物迫哀傷。龍蠖任申屈。鵬鷃各殊方。
求仁期旦暮。日昃靡彷徨。宣尼無慍詞。老氏遺槩慷。
仰玆聖達節。无怨冀予忘。豈無異地懷。令德念相將。
親賢期寡陋。道在意無恨。往復情瀞如。馳觀極徜徉。
目送秋雲飛。心與飄風揚。萬籟皆爲賓。自得庶無央。

章句穩成

日本病院中月夜聞蟋蟀有懷因以寄遠

蟋蟀、無、秋、思。微吟、自、悄、然。幽聲時斷續。客意已芊綿。
邱壑我猶憶。關河君自憐。遙知今夜月。佇聽竹籬邊。
月色滿天地。清輝增夜寒。還思少小意。始覺別離難。
飄泊竟何事。幽棲好是閒。秋聲成獨聽。應悵路綿漫。
雲斷、雁、歸、聲。虛樓、客、思、盈。不緣、新、侶、意。那識、故、人、情。
心與、秋、波、遠。愁回、夜、月、生。淒風、儻、相、識。飄夢、送、孤、征。
自有鵾鵬翮。何須惜遠途。潛居豈無意。濡迹遂成虛。
意氣兼天遠。形骸帶月孤。川流無晝夜。身世竟何如。

章句穩成

感事二首

宜春小苑雨絲絲。腸斷秋風爲柳枝。縱使春歸能再綠。也經顚頓幾多時。

燕子飛飛繞玉池。上林花事少人知。陽枝陰蕊皆無力。一任東風左右吹。

紀事四絶句 幷序

女有四行。工備其一。昔孟母斷機。曾母投杼。蘇秦不達。妻不下機。羊子懷歸。因織喻義。竇滔遠徙。託絍寄思。此皆著於前事者也。後代詩詞。輒言女織。蓋詞人本古昔之事。敷艷麗之辭。然自晉以下。女紅廢焉。唐代民家。或猶紡織。自明及今。多事繡黹。古人有言。一夫不耕。或受其飢。一女不織。或受其寒。宗周云亡。婦休其織。陳謠不績。邦國以殲。是則女子閑邪。亦治亂之所關也。既傷薄俗侈靡之習。復感詩人杼柚之歎。仰古哀今。勉勤織作。蓋以至德難希。內言不出。禮容有度。亦不及外。故以闇劣之身。勉爲四行之末。己立立人。聖人之道。爰本斯意。剏立女子工藝廠。召集貧女。教以織作。俾嫠婦得盡事畜之道。孤獨無飢寒之慮。爲之三年。既有成効。復以貲乏債積。議將停工。諸女慊槩歔欷。爲之廢食。蓋茲廠織作。謬稱女紅第一。而各處言女學者。咸鶩浮華。率輕工作。今年江南之會。以廠布細密。可冠東南。達之工部。將爲奏獎。諸女聞之。復破涕爲笑。以爲必有以贊成之也。既愍其貧。復嘉其志。作四小詩以識之。

自從曾孟下鳴機。太息驕盈古道非。聖主賢臣經世法。治安端的爲寒飢。

莫彈錦瑟思華年。郤擬支機弟一仙。春綺秋羅勞杼柚。吳絲越縷費拏牽。

蕭殺淒風似臘殘。閨中初識曉霜寒。莫將刺繡勞纖指。繡出鴛鴦祗自看。

素手輕颺勝綺羅。不須清淚損横波。春風忽地從天降。機杼聲中笑語和。

青郊居士和詩

蔆緯傷周且下機世情生態況全非溝中白骨
人誉省誰悟朝來季女饑
望中河鼓渺年年銀漢歸來便得仙識破支機
天上巧家家爭乞七絲牽
蕭然杼軸意傷殘促織聲中夜月寒不惜停梭
擁愁髻女紅猶作漢宮看
翦裁揮霍勝吳羅天上秋雲水上波見説侍臣
勤奏御璽書昨夜出靈和
秋夜

秋夜臥病不寐。樹響蟲鳴。秋聲悽惻。萬感交幷。雖掩耳而未能弭憂也。喧者所以破寂。解煩憂。而反增戚。其故何哉。夫落葉待微風以隕。勞人聞弦謌而泣。存乎已而不寓乎物也。於是凝神定志。口占一律。遂悠然成夢。

非夢還如夢。云空豈是空。凄清蛩咽露。蕭瑟樹驚風。多病憐眞汨。無眠厭耳聰。沈冥任喧寂。一悟萬緣通。

聽隣女彈琵琶

抱月懷風細細彈。凄鏘應不訝猗蘭。隣家少女鳴弦

穩妥

坐。曲罷誰憐玉指寒。

憶事偶作

人情沈阻類山川。聖哲卮言豈偶然。臆度每妨先覺智。聽言觀行亦希賢。

題齊山人借山圖

春霖苦昏墊。寒疾紛糾纏。庭幃黯無悰。藥餌相周旋。長風詎能乘。跬步時自憐。假茲山水圖。幽獨勝林泉。迴隄縈枉渚。嶢樹秀中天。嵐光疑遠黛。水碧媚通川。豈伊山川迴。蒼翠橫目前。泰華未云高。江河未云淵。

依稀二水湄。仿佛三山巔。莊生論齊物。任子歎蹏筌。小大理斯同。眞僞安用宣。刿茲豪素間。神秀運自然。長康無光彩。范氏非雲煙。

夜夢女妹復驚寤以詩誌哀

解脫君應息。栖皇我苦愁。雖諳生老苦。寧釋懿親憂。夜夢驚還咽。行吟歎獨遊。誰云松柏健。悽愴望山丘。

七夕

果冷香銷月色欹。風流無復故山時。針樓夜午垂簾坐。記否同歌七夕詞。

離情秋思總相關。每羨城頭緱氏山。卻怪王喬無雅思。如何猶自戀人間。

過石塘思母寄弟兼呈伯兄

去日春花滿。來時秋柳殘。白雲西舍靜。青女夜窗寒。
采藥憐多病。搴萱未引歡。居人共迎笑。聊爲緩愁顏。
忽逐湘流去。來從海上居。想勞樊素手。時拂右軍書。
莫歎羊鳴苦。翻欣鵬翼舒。乘桴非避地。綵服羨同居。

讀莊子偶成

道見心俱寂。神存兀亦全。莫須悲死去。正是未生前。

雖爲姐夫豈
箭在弦上耶

深入一層

吹萬仍由已，圖南豈負天。坐忘非敢望，鑽仰愧先賢。

寄贈三姊　頗肖唐格全無俗氛

貞柏陵霜茂，幽蘭惜露侵。綠衣勞執斧，翠袖好調琴。縑素從他意，糟糠自我心。相如才調少，珍重白頭吟。

循吏朱公之子徵君士煥以其父遺像行狀徵詩代文育作

登龍嗟不及，畫像仰姿神。不耳弦謌樂，安知政教純。羊公未云治，杜母敢稱仁。自古思遺愛，由來在得民。處處萑苻苦，懷賢獨感時。鷹鸇尙無望，鸞鳳孰能追。

解脱符高志。哀勞重孝思。少裁風樹痛。無疾慰萱慈。

病中口占呈伯兄皙子

無端風露逼秋花。深悟無涯逐有涯。欲戒瞋癡全浩氣。卻從抱朴問丹沙。

甲寅夏五月自宛平還青島甫下車大病瀕死痛楚之餘爲居人述都中太平歌舞之象賦此

志感

爲道京畿事。繁榮異昔時。誰知世渾濁。但見衆恬熙。太息懷沙意。沈吟邶緯思。餘生憐弱喪。遑問故園葵。

詩附錄

渡海詩

湘潭楊莊撰

平生慕遠遊遠遊喪塵勞偶有乘桴志遂與江漢遻汎兹滄溟闊頓覺天旻高清霄靜娟娟洪流駭滔滔偃仰馭長風浩蕩神襟超信懷宗生願詎有安期招裴回睠殊庭怳悢悲逝濤憑虛俯瀛寰顧眄思鬱陶進德智既薄幽居夙所要仰高常更卑冀長仍自消撫己諒無極槩世復憎忉屯遭安可振霾霧孰能昭

鷹隼自翼翼鸞鳳徒翛翛倚歡竟何補郵緯誠空謠
理感信無怡忼槩寄長猋

病客吟

余素多病而頻年遷徙奔馳了無甯處自青
島負疴避兵居京又復大病瀕死者再適鄰
有喪哭聲入耳驚心竊念死病之苦何因而
至何法可免但知心與道違體力以憊古稱
仁者壽袞羸精强豈無因而致然耶凡人之
生自少至長由親及疏接構既繁日以心門

疏固無論親親之義古人所言竊以天倫至親非有嚶鳴眞愛僅以名分交道合志同方而後曰友至於父子兄弟夫婦始以分定然後因其分而親之由分生情由情制禮勉强支拄克己、抑情視乎天性道德以爲離合昔申生安父、衛壽代兄秋胡下裝潔婦以死殺身成仁其近之歟春秋之義爲親者諱成己之名昭人之過雖曰匪賢亦非得已顧道之與名間、不容髮非體道合德人己之際無損於己則害於物儒佛老各立門戶克己盡性道同法異至其極也大之可以塞乎天地之間放乎形骸之外修身齊家治國鮮有越茲三者豈惟經世之法而已哉讀者甚多行者蓋寡余早歲不達世情今而後知古聖賢之自制生死潤身治心之術其義博矣昔周文宣尼自知來去由識見道由道致强故能知性命之情達死生之理余衰弱如是每憶心廣體胖先哲之仁壽慚感悚懼爰作是詩以

自警勵

人生苦撓攘至死計休否譬諸淮海禽未變窮爪觜
天地大覆載造化孰爲宰芻狗宣其仁萬物自生已
新故更相送競異爭標旨萬殊豈理解紛綸靡所底
聖人理其劇禮法所由起法以懲愚頑禮豈拘君子
作教未期涼薄俗因脩擠以義易爲斷門內惟專美
諸方爲恩掩憚發徒知彼含生各有倫性好殊憎喜
東海有逐臭湘南惜芳芷異者冀其同非者希其是
必欲異光塵唯阿相去幾古昔稱周武道術兼兄弟

昌發與梁孟自然有恩禮氣感風從龍意協魚遊水
爰以嚶鳴愛天屬有厥體反茲爲强合名教以之啟
人情有眞僞智鬥相澆詭嶮巇如山川惡識所爲使
縱觀六合大所託猶稊米鄰喪感予懷迹寓心已解
釋迦曾乞食子輿猶念餒養生用弘道鑒遠以明邇
吾生自有涯安得庖丁技欲以全神明動輒嘗肎綮
神遇豈無望全牛目猶視大道果易臻聖哲疇爲理
槩念黃虞後朴眞竟何在後世遺其實虛誕相更遞
首陽徇厥名東陵以利死悠悠千載後誰復能遺此

大哉文與孔聖智殊恒軌屢照鏡愈明因物詎勞已
合德渾天地徹以致生死嗟予秉柔闇乃昧希賢悎
既鮮莊生達每有原憲耻用勵駑蹇姿從容躡艱阻

開口罵人亦自一格

文錄

湘綺樓批點本　　湘潭楊莊撰

楚詞釋叙

漢世、之、所、謂、名、流、者。其志、致、可、知、矣。語曰有德者必有言。故君子立言。以爲後則。言爲行表。德以言昭。歷觀司馬楊班之儔。皆以、通、儒、上、才。博、聞、彊、識。論、議、弘、敷。言必、有、中。至論屈原。不忘俗見。以爲抱忠貞之質。挾瓌瑋之姿。位下上官。再罹黜斥。意其營利祿之私。蹈匹夫之節。幽思怨懟以至懷沙也。意。者。將。恕。心。以。

頗有文情

相揣耶。不然。何相悼之深也。王逸章句。有自來矣。悠悠之談。悼其淪亡。斯固蟪蛄之於春秋。朝菌之於晦朔也。且見放而怨謗。不用而求死。乃自好者所不爲。文何貴哉。故必明乎立言之道。然後可尙論古之人。乃知其謀國之周愼。被讒之所由。取證黃棘。合以諸文。前後志行。粲然可攷。逮我君舅。始分其年代。攷其篇章。循文即事。重爲析釋。既承庭訓。輒述其義。以告君子。當據遺文以求屈子之志。毋以屈子爲世俗之文人也。

亮以不救荊州爲大失此尙未及

諸葛亮論

古之人臣。朴訥而安邦國者。有矣。若夫任智以自濟。矜已而不虛。虧中道而能成事者。或未聞焉。觀夫諸葛亮之爲政。其虧中道乎。當天下未定之時。曜兵尙武之日。當將相和同。以規進取。檢御諸將。俾竭其能。李平雖非王佐之才。以先主之明。應無虛授。旣並受顧命。以匡少主。豈以其位侔勢並。而致之於徙者乎。何不如相如寇恂。能致興於趙漢也。及後出師斜谷。並用延儀。彼各有驍勇之姿。雄豪之略。懷才抱器。自逞其私。而亮始無善御之方。嗣有激成之釁。以至爭權尙勇。絕道槎山。羽檄交馳。有如敵國。若魏人乘閒而追其亡。興師以繼其後。則南谷之喧。慼自召魏兵之入也。原亮之心。欲其俱覆乎。何其書疏欵欵之誠也。二桃之失。蓋未之思。是則輔庸弱之君。攝一國之政。功業未著於當時。卒遭軹道之禍者。豈非法晏嬰之餘智。而微周召之遺風乎。以此言之。蜀漢之傾危。亮之過也。後之君子。咸稱其賢相。豈貸譎道取之哉。

蒯通論

權變之士。自古然矣。六國之時。蘇秦陳軫之屬。逞口舌以登卿相。飾巧詐而下王侯。方之蒯通。斯爲盛矣。然通遠監前隙。近占位勢以要韓信三分之策。豈非有智之士乎而信自固金石之交。卒罹楚澤之禍。且秦失其鹿。天下共逐之。以信之才略。儻能據彊齊而從燕趙。分楚漢而懷諸侯。當斯之時天下亦未必爲漢有也。若使天命有歸則通爲佐命之首。萬戶侯亦豈足道哉。夫事成則功顯。機敗則釁生。後幾脂膏乎鼎鑊者。勢使然耳。觀其建著大謀。度料成勢。似乎識者。當韓信聞酈生已下齊城。遄將還師。而徒以一時面諛。至陷人傑。繇使淮陰即三分之策。成鼎足之基。亦將裂膏腴享崇號。固不能以聖人之道。以責燕之鄙人也。然其立身。專習以機變。後世將何稱焉。通之見非於班固。不亦宜乎。

鼂錯論

自漢祖中興。襲周之制。建立宗室。以爲藩翰。後乃僭擬至尊。或戴黃屋。脛指之大。幾如腰股。斯蓋賈生所爲痛哭者也。逮孝景之世。鼂錯定策。擯卻諸侯。使髖髀雖大。而無芒刃之缺。枝葉衍茂。鮮有末大之折。寧危鼂氏。以安宗廟。可謂懷忠貞之節。得事君之道矣。然骨肉之間。臣不能得之於君。非當明哲之后。豈可以得意於天下哉。觀其言聽計從。聲華日起。然一顧之重。有足懷者。及聞吳楚之警。而自營安逸。曾無奮臂抵掌之志。豈忠有餘而勇不足乎。不然。七國雖倚素强之資。引驍勇之衆。連横西向。討賊爲名。斯固揚威振武之秋。投袂鞠旅之日也。以高祖之餘烈。將相之弘規。奮義以厲其志。抗行以合於忠。雖苟有僨仆之慾。亦可以蒙秦將之宥矣。而懾處深居。自爲守計。欲任至尊乘危於戎陳之間。夫豈無垂堂之戒歟揣迹緣情。後之滅亡。雖讒隙使然。亦自致耳。然而朝野咨其忠。人臣傷其死。蓋膚受之言已行。以其同夫殺身成仁者矣。

臧洪論

讀范史能學范文可稱才女

夫稱義者。其意篤矣。立身行已。豈徒取虛譽而已哉。將以匡天下之失。立人事之經。鑒通塞之源。定死生之分。觀臧洪定舉張氏之謀。其庶幾君子之道歟。歸

使諸人同盟僇力振遲疑之軍戰士懷恩起激揚之志賢豪效命烈士來歸當斯天下傾動之時百姓易心之際一舉而安王室再舉而清州郡豈非烈士之志歟而覆折傷任勢所不圖及其聞雍丘之圍勒兵號泣請師見拒志不獲申致憤已以危生據城而守義意者其智不足乎不然讐在曹而遷於袁志在君而據已城何不如伍子胥能鞭荊平之墓也而義聲振於當時聞者爲之欷歔蓋不直冀牧則嘉夫乖異固不暇問東郡之授受反戈之遷怒也嗚呼賢豪屈

抑。亦期運使之然乎。

與兄度書

夫各言爾志。孔氏之規。切偲以文。友生之義。然而道同有爲謀之義。忠善審可否之宜。豈徒戒其失言。將無妨其不智。昨者見示寄曾廉一書。文采巨麗。義周情至。反復綢繆。然竊有所未喻者。誠以立身潔行。操之自我。贈言風諫。要視其人。曾氏之行。亦已聞之餘論矣。夫國不可爲蘧馮重璽邦之無道。寗子如愚彼以卿尹之尊未之期濟豈伊卑位克與大謀是蓋戀彼纓綏甘茲徽纆本不足言君子之道也白雪陽春嗣音者寡。明珠按劍。取怒有由。且出處殊塗。顯默異趣。古今通軌。無假譏談。言之無徵。徒損於己。竊恐引識之君子。將以爲矯俗以振其名。疵物以殊其槩。彰彼懷祿之私。招己多言之失。故白圭可磨。詩人以戒。古人辭寡。周易所嘉。以古觀今。毋宜越俎。哲兄夙懷老莊之道。少有卿雲之才。兼愛好奇。多可少怪。蓋獎其名義。惜其乾沒。然大鵬之夭閼。祇取蜩鳩之笑耳。夫大道不稱。大辯不言。登蘇門者。或未聞其餘論。涉潁瀨者。猶槩想其玉音。以此方之。良爲辭費。既欽聞高義。祗獻愚誠。仁義樊然。敢宣管穴。

誥封淑人晉封一品太夫人程母蕭太夫人七十壽頌并叙

夫稱女德者。其義廣矣。恭順以行其孝。撫育以成其義。柔懿以裕其惠。勤力以供其業。剛柔各殊。母婦異職。雖同資四教。而實兼百行。徽之彤史。並美爲難。若乃總集嘉名。貫澈耆幼。安常而聲踰奇節。歸仁而人無間然。世之所難。此之所易。顯名茂實。何其盛歟。蓋五十而慕。孟氏以之眩舜德。三母相承。周姒所以嗣任音。孝乎惟孝。本立道生。非夫遭際之隆。福祿來備。其孰能致矣。程母蕭太夫人。衡陽程榮祿字春甫之配詔旌節孝壽母萬太夫人之冢婦也。君姑賢名。著於九郡。聖母寵而三錫。太夫人躬率婦行。勤思色養。聽候無形。景響相應。爰自垂髮。迄於皓首。怡然思媚。逾六十年。此固往籍所罕傳。當代所希覯。先姑昔偕君舅。三徙爰依。龐馬通家。周旋二紀。每訓女婦。備述芳型。嘗以爲知庭闈之樂。絕房室之私者。斯太夫人能賢之本也。當榮祿公總持鄉防。並董桂軍轉餉糧臺。中興名臣。倚爲南道。俠情傑量。其門如市。厨無停膳。每食百人。姑饔婦爨。無聲而辨。昔陶母截髮以延賓。山妻窺飲而論客。以今視古。良爲無讓。子姓緐多。今皆特達。男女孫曾。已廿九人。並有慈有威。能教能養。況其貴而不驕。富而能勤。振三族以推仁。邺故舊而廣濟。窮乏歸德。固其宜也。又夙悟浮榮。契心慈氏。膳田租入。悉用施檀。乞食貧矜。月有禀給。好義化之。遂成風俗。仁聲載路。福報斯弘。嘗再罄鬱攸。並得反

風之異枯窗焦柱。見者咨奇。然心尚玄宗。教崇儒素
優尼道媼。禁不入門。其遠識周防。女而士也。莊親承
舉蓺。欣逢介壽。慕左嬪之讚孟。笑曹女之非班。推本
舊聞。敢為作頌。頌曰。
金烏之祥。卜鳳彌光。衿縭媞媞。黻珮瑲瑲。為夫事親。
義勗以方。外無內顧。肆應偕臧。子性儒幹。並作國光。
以介眉壽。歡欣樂康。壽星之躔。歲在著雍。二宗畢會。
四豆芳香。洗腆用酒。以慶無疆。

謝兄度賚鏡啓

朱明已逝。忽見蔆華。月魄長輝。何來桂樹。炎羲九夏之朝。高堂如水。清冷三秋之夕。幽室疑冰。屢伴仙人。曾親玉女。挂淮、南之竹。應見、四、鄰。循抱、朴、之言。定須、九、寸。固知以物見箴。但乏之至人之度。即事喩義。慚無自燭之明。本以見疵。庶能明過。

合格之作

入題甚雅

穩秀

詞錄

湘綺樓批點本　湘潭楊莊撰

玉漏遲

六姊自摘蠶豆寄城大人爲作一詞見示命和恭次原韻寄懷六姊

湘城花事早。杜宇聲聲。又春歸了。一水迢遙。還憶淩波纖小。畦畔盈盈細覓。想當日尋梅風調。翠袖弄芳非。旖旎春園興好。依依湘綺樓邊。似五府元都。俗塵難到。豆蔻新郤郤被曹家妹嫋。對月嫦娥應笑。空

佇望碧天如掃情未曉天若有情將老

大人原詞 摘蠶豆寄竝爲 作一詞索才女和

好春蠶事早竹外籬邊豆花香了自挈筠籠摘得綠珠圓小城裏新開菜市應不比家園風調櫻筍較甘芳略勝點鹽剛好 曾聞峽口逢仙說姊妹相攜世塵難到 二兄四姊於巫山逢仙女數人岸旁摘蠶豆 近日相煎怕被豆根詩惱寄與嘗新一笑想念我晨妝眉掃風露曉園中芥荃將老

代懿和作

春城花事早摘豆條桑筠籃編了對使傾筐翡翠瓊珠圓小詠絮才高七步更譜出清新詞調堂上旨甘餘佐我盤飧尤好　當年豔說逢仙歎蘭蕙彫零仙山難到護惜同根泣釜然萁休嫋投筆書生可笑悵滿地塵氛難掃春露曉莫道倚欄人老

大人爲六姊和代懿作

和章來不早又碧池新漲綠荷開了消夏閒吟正拂浣花牋小軍將打門傳送剛譜得紅閨新

調誰唱定風波墨向盾頭礴好　堪憐十四瓊枝似四摘瓜稀仙凡顛倒且向深山聊避六根煩惱偶得開顏一笑便一斗胸中塵掃清鏡曉提防玉關人老弟時作軍官以此嘲之

祝英臺近　題畫

畫簾開。春旭暮。亭館隔花樹。還記當年。幽人自來去。貪看碧水縈洄。雲峰幽靄。應不惹別離情緒。隱淪處。料得羽客高懷。渾不逐風絮。綺閣閒庭。領略釣游趣。看他縑翰傳神。煙霞如活。憑指點結茅曾住。

一斛珠 寄兄度京師

槐陰覆坐。蓮房藕葉饒清課。離筵欲趁雲鴻過。惟有。庭。前。乳。燕。飛。花。墮。狂瀾滿地愁無那。中流擊楫憑誰作。栖遑記否隆中臥。好護靈犀。莫恁緇塵涴。

黃鐘喜遷鶯

歲華如逝。悵玉人千里。鱗鴻難寄。腕雪珠寬腰支素緩。盡日相思誰記。東君空有意。裝點得江山如繪。年年見。總楊花榆莢。惹人憔悴。凝思。念時世輕薄朱顏。共嘆狂花麗。金屋香銷。羅幃夢短。祇是春愁無計。

柳條初弄色也自學輕顰眉翠縱裊娜怎禁他秋風涼吹。

月底修簫譜

嘆人生。占否泰。千歲露垂薤。解脫塵紛。悠然悟三諦。從他玉蕊無徵。朝霞難挹。幸免了六根煩累。　冶遊事。任是司馬才華。河陽美風致。自守幽元。珍重素來意。年年簫裏尋思。珮中邀勒。祇知道維摩高貴。

醉落魄

連天衰草。蒼茫寂莫憑誰道。長空萬里歸鴻渺。斜日。

有山抹微雲風致

疏烟幾點投林鳥。人生祗說多情好。無情轉是無縈繞。宵長意遠仍驚曉。萬磧千山。魂夢應難到。

二郎神 詠垂楊

春華滿眼。卻早是一襟秋思。看陌上垂垂臨風婀娜。送盡珠纓玉轡。歲歲年年離別苦。祗賸得一番顦顇。嗟陶令不來。芳名長在。渭城橫吹　輕靄。柔條綠潤。瓊花勻細。想謝女幽吟。怎千萬點惟解漫天作勢。悽愴白門。蕭條隋岸。前事廢興誰記。休揾淚。引望殘陽。正照斷腸烟翠。

點絳唇

池館清涼。紗幮玉簟無些暑。風花解舞。荷葉偏宜雨。粉蜨迎人。素手飛輕羽。漫成趣。飄翩何處。笑指樓頭樹。

好事近

欲泣更高歌。願託風飄天末。惟有春來秋去。最先關華髮。　寒蟲何事學幽吟。總傍繡簾咽。本是無情解思。奈玉人淒切。

御街行　壬子七夕

露盤花水饒秋意。看新月。娟娟媚。雲軿不動夜悠悠。咫尺銀河萬里。年年乞巧。時時弄拙。自笑屠龍技。愁來內熱渾如醉。望靈兎。空揮淚。休將瓜果當寒冰。諳盡酸甜滋味。雙星也自。連綿傷別。何況人間世。

摸魚兒 戲代人作

愛天然懶調朱粉。拈書惟喜清句。嬌癡慣是輕謌舞。未解迎新送故。蠻與素。當日事。東風合與花爲主。年芳幾許。繫柳葉柔情。千絲萬縷。忍放玉驄去。 念身世。莫道司勛易與。多情又似無據。浮萍逐浪終何寄。

饒有風韻

質錫韻與雪月韻相隔甚遠宋詞人不是讀書人用韻無章至并庚眞爲一故屋月不分不足怪也湘綺人則不可矣

雪亦出韻以句好故不改

別感繁愁并苦。曲有誤。君不顧初葩細蕊誰將護。離紘待譜。想曉檻煎茶鐙窗問字別後怎生處。

疏影 秋蜨

看朱又碧。歎四時荏苒。佳景非昔。纖影裴回。似喜還愁。無言也自堪惜。嬌嬈意態宜妍暖。爭忍聽寒風蕭瑟。暗銷魂粉褪金殘。恨入修眉誰識。淒寂。青陵舊見。絲絲嫩柔柳時又飛雪。本是無情。自解翩翾。忘卻去來蹤跡。當年幸入莊生夢。自不管露紅霜白。且漫夸冷菊夭桃。一任春華秋色。

詞附錄

湘潭楊莊撰

百字令

和伯兄虎禪師苔天畸居士江亭懷舊之作

兼呈畸公

江亭迢遞，祇前巒葱翠，青青未了。嫩綠鵝黃看不盡，忽憶舊游情調。逌迹湖山，騁懷江海，時日經多少。蒼顏猶在，此心曾否俱老。　自笑漆室衿期，班昭意志，妄擾虛明照。頓覺妙圓清淨性，即是六根煩惱。無色

無空即空即色冷暖憑誰道人間游戲榮枯哀樂都
好

百字令

湘潭楊莊詩文詞稿都一束當時手寫請益堂上者端嚴有法度而雋逸之氣不可掩如其人朱筆爲湘綺師所批點著語處似不經意漢師家法晉人語妙在在可深長思墨筆旁注湘綺樓批者皙子所書其長闌作月闌狀者亦皙子爲之正可等諸皝源圓相不必以意義穿鑿求之也丹墨狼藉間具此三妙可稱希有

東風旭日徧湘皋芳草都成綺思玉樹連林珠百琲

想見清才絕麗窈窕經心脩姱楚學曼衍阿翁意鳳翔千仞翩然下視塵世　聞道靜室潮音虛空卍字頓發靈山智一片團蒲光似月照破山河大地少室將來趙州放下文彩都閒事一鐙初祖孤明惟有心慧

癸酉歲除天崎寫詞錄竟賦此并識

附湘綺樓書札及夏午詒楊皙子兩君雜錄

前得懿書云汝送温壺水果並周嫗十元昨到城重子送來原書云水果已無存矣我性不喜鴉梨得壺爲喜尤喜不忘周嫗有屋烏之愛是可賞也前寄五十元正應秋節零用曾回信獎汝孝思來書似未之見何耶家用尚充無須接濟免致汝兄又有貪官孝子之譏也我於臘九日到山莊又於正月廿二日自山莊到城大約祠祭後去特此告知汝病聞時發想春暖當隨母還不須漂流矣又作紗幮具見孝思已

安放前楝後廳晚間與兩女避蝨納凉前嫺安在中楝後廳頗有西曬餘熱得此爲喜也今年僅此兩日內有暑氣從此當有一月熱耶二姐處銀尚餘百六十餘兩交盈孫繳回尚未收到何耶詞有進境已爲點定付下聞文育改督隊想係改回常備軍矣彼軍不易約束或仗出洋能彈壓之耳小心小心大暑日書

鄉中初不覺熱得瓜應景晚凉時添一課也城中苦煩織作又勞何不暫來消夏此汝自尋苦惱殊可不

必昨已遣人入城相問訊喜送瓜先至足見孝思耳
家中開並蒂蘭又月夜採菱碧池已有新蓮子皆好
詩料而三女不能詩故思才女初伏前一日書
承示並五姐五十金適濟所用眞孝感也可以此信
寄去奬之山東徵會當往而不知禮冠尊處有玄冠
式否請博訪見示此復即頌重子姻世弟節禧

天畸江亭詞 並敘 百字令

江亭在宣武門前亦名陶然亭都人游觀之所也前
臨南窪春夏積潦蒲葦叢生有江湖浩淼之致戊戌

禮闈會試皙子罷第南歸余以選入翰林留都偶至江亭見皙子題壁詞云西山王氣但黯然極目衰草余意時方承平朝政無闕小有外侮足以惕在位不宜遽作亡國之言失哀樂之正和詞題後云萬頃菰蒲新雨足碧水明霞相照意以矯之亦喻朝廷宜禮賢用才以人治國曾湘鄉所謂朝氣不難致也乃未幾變政獄起繼以拳禍兩宮西狩幾至亡國始歎其見微皙子其後舉博學鴻詞爲臺官所劾避禍東行滿漢傾軋自兹日甚先公爲忌者所中解節罷歸余

亦乞養既遭家難蟄居久之不相聞及辛亥革命之前一歲晳子復國致京卿余亦復出供職翰林是時老成凋謝王公專恣國本岌岌不可終日余再和江亭詞則云廢菰蒲風又雨作得秋聲不了余始知憂矣晳子和之乃云昨宵一夢兼春遠夢裏江山更好余不之然而亂果成清以亡清亡後十六年間共和南北用兵無甯歲嬗化之速遠邈在昔歲丁卯復與晳子聚處都門偶過江亭望西山追念昔遊悵罔久之三和江亭詞以示晳子不自知其哀樂之所從至

而亦幾無復哀樂之可言矣詞曰
西山晴黛閱千年興廢依然蒼好豎子英雄都一例
付與斷煙荒草一勺南湖明霞碧水未覺風光少不
堪回首酒徒詞客俱老　休問滄海桑田龍爭虎戰
閑事何時了聽唱菰蒲新曲子洗盡從前懊惱隨分
題襟等閑側帽一角江亭小不辭盡醉明朝花下來
早

虎禪師答天畸詞 百字令

一亭無恙賸光宣朝士重來醉倒城郭人民今古變

不變西山殘照老憩南湖壯游瀛海少把瀟湘釣卅
年一夢江山人物都老　自古司馬文章臥龍志業
無事尋煩惱一自廬山看月後洞澈身心俱了處處
滄桑人人歌哭我自隨緣好江亭三歎人間哀樂多
少
五妹如見前得手書並和江亭詞與其跋語妙哉言
乎頓覺妙圓清淨性即是六根煩惱妹能了此即成
佛矣除此以外更無餘事兄取以示午詒彼亦欣然
共爲妹證兄作一偈彼作一詞相答今並寄閱從此

禪門又多一重公案矣書不一一即問近好兄度言

虎禪師偈 並叙

予妹莊爲王湘綺師弟四子婦少有文才上師魏晋文學范蔚宗詩學謝靈運兼好老莊深研玄理湘綺師傳其家學稱爲才女昔曾從予遊學日本歸而置身社會教育因病閒居始治佛學初習淨土繼持密宗修業至勤用心彌苦予自廬山悟道後屢寄書啓導之機緣未熟莫能投契而同學夏君午詒發心在後明心在先時時問予叔姬徹未蓋知其勤敏而訝

其遲滯也民國十七年春予客北京妹居長沙忽以
書來附寄一詞一跋詞爲和予與午詒江亭之作中
有句云頓覺妙圓清淨性即是六根煩惱其自跋云
春日課餘讀虎禪師論佛雜文楞嚴偈序忽啓予心
因知世出世間無二無別心生境生心滅境滅更無
餘事煩惱菩提在人自取以心求心以佛求佛捨法
求法頭上安頭無有是處古德棒喝教人當下承擔
義即在此耶又讀江亭百字令心有所感遂成一闋
依韵敬和伯兄虎禪師兼呈晴公大覺晴公者午詒

也予讀而笑曰叔姬悟矣以示午詒午詒曰一人發眞歸原十方虛空悉皆消殞因作答詞賀其成佛其詞有云除卻六根煩惱外那有淨明心妙即叔姬語爲補足之無二義也予曰奇哉妙哉妙圓淸淨之心如何忽作六根煩惱衆生根性盡於此語諸佛教旨亦盡於此語矣蓋因萬法不離一心一心分爲二對待成差異悟時幷無一迷時卻有二予於楞嚴偈中曾明其義從本以來六根淸淨本無煩惱安事修持本性旣明一了百了三祖信心銘曰六塵不惡還同

正覺智者無爲愚人自縛祖師所證亦即在此能了此者斯爲成佛叔姬此言儼然菩薩說法即妄即眞即空即有既知世出世間無二無別則知一切衆生齊成佛道諸佛境界如是如是叔姬既由六根悟入予遂作六根偈爲之證道偈曰

六根六塵　清淨圓明　即心即境　無境無心
所謂成佛　即見本心　汝心既見　汝佛斯成
自成自佛　自見自心　一幻萬幻　一眞萬眞
離垢無淨　離妄無眞　如來所在　眼耳色聲

當下解脫　當下擔承　三無差別　心佛衆生

天畸答詞

襄陽半偈喜丹霞行脚親逢靈照聞道十年依淨土萬事一朝都了放下須彌拈來寸草時節因緣到洞庭水滿君山湖上青好　應笑多口阿師禪牀高坐演盡三玄要除卻六根煩惱外那有淨明心妙人海團瓢空山鈯斧分向毗耶老三千里外時聞清夜孤嘯

古德言十刧坐道場佛法不現前不得成正覺又

云一人發心歸眞十方虛空悉皆銷殞敬和來詞
爲莊大士成佛賀戊辰閏月夏壽田
儒家禁怒釋氏戒嗔學聖學佛以此爲門我慢若除
無可嗔怒滿街聖賢人人佛祖儒曰中和釋曰歡喜
有喜無嗔進於道矣　戒嗔偈書與叔姬五妹兄度

疏影　賦秋蟪

疏闌一角正晚煙欲起涼夢初覺么鳳獨歸似識空
階多情還近珠箔海棠春半初遊冶直數到銷魂紅
藥料越羅褪盡金泥不分秋來重著　夜夜杜陵雙

宿年時待追憶風景非昨祇有叢蘆舞徧荒汀亂點無人池閣玉奴解領繁霜意定不怨粉寒香薄縱畫屏誤了牽牛猶有桂叢前約

戟傳約賦秋蝭詞錄綺席即希屬和公慣作關西銅琵聲未知尚憶紅牙小拍否若以轉寄叔姬先生必有佳詞望急郵勿忘爲幸哲子吟席壽田

御街行 和七夕詞韻

愔愔靈鵲傳幽意正露下庭花媚五銖纖薄夜霜初惆悵犢車千里人間絲布消磨玉指漫門鍼神技

一年一勸雙星醉縱有恨應無淚從來菱芡不宜溫
恰占新秋風味乘槎人返尊前試問碧落何年世
大作技韻落落大方居然名句晢子作疑殆未深思
奉和一章以寒冬心緒寫新秋風物其不稱固宜徒
以琬琰在前聊貢白茅之藉耳壽田謹上
叔姬先生道座茲由侍者呈上近作歌行清課餘閒
乞以湘師家法評點但求切磋不勞酬應請用朱筆
以別樊評至盼敬頌道安不備壽田頓啟
叔君善知識靜席大稿奉到當遵季公命分日課寫

己於復書中詳陳矣山塘几杖船山弦歌回憶當年
遂成隔世哲子俊爽之姿雄奇之辯亦如東坡詩之
溪聲山色都付之兩堆灰中矣尚何言哉大稿今始
拜讀但覺韶濩之音洋洋盈耳昔日性靈今茲法味
看似殊途實無微閡又承示病趣一律瓶花兩絕皆
於極靜中流出清妙之思足見學道精進始得此境
界雖呈似六祖不能以文字障相訶也鄙學佛有年
病在悠忽不能内自警省即理謂通遇事成礙正死
心所謂偷心未死偷心者何自欺是也豪髮自欺通

體皆僞小小愛憎到此皆不能遣況生死大事一切皮膚脫落唯有眞實二字尙無遺分逃欲何之乎靜觀餘閒何以見啓來書過謙望勿再施敬頌道安不備壽田敬復

著法成欣厭根 心有愛憎法中心未死心外法何憑

疊疊波間水微微火際燈團蒲將粥飯懺說在纏僧

最近詩一首寫附書末乞哂正之壽田

叔君四嬸道坐去歲奉書正在病中久未作答非欲默爾而息也正以來書詞意鄭重不敢率爾以文字

酬對即在今日猶斯意也續奉賜章承教以生死道路經西藏大德加被開示略無疑義學道專爲自了生死此事既了一切皆爲剩義聞之深爲助喜學道既爲自了生死妄語何自而生况道坐求道之精專而於鄙又汲引之肫切乎古人言信解行證鄙見在祇能辦到一信字老病相尋不能精進奈何奈何來示之念茲在茲想見用心純一南泉所言二六時中惟兩度粥飯是雜用心香林四十年始打成一片既以奉賀亦用自警虎公棒喝爲鄙打破第一重障蔽

是後久依習公又得其磨治之力自問資鈍而障深終不能簡截了當親見一面正坐在於似覺中中間祇隔一紙而一紙之障其難破乃過於鐵壁銅牆大德慈悲何以教之此復順頌道安壽田頓啓

果公四叔道坐奉手教委寫尊夫人詩卷當分列日課中從容寫之但拙書素無行氣恐於印成時散漫爲嫌渾不似書且俟寫成呈正再定用否耳湘師序爲端公失去祇好楷寫若頂批旁注是否原本尚存亦乞示知若原本存者儘可於印書時移加書上不

必另寫若原本並失則只好楷寫矣將來付印時最好用朱墨兩色套版則圈點顯人目中批點處亦更饒精采尊意以爲何如至印費則不免稍加諒亦不致懸遠也先此奉復餘俟續函順頌道安壽田頓啓

季果四叔道席委寫詩文詞錄已草草成書另由挂號寄呈矣錄中體例稍有意更動處是否可用乞裁定又錄中諸篇均苦心百鍊之作附錄中有數篇詞意雖佳而格調似與前異似不合色故留未寫俟寫本郵到請徵詩翁本意如何示知爲荷新春敬維百

福壽田頓啟

季果四叔道席前奉賜函遵將詩錄中諸誤字照改並轉託鄭習公譚瓶公書籤及卷首交郵寄呈係發挂號之信例於回條上有收件人簽字蓋章今回條雖來而上無收件人簽字蓋章不知尊處是否收到望速賜回示爲盼即頌道安姻世姪夏壽田頓啟

季果世四叔道席奉讀手書敬譖起居不適者經月茲已霍然良用忻慰詩錄中誤字改寫奉上書首代請鄭習公書檢代請譚瓶公兩君分寫較之拙書爲

高一籌伏希酌擇用之尊夫人屬將附錄詩詞加以評點此則萬萬不敢不惟續貂增誚且於先師評點公然效顰尤不可也此上敬頌道安姻世姪夏壽田頓啟

季果四叔道席前承寄示湘師批改原本一束適鄙胃病大發臥牀經旬以致未作報書並詩錄之付鈔亦爲中止茲又奉到湘綺師公羊寫本此本君家世守之物最宜珍重鄙何人斯而敢僭有但以師承所自久別重逢敢乞少留備莊誦數過乃復完璧大小

姐篆書今文尙書中有吾師點定批字最好以付印流傳俟與同好謀之閨閣典型在今已爲鳳毛麟角矣詩錄原本惜爲虎禪塗抹令人莫解其意所在否則以原本付印較之重寫者直勝百倍其原本當代付裝池略加跋語然後奉繳至委寫之本聞付印當在新年夏初儘有餘日以報雅命尊夫人賜書此時乃不敢作答一由病未大痊一由恐成辜負乞代致意爲荷先此復頌道安壽田頓啟

跋

先君子所寄手諭及小詩詞原稿余嘗藏之篋中携以隨行壬申余倉卒南行於途中將行篋遺失遂並失之前列數信係得於內弟重子處原以眞跡付印於夏君午詒爲叔姬所寫詩文詞錄之後一以保存遺墨一以知先君子教化慈愛之心又內兄晳子及夏君午詒昔日與叔姬唱和詩詞並其寄書亦以原稿付印於先君子遺墨之後不幸書未印成而長沙大火俱成刼灰今茲付刊因其爲故友遺著未忍棄

常就請業姊亦時相過從吟誦游談其樂無旣是時姊已于歸王氏爲湘師子婦好學不倦倘如在家時問視餘閒執經問難晨夕不輟所爲詩古文辭皆駸駸入古不落恒蹊故湘師目爲才女贊其孝思時晳兄亦以文章知名海內先將軍在塞上聞之喜曰可以慰吾亡弟於地下矣先是先王父建威公旣殉三河之難先將軍承父志入湘淮軍始漸起家有田產叔父三人皆早逝遺從兄弟四人姊六人先君教養婚嫁一如己子延聘名師嚴其教課男女分塾而讀

將軍

各授所宜暇時更以進德明道修身養生親爲訓誨故姊常言授我文學者君舅陶我德性者伯父也姊素弱多疾中年以後感世事之紛囂悟人生如夢幻與季果姊丈共習釋家言屏絕俗務專修凈課丁丑春六十生辰余在北平以書壽之曰諸姊皆不壽姊獨康强如盛年非服膺道素曷克臻此今世變日劇時不我待余方擬爲先公撰年譜晳兄刋遺集姊盍梓行少時文字以實家乘姊然其言爰以原稿付石印於是湘師暨晳兄午詒文詞遺墨有關於此錄者

皆附見焉縟繡紛陳丹墨並列昔皆習見之物今爲遺世之珍若廣流傳寧非盛事詎爲手民所誤遷延歲餘適丁戊寅長沙大火之厄原稿遂成劫灰自後姊避地鄉間轉徙無常復議鋟木板議未定而姊遽於今春病逝季果姊丈以書抵余曰叔姬既逝余亦衰老此錄刋行終以累子矣乃不旋踵而姊丈亦以棄世聞嗟乎自此錄議刋之始倏歷數年今乃於風塵俶擾之時倉卒付諸鉛印祗期早日殺青俾無亡佚而已然而文字如故面貌已非作者夫婦皆不及

皆附見焉縟繡紛陳丹墨並列昔皆習見之物今爲遺世之珍若廣流傳寧非盛事詎爲手民所誤遷延歲餘適丁戊寅長沙大火之厄原稿遂成刦灰自後姊避地鄉間轉徙無常復議鋟木板議未定而姊遽於今春病逝季果姊丈以書抵余曰叔姬既逝余亦衰老此錄刊行終以累子矣乃不旋踵而姊丈亦以棄世聞嗟乎自此錄議刊之始倏歷數年今乃於風塵澒擾之時倉卒付諸鉛印祇期早日殺青俾無亡佚而已然而文字如故面貌已非作者夫婦皆不及

各授所宜暇時更以進德明道修身養生親爲訓誨
故姊常言授我文學者君舅陶我德性者伯父也姊
素弱多疾中年以後感世事之紛囂悟人生如夢幻
與季果姊丈共習釋家言屏絶俗務專修淨課丁丑
春六十生辰余在北平以書壽之曰諸姊皆不壽姊
獨康强如盛年非服膺道素曷克臻此今世變日劇
時不我待余方擬爲先公撰年譜晳兄刊遺集姊盍
梓行少時文字以實家乘姊然其言爰以原稿付石
印於是湘師暨晳兄午詒文詞遺墨有關於此録者

見其成書其不幸爲何如耶數十年間家國之盛衰榮悴師友之敎益切磋都如過眼雲煙索然已盡緬懷身世不期百感之俱集矣庚辰仲秋楊敞跋

民國閨秀集

伍

徐燕婷 吴平 編著

上海古籍出版社

第五册

呂碧城 撰

呂碧城集

民國十八年（一九二九）上海中華書局印本

曉珠詞二種

二卷本

民國二十一年（一九三二）鉛印本

四卷本（附呂惠如《惠如長短句》）

民國二十六年（一九三七）鉛印本

提要

吕碧城《吕碧城集》、《曉珠詞》二卷、《曉珠詞》四卷（附吕惠如《惠如長短句》）

《吕碧城集》，吕碧城撰，民國十八年（一九二九）上海中華書局印本。國家圖書館、南京圖書館、上海圖書館、北京大學圖書館、北京師範大學圖書館、中國人民大學圖書館、復旦大學圖書館、武漢大學圖書館、四川大學圖書館、吉林大學圖書館、鄭州大學圖書館等有藏。集前有吕碧城分别攝於維也納、瑞士、美國哥倫比亞大學、紐約、上海、北京、天津等地小像九幀，並有目録一份。卷一爲文，卷二爲詩，卷三爲詞，卷四爲海外新詞，卷五爲歐美漫游録。卷三與一九二五年上海中華書局聚珍仿宋版同，五十三闋，附樊增祥詞二闋。卷四收詞與一九二九年版《信芳集》收海外詞基本一致。

《曉珠詞》二卷，吕碧城撰，民國二十一年（一九三二）鉛印本。上海圖書館、北京師範大學圖書館等有藏。二卷本分别爲《曉珠詞》一卷，《曉珠詞增刊》（戊辰至壬申，皆成於歐洲）一卷。内有陳完、徐沅題詞。《曉珠詞》收詞五十一闋，比一九二五年上海中華書局聚珍仿宋版詞少《金縷曲》（剪燭蕉窗）、《法曲獻仙音·題

女郎看劍引杯圖》兩闋，個別詞字句有調整，附樊增祥和作兩闋，書眉有樊增祥評語。《曉珠詞增刊》共收海外詞一百六十餘闋，比一九二九年《信芳詞增刊》多收了一九二九年後至一九三二年的詞作。卷二末有壬申（一九三二年）秋末吕碧城題記。

《曉珠詞》四卷，吕碧城撰，民國二十六年（一九三七）鉛印本。國家圖書館、上海圖書館、復旦大學圖書館、華東師範大學圖書館、上海師範大學圖書館、吉林大學圖書館、中山大學圖書館等均有藏。封面有葉恭綽署簽，前有陳完、徐沅、樊增祥三人題詞，並在樊增祥題詞後有吕碧城題記：「按：樊公樊山年伯此詞係十餘年前題於初卷者，其餘三卷刊後公已歸道山，不及見矣。碧城謹識。」卷一作品與一九三二年二卷本《曉珠詞》同，書眉有樊增祥評語。卷二末比一九三二年版多一闋《惜秋華・瑞士雪後》，其餘同，同樣附作者壬申年（一九三二）題記。卷三、卷四爲歐洲歸國後新增詞作六十二闋，附國外友人作品一首。詞集末有丁丑年（一九三七）吕碧城題記。該詞集是收録吕碧城詞最多的版本，並附有其姐吕惠如《惠如長短句》。

吕碧城（一八八三—一九四三），原名賢錫，字遁天，號明因，後改作聖因，別署蘭清、曉珠、信芳詞侶等，法號寶蓮，吕鳳岐第三女，安徽旌德人。曾任《大公報》編輯、北洋女子公學總教習。後受袁世凱禮聘，出任總統府機要秘書，後又

擔任參政一職。一九一八年游學於美國哥倫比亞大學，後又在歐洲漫游長達七年，並在此期間創作了大量的海外新詞。晚年遁入空門，潛心佛理。一九四三年，於香港辭世。著有《呂氏三姊妹集》（姐妹合集）、《信芳詞》《曉珠詞》《呂碧城集》《信芳集》《雪繪詞》《歐美之光》《觀無量壽佛經釋論》《法華經普門品》等。呂碧城是中國女子教育的先驅，也是著名的社會活動家。她詩詞造詣頗深，尤以海外新詞新人耳目，大大拓展了詞的題材，將新事物、新氣象融入傳統的小詞創作，同時又能本色當行，混融無迹，韻致無窮。吴宓贊其「能以新材料入舊格律，所寫歐洲景物，及旅游聞見感想，宓今身歷，乃更知其工妙。而其藝術及詞藻，又甚錘煉典雅，實爲今日中國文學創作正軌及精品」。林鶤翔贊其爲「三百年來第一人」。

《惠如長短句》，呂惠如著，詞附民國二十六年（一九三七）《曉珠詞》鉛印本刊行。《詞學季刊》一九三六年第三卷第二號刊出呂惠如遺著，收詞二十四闋，這些詞作皆不同於一九〇五年版《呂氏三姊妹集》之《惠如辭稿》中所收録的作品。一九三七年《曉珠詞》刊印時，《惠如長短句》附於集末刊行，所收詞與《詞學季刊》著録相同，並附有呂碧城跋。

呂惠如（一八七五—一九二五），原名賢鍾，字惠如，又字雲英，安徽旌德人，嫁舅氏嚴郎軒之子嚴象賢。呂惠如爲呂鳳岐長女，繼室嚴士瑜所出。嚴氏亦能詩，

所出皆女兒，分別爲呂惠如、呂美蓀、呂碧城、呂坤秀，無一男丁。由此在呂鳳岐過世後，家産爲人所占，母女生活困頓。成年後，姐妹們便糊口四方，自力更生。呂惠如工書畫，擅詩詞，與妹妹呂美蓀、呂碧城以詩文名世，號稱「淮南三呂，天下知名」。呂惠如曾任職於北洋女子公學，後任南京女子師範學校校長。除《惠如長短句》外，她還與姐妹合著有《呂氏三姊妹集》。呂惠如詞作主要以傳統題材爲主，但是由於其「邃於國學，淹貫百家，有巾幗宿儒之概」（呂碧城《惠如長短句》跋），加上其離開家鄉自力更生從事社會工作的艱辛經歷，因此，即便是常見的別愁離恨主題，亦常會融入身世感懷。如《憶舊游》小序云：「羈泊江南匆匆十五年矣，桑海遷易，百憂填膺，行將卜居冶城山麓。以秣陵之煙樹，作故山之猿鶴，勝地有緣，信天自憙，時藉倚聲，聊攄襟抱。」可惜由於其歿時家難糾紛之故，作品湮没大半，我們僅能從其有限的作品中略識一二。蔡嵩雲評價其詞云：「長調雅近玉田，小令頗得易安神味，造境絶高。」

維也納之呂碧城(其一)

一九二九年在奧京維也納萬國保護動物大會演說時之服裝

維也納之呂碧城(其二)

一九二九年在奧京維也納萬國保護動物大會演說時之服裝

瑞士之吕碧城

美國哥倫比亞大學之呂碧城

紐約之呂碧城(其一)

紐約之呂碧城(其二)